中国乡存丛书

侯珏 著

儿戏

广西人民出版社

# 目 录

| | |
|---|---|
| 引子 | 001 |
| 树皮喇叭 | 011 |
| 叶茎耳环 | 019 |
| 吹吹龙 | 029 |
| 螺蛳手串 | 035 |
| 敲麻秆 | 041 |
| 打尺敲棍 | 051 |
| 乒乓筒 | 061 |
| 木叶与风车 | 073 |
| 陀螺 | 083 |
| 滚油子 | 093 |
| 滚石片 | 103 |
| 竹蜻蜓 | 113 |
| 跳绳子 | 122 |
| 荡秋千 | 129 |
| 铁环滚滚 | 138 |
| 木轮车 | 150 |
| 滑溜溜 | 160 |
| 冲浪逐波 | 167 |
| 扳手腕 | 175 |
| 踢飞脚 | 182 |
| 打泥仗 | 193 |

| | | | |
|---|---|---|---|
| 草弩苇枪 | 201 | 骑木马 | 285 |
| 竹弓木箭 | 211 | 拍卡片 | 293 |
| 木刀竹剑 | 221 | 小棋大道 | 303 |
| 弹弓 | 232 | 过家家 | 309 |
| 火柴枪 | 238 | 草房子 | 317 |
| 挖地雷 | 246 | 捉迷藏 | 325 |
| 竹节人 | 252 | 捉小鸡 | 334 |
| 鸡毛毽 | 262 | 掏鸟蛋，养鸟儿 | 338 |
| 跳跎跎 | 269 | 纸飞机 | 347 |
| 抛石子 | 279 | 萤火虫 | 353 |

## 引子 — 隐秘之路 1

在桂北山区生活，一个称职的农民只要手里有刀，多少都会做点日用器具。更专业一点的木匠，甚至会下血本配备刀锯斧凿、锤钳钻刨之类工具，以为谋生手段。

比如我的祖父，世代务农，亦耕亦读，十五岁那年以瘦弱的身板投笔从戎，二十五岁解甲归田后戴了一副眼镜，便再也做不了沾泥带水的活儿，居然变身木匠，以制作嫁妆著称。他在晚年身体还能活动的时候，终日叮叮当当绕着木头转，提前给他和我祖母各打了一口棺材备用。

我童年时代的很多次睡眠，都被祖父使唤刀斧的声音吵醒。每天午后，他在家门口的空地上忙完正事，总会利用边角料略作加工，组装成鸟兽、刀枪、套盒之类的微缩玩具，送给称呼他作"阿公"的小屁孩，以免我们这些闲杂人等去干扰他饮用一种用金钱草煮的茶水。

受父辈们的影响，我父亲年轻时也会做点木工。他在二十岁刚成家时，就能依靠双手整出全套家具。除了凭借手艺自给自足，他平时还在外受雇接活，挣点小钱补贴家用。但那时，市面上已陆续出现工厂量产的家具，式样繁多且质量不错，颇受乡下人欢迎。

父亲自觉木匠活难以养家糊口，后来只好转行"修地球"，到学校挖井，带队到城里的建筑工地打桩，用满身泥土换来实打实的报酬。他早年那些专门对付木头的工具，则在尘封多年以后被我掏出来使用。

以我的愚笨，肯定做不出结构复杂的木家具，不过今天除了拿笔作文，我尚能熟练使用各种刀锯、斧凿、锤刨、墨绳之类，可以小打小闹加工木竹，给孩子们造点小玩意儿。

因此是否可说，在农村地区，有一条隐秘的路，让远古祖先的造物本能经过祖祖辈辈的接力传递下来，最后以玩具的形式附着在了子孙后辈手上。而那些小玩意儿，那些游戏，不仅在无形中弥补了横亘在人类代际之间的心灵鸿沟，还能为孩子认识自然、掌握生存技能、预习和融入成人社会，提供了充满乐趣的"人生脚本"。

显而易见的是，在很长一段时间里，我的家乡桂北三江侗族自治县，为这些脚本的上演提供了一个十分适宜的舞台。

## 舞台

搭建舞台的场地，位于桂湘黔三省交界的偏僻地带。那里丘陵起伏，河谷纵横，繁盛的草木和农作物，滋养着侗、苗、瑶、壮、汉等多个世居民族。

人们在与自然界的长期互动过程中，创造出了瑰丽多姿的生活艺术，并一直延续至今。例如，雄壮的圆场多耶舞，取法于日月周行的规律；动听的多声部歌谣，受到夏蝉和蜜蜂的启发；永不褪色的棉布服饰，皆拜蓝靛草和蝶豆花所赐；还有纯木头搭建的楼桥居所，均以高山尖顶为形魄；等等。

　　当忙碌的成年人略有空闲，他们就会腾出手来弄点"小儿科"哄孩子，孩子们也会依葫芦画瓢模仿大人的劳作和举动，五花八门的简易玩具和乡土游戏因此诞生。

　　如果说，游戏是生命存在的本能，那么玩具无疑就是人生成长的拐杖。我们总是喜新厌旧，若没有不断进化和升级的"拐杖"，根本无法消弭内心的孤独和空虚。

　　无论繁华都市，还是穷乡僻壤，只要有人在费尽心思谋生活，就一定会有人绞尽脑汁寻找乐子。这是因为，只有快乐之事能让人忘掉生之烦恼，也只有愉悦之物能助人排遣死的恐惧。

　　虽然愉悦总会比较短暂，但是瞬间即永恒，儿童游戏凭借其本身的运作逻辑和秩序规则，可以引领诗心未泯的人趋近自由的境界。以此来审视我童年时代的家乡，或我在家乡度过的童年时代，家乡和童年就充满了一种美丽、惊异和神秘之感。

如果在有生之年不去仔细回味、捕捉并尝试描述这种感受，我将是那条隐秘之路上的失职之人。

## 3 锣鼓顶

　　三江县古属夜郎边境，秦时已通人烟，汉唐时便有族群繁衍，后被中央王朝定为怀远县，有怀德镇远之意。千年以内，县治几度兴废，县衙沿着融江由南向北移动。人们发现，三峒六甲地区的深山老林里江河交错、溪流众多，居民淳朴，大有前途，有识之士因此于民国初期为其赋名为"三江县"，简单好记，沿用至今。

　　在历史上，大概因为这里山川阻隔、交通闭塞，税官难至，加上社会形态颇为自洽，"地道酬勤"，所以人们极少离开故土冒险远行。在县境以内至今尚未发现一个富商鸿儒的古迹，几乎遍地都是膜拜土地公的小屋、供奉泉眼的凉亭、烧酒的小灶和坛坛罐罐，这些就是当地人们满足当下、偏向保守的明证。况且在五谷杂粮的庇护下，经常把自己"喝高"的人容易眼花，腿脚一软，就走不了远路。

　　不过我的一位先祖侯养瑞，显然是个"怪胎"。他不事耕种，酒量也许排名靠后，却唯独钟爱读书，曾于康熙四十七年（一七〇八年）考取柳州府乡试亚元,得以在后来的地方志书中留下堂堂半行简介。

虽然他仅存的几首打油诗,如刻在荒岭石壁上的"蚊虫母猪大,蚂蟥扁担长",印在志书里的"月照坡头明似镜,风吹竹脚叶常鲜"或者"六溪各水合成河,大泽无风起细波"之类,实在谈不上文采绮丽,却不妨碍他的后辈子孙们引以为荣,将他称为"文人"。因为世代操"鸟语"的山里人,打死也写不出汉语格律诗。

至于侯养瑞那些赶考路上早已不可考的事迹,已经被人们夸大其词甚至以讹传讹,像神话传说一样流布乡里民间,我的祖父那辈人还对此津津乐道。

祖父曾经严肃地指着一块突出地表的石头对我们说,位于寨北的锣鼓顶上原本有一片巨型石台,系雷公电母吵架时从天上扔下来的盔甲零件,也就是少年侯养瑞读书放牛的地方,很久以前因为玉皇大帝生气跺了跺脚,才滚落到我们的水田里头。

关于祖父编造的故事,我们这群小屁孩长期信以为真,并对那座仿佛鹤立鸡群的锣鼓顶山心生敬畏。

那可是侗族神山三省坡东麓一脉低矮丘陵的最高峰,从山脚望去,高耸入云,无比神秘。那时候,我和伙伴们曾经一大早出发,徒步登山探险,兜兜转转总也找不着北,半路返回时,天幕已经暗下来。羊肠小道边，时不时传来奇怪的鸟兽叫声，提醒我们加快撤离，否则山鬼就会来吓掉我们的魂。

时过境迁，当我从外地返乡，再从高速路上透过车窗回望那山顶，感觉它实在无甚稀奇，酷似中年人略显荒凉的秃头。但锣鼓顶山体敦厚、土层肥沃，四周环绕生长有许多灌木藤竹，间有成片成片的树林。至于它为什么叫作锣鼓顶，由于从未发现过相关文物，至今无人能够说出个子丑寅卯。

如果从几千米外抬头望去，锣鼓顶在蔚蓝的天幕之下，倒很像一个四平八稳的秤砣。

我们祖先世代居住的文墩寨，就位于"秤砣"的南部边缘。翻开1:1000万的中国地图，即使你拿出一百倍的放大镜，也找不着她的踪影。

## 4 寨壨

文墩寨靠山面水，被一条贯穿南北的石板路划分为二，东边寨头，西边寨尾，可以遮风挡雨的寨门靠前居中。小得不能再小，却能长年保持烟雾缭绕的土地公神位，则屈尊于寨门一侧。

寨子的总体布局，若从空中俯瞰，大约呈"壨"字形。

房屋之间的巷道，是"田"字的笔画；"土"字两横内的空白区域，是河流台地开垦出的数亩良田，与往东西两边延伸开去的田地连接；"田"字以上，横亘着起伏连绵的丘陵山脉，"土"字最下一横为临江堤岸，中间那一竖则是桥梁架设的标准路线。

　　在古代，"壆"字系军事用语，指军营的墙壁或堑壕工事，"寨"字则很容易让人联想到安营扎寨。据此，有理由判断，我们的祖先曾为古代戍边的兵丁。有许多证据从侧面证明了这一点。

　　经过岁月的淘洗和生活的融通，兵丁已成庶民，在这一方水土生根发芽，繁衍生息。目前寨中共有五十余户人家，清一色侯氏宗亲，男子的名字中间往往镶嵌一个辨别辈分的字眼，以表血缘关系。

　　修建木构建筑是大山深处的侗族兄弟擅长的技术，不知于何年流传到下游来，二十一世纪初，文堖寨家家户户仍然居住在传统的黑瓦木屋里面。木屋外观上已分不清彼此，但是木屋下的族人，言语迥异，性格有别。

　　文堖寨的男人们除了擅长种地耕田，业余还以捕蛇闻名。后来被蛇咬掉的手指头多了，他们就改行去"爬火车"——到外地打工。在家务农的妇女，则喜欢唱那响彻云霄的"大声歌"和悲凉入骨的"细声歌"，她们穿着传统斜襟布衣、宽筒长裤和绣花布鞋，看起来颇为古典。她们所佩戴的条形头巾可以摘下来抹泪擦脸，其黑白双色方格图案，不知要比今天的"马赛克"或"二维码"早发明多少年。

在我们的土话里，文墩称为"门屯"，系闽粤方言"文村"的变音，称"自己"则为"独家"，与古时皇帝自称"孤家"类似，叫父亲作"阿爷"，与《木兰辞》中"阿爷无大儿，木兰无长兄"的说法无异。南宋周去非《岭外代答》曾记载："静江府有桑江寨，融州有融江寨、武阳寨与浔江、文村、茶溪、临溪四堡。"另据民国版县志记载，侯氏迁徙定居三江古宜始于北宋大观年间。由此可见，文墩寨作为古融州四堡之遗存，历史不会短于一千年。

## 5  神奇礼物

站在千年古寨的中央，从寨门往南看去，左右两侧为河流台地与小山包，稻田和树林像布片拼成的袈裟一样，以不规则的块状分布。唯有自东向西穿越山谷而来的林溪河蜿蜒成线，在寨子前方冲出一个水流缓慢的深潭。

深潭旁边及上下游五百米，七八棵粗大的枫杨树和一棵直立高耸的木荷整齐排列，日夜守护着村寨的地盘。可惜十多年前的几场山洪，先后将这些无比忠诚的守护者冲倒。

大自然的修复能力于是派上用场。不请自来的苦楝树,后来居上,扎根在它们前任所站的位置,长成新的风景。我于去年夏季返乡探亲时,看见它们已经枝繁叶茂,俨然古庙中的金刚。

这些金刚不一定认识我,我却对他们心怀感激。因为我家祖屋与河堤近在咫尺,推开窗,河边的这些美景尽收眼底。遗憾的是,我每次回家,都匆匆忙忙,没能多走一步去树下仔细观察——树上是否有鸟窝,是否有寄生的薜荔结出累累硕果。若换作儿时,树身上那些斑驳裂开的枝丫里到底有几个鸟洞,洞里藏几只鸟蛋,鸟蛋是蓝色还是白色,都逃不过我的眼睛。

今年我再次回去探亲时,正值秋末,夏蝉早已在山野绝迹。晚上星光璀璨,月行云外,夜空下的河堤树影重重,我站在祖屋楼顶,听见河边风声萧萧,顿生怀旧之情。时光如水流逝,族人世代守土不移,坐看风云际会秋去春回,世道变与不变天机难测,唯有欢乐可求。

于是念起儿时在河岸边玩耍的情形:我们骑着木盆在水面漂浮,光着屁股在岸边土坡"滑滑梯",爬树跳水,钓鱼捉虾,打水漂,摸螺蛳,编织芦苇水车;雨季来了河水浑浊了就玩水下捉迷藏,秋天来了捡树叶,从春末到秋初都是潜水射鱼、涉滩冲浪的好时节……当然,我还想起那时与小伙伴们亲手制作的一款玩具——树皮喇叭。

乡村生活的节奏向来比城里缓慢。人们看天吃饭，看地奔走，一年四季日复一日往复循环，实在寂寥，总得找些玩头打发时间。而那蕴含自然气息、散发天然清香、绝无世俗浸染、足以愉悦童年的树皮喇叭，堪称大自然赠予我们的一件神奇礼物。

# 1 树皮喇叭

唢呐的声音就像破晓时分的雄鸡鸣叫，其音色、音调独绝，嘹亮的响声钻天入地，颇有排场。

唢呐原出自西域，在公元三世纪左右传入中土，经过历代乐师工匠改良，已成为我国重要的民族乐器，俗称喇叭。喇叭形如牛角，多用铜片打造，古人又称之为铜角，除用于庆典和祭祀，拿到战场上，还能传递军事信号。

喇叭的结构，从头到尾分别由发音哨片、木质音管、扩音铜碗三个基本部件构成，其外形，上细下粗，整体呈圆锥形状。喇叭是古代无数工匠和乐师们呕心沥血的杰作，然而我们乡下孩子只需小半天时间，便可轻易仿造，前提是，村寨周围必须有高大茂盛的枫杨树，又恰好遇上万物萌发的春天。

每年农历二三月间，草木纷纷被地气催发吐绿，新出的茎条受到阳光照射变得柔软，夹在树皮和木质部之间的那层白色形成层，因水分充足而使木质部容易剥离。这时孩子们想下河游泳，河水尚存寒意，想去山上玩耍，又怕遭遇毒蛇，只好来到离家不远的河边找乐子。矗立河岸的枫杨树似乎知道孩子们的心思，已经换上新装，在微风中摇曳长袖一

011

般的枝丫，诱惑着孩子们走近它的怀抱。

枫杨树是一种亲水落叶乔木，高可数丈，枝节繁多如伞，根部发达，善于抓住各种复杂地形立足。粗壮的主干可以支撑旁逸斜出的枝杈摆出一副醉汉的姿态对着河水顾影自怜。但是"醉汉"却有一颗诗心：枫杨树的花瓣细如星芒，色泽温润如玉，盛开时清香弥漫，深得乡村女孩的喜爱。

经过一个春季的酝酿，枫杨花序轴在盛夏时节变成一串串风铃，悬挂空中闪闪发亮，为燥热的乡野平添几分清凉意境。因为每一个小果实都长有一对"翅膀"，因此那"风铃"看起来又像万千蝴蝶头尾相连列队舞蹈，极为可人。

被水浸泡后的枫杨树叶，具有很强的杀菌消毒作用。村里人在早春耙田时候，喜欢找来成捆的叶子撒在水田里，让耕牛来回踩踏，一来可以利用其发酵后的汁液杀菌，二来还能收获许多因冬眠而藏进泥里的黄鳝泥鳅。有的人干脆专司"闹鱼"的活计，采摘枫杨树叶捣碎，抟成一个个圆球，到河滩或小溪、沟渠上定点抛下，搅出许多泡泡，让析出的绿色汁液混进水中，等待不知底细的游鱼肚子翻白。我们小孩看了，如法炮制，往往也能收获一小碗细碎的鱼仔。

到了秋天，枫杨树的种子干燥变色，陆续从果序轴脱落，像燕子那样御风旋转，飞离母树寻找新的家园。因此，有些地方把枫杨树叫作"燕子树"，一些地方还称之为鬼柳、钱串串。但是我家乡的人从来不喜欢人云亦云，大家给它取了个新的名字——"嗒嘀树"。

也许你要问，为什么要这样命名？答案其实很简单：我们的祖先，在一千多年前从闽西迁徙到桂北，经过粤东潮州地区，顺便学习了那里的方言，在潮州话里，"嘀嗒"指的正是"唢呐"或"喇叭"。我们叫它"嗒嘀树"，实指该树有一个音乐功能：将树皮加工成喇叭状，可以吹出"嗒嘀嗒嘀"的声响来。

上了年纪的枫杨树，从主干生长出来的新枝，粗的大过手臂，细的状如筷子，皆修长笔直，皮质柔韧，是制作喇叭的上佳材料。每年惊蛰过后，我们一群小伙伴相约来到河边爬树嬉戏，掰断一根树枝，剔除树叶，削掉细枝和末节，找一块平滑的石头放在田埂上垫着，用砍柴刀就地加工玩具。

第一道工序当然是制作哨子。先将筷子般大小的树枝截成大拇指长的小段，再用刀背压在上面，来回滚动按压，直至树皮松动，然后用指

甲从一端推出木芯,就得到了空心的圆形树皮管,再用刀刃轻轻刮去其中一端的青色皮质,这刮干净的一小截就是哨子接触嘴巴的部位。将哨子含在嘴里轻轻一吹,清脆的哨音像一条直线穿越河面,使劲再吹,直线变成了彩带,冲向云霄。

制作扩音管的难度比制作哨子稍微大一些,需要剥取完整的树皮,手法稍微笨拙的孩子难以做到。

我的伙伴阿江心灵手巧,能够娴熟运用柴刀。他在掰下来的树枝中,选择手臂粗的那条,让刀刃走斜线顺着木枝旋转下去,连续走了一两米长,才放下刀。然后,他从起刀的地方,撕开树皮一角,就像护士解开绑在伤者小腿上的绷带,将树皮一圈圈地顺下来,最后丢掉赤裸的木头,就得到一大段弹簧状、螺旋形的完整树皮了。将这段螺旋树皮紧紧包绕在哨子上,一圈接着一圈地绕,最后绕成一尺多长的喇叭筒。

再从之前丢下的枝杈上撕下一条树皮纤维,搓成细绳,分别绑住喇叭管的末端和衔接哨子部位,一个可爱的树皮喇叭大功告成。

阿江手握喇叭朝天上轻轻一吹,哨音成倍扩散,经过树皮音筒的共鸣,显得粗犷洪亮,野性十足。

站一旁的孩子们，耳膜受到前所未有的刺激，兴奋起来，情不自禁地学起影视剧里面解放军跟着冲锋号进攻的样子，在"嘀嘀嗒嗒嘀嘀"的急促节奏中，一起奔向河滩、田野和村巷尽头。阿江孩子王的地位，于是更加稳固。

## 3

　　树皮喇叭是一件纯手工制作的乐器类玩具，因为每一份材料不同，制作出来的模样、效果也因人而异，两件之间绝无雷同的可能。唯一的制作标准是要吹得响、不漏气。如需比赛，则在个头的大小，所发出声音的音色、音调和音量上做文章。

　　阿江尝试做过超级大的树皮喇叭，花了好几根大树皮卷成的扩音管，大如牛腿，一米多长，需要两个人扛到肩膀上，一个人使尽全身力气才能吹得响。为了吹响它，瘦弱的孩子必须深吸气把肚皮撑得像青蛙那样圆圆的；而胖孩子则更加吃力些，面红耳赤一吹，喇叭还没响，屁股倒先响起来了，臭得让站在他身后的孩子们掩鼻散开，笑抽了筋。

　　大号喇叭唯一的缺点是松软，被反复搬动几次，没有支架和黏合剂固定的树皮就会变形，耷拉成一摊废材。最坚固耐用的还是小巧的牛角形喇叭，树皮音管缠得紧致，弯如新月，刚好够一只手握住，吹起来的时候，声音甚至可以传播到三五百米之外。

可即使再坚固的喇叭，一般也只能用三五天时间，随后新鲜的树皮就会失去水分，干化萎缩起来。变硬的树皮没有了弹性，皮层之间的缝隙漏气，藏不住声音，于是喜新厌旧的孩子们再度提刀走向河边。

在湿热的南方乡村，有人烟的河流两岸，枫杨树和榕树十分常见，榕树雍容大气，枫杨灵动洒脱，它们无论是单株独立，还是列队成排，都是一道可观的风景。童年时代，我并不知道枫杨树在植物学里的名字，只记住"嗒嘀树"的称谓，直至读了大学，有机会去桂林漓江边游览，才他乡遇故知，从园林部门制作的信息牌里获知枫杨树是木兰纲胡桃科乔木，与柳树是近亲。

与柳树一样，枫杨树看似高大威猛，实则枝节弯曲，质地硬脆，做不了栋梁，连插篱笆的荆条竹枝也比不上，木材用途有限。但是它的树皮富含纤维，是传统造纸的好原料，如明代江西玉山皮纸曾名噪一时，其主要原料之一"百结皮"，即枫杨树皮。

令枫杨树始料未及的是，它身上居然隐藏着声音的密码，在人类把它们当作柴火焚烧之前，还能贡献出优质的树皮娱乐孩子，借助空气的振动，发出动人心弦的乐音。

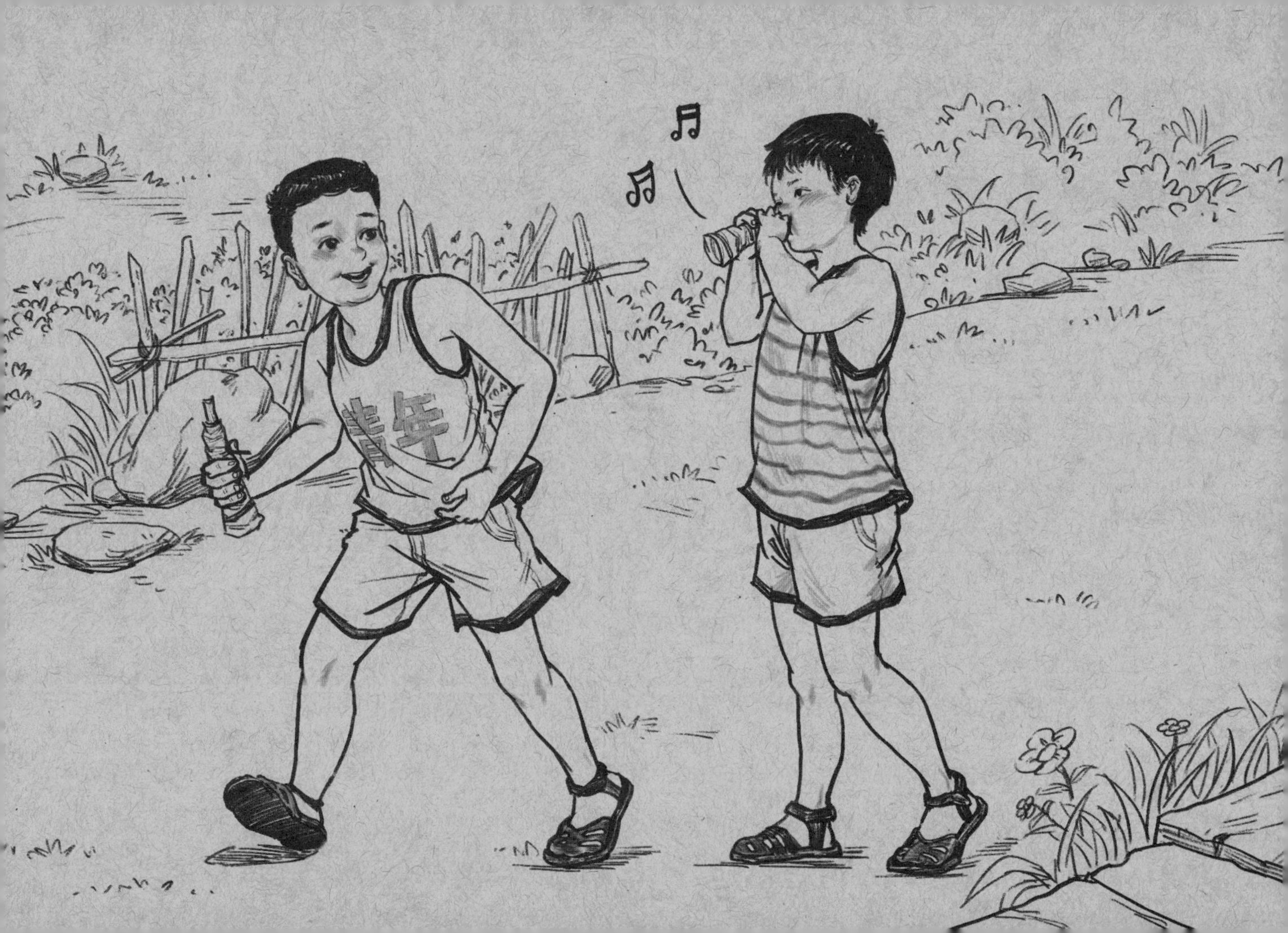
青年

但如今，乡下人已不再随意砍伐枫杨树枝，孩子们更不敢使唤柴刀了。作为形式上的替代品，塑料哨子和喇叭可以在玩具店轻易买到。带有木质素和果胶气息的树皮喇叭，如田园绝响渐行渐远。

# 1 茎叶耳环

寨里的三姑六婆很少佩戴首饰,繁重的农活不允许她们打扮得花枝招展,遍布山野的荆棘藤刺也容易勾住那些身外之物。可即便如此,妇女们仍然保存一颗天生的爱美之心。

在二十世纪八十年代的桂北山村,交通还非常落后,农民的基本生活物资大多依靠自给自足。支撑一个数口之家三餐饮食的,除了生产五谷杂粮的几分薄田,供应新鲜果蔬的菜园也不可或缺。村前屋后,山脚河边,随处均可栽植蔬菜,人们用简易的篱笆将菜地围起来,就成为菜园。

打理菜园是农人重要的劳动内容之一。

乡下人评价一个妇女是否勤劳贤惠,很大程度上需要看她对待菜园的态度和表现。妇女们当然深谙此道,自觉将菜园视为施展身手的舞台,无论菜园远近大小,只要纳入"旗下",必精心呵护、日夜浇灌,数着手指头,计算一家人的盘中餐。

菜园在主人的照料下,像个诚实守信的魔法师,依据二十四节气的时间刻度,适时长出各种形状的瓜果蔬菜。假如主人经常偷懒,原本干净的菜园就会杂草丛生,走向荒芜,成为蛇鼠的天堂。

距离我家房屋西面五十多米处,有一块祖传的宅基地,面积相当于小半个篮球场，不知何年，被我爷爷用树枝、木片和竹子围了起来，做成奶奶的菜园。

奶奶每天进进出出，在园子里翻整土地、播种育苗、浇水施肥、修枝除草，与寨子里的其他妇女一样内行、勤劳。因我是她的长孙，经常得以跟随左右，耳濡目染，所以对园间劳作的过程颇为熟系。

菜园畦垄纵横，一般被划分为多个板块，分门别类栽种有"盐须"（芫荽）、姜蒜、小葱、紫苏、辣椒、萝卜菜、油麦菜、苦麻菜、小白菜、上海青、芥菜、包菜、生菜、韭菜、芥蓝菜，茄子、西红柿、南瓜、青瓜、葫芦瓜、佛手瓜、四季豆、红薯等，在四周角落篱笆下，还种有百合、芋头、木薯、美人蕉、牛脚薯这些一年生的块茎类作物。各种植物高矮胖瘦、五颜六色，你方唱罢我登场。只有勤劳的人家才能有如此丰富的蔬菜，肯付出才有收获。

然而立秋前后，早稻成熟，晚稻急着等插秧，家里的劳动力须全数出动去田里去搞"双抢"，无暇顾及锅碗瓢盆、洗菜做饭这类碎活。因此，那些不需要怎么护理、长得又好又快的四季豆和番薯苗，便趁机独领风骚，担当餐桌蔬菜的主角。

之所以说"趁机"，是因为番薯本身的"江湖地位"并不高，历来被人看低。台湾客家人有谚语，"嫁妹莫嫁竹头背，母系番薯就系猪菜""时到时担当,无米再来煮薯汤"。番薯有多个品种,家乡常见红心、白心、黄心、紫心四类,因为表皮红通通,便俗称红薯。我们调侃一个人脑子笨,就叫他"红薯头",与"猪头"的威力相当。

那时,过惯了苦日子的乡下人,觉得凡需花钱买的物资就高档,不要钱的东西就低端。像红薯、芋头之类的粗粮,虽然陪伴大家度过饥饿灾荒,却在杂交水稻普及、人人吃得起白米饭以后虎落平阳,受到鄙夷。烂生烂长的红薯苗也因之难登大雅之堂,被扫进猪食的行列,而由外地引进的西兰花、卷心菜和大青椒、洋葱等,才是时髦的。

可一旦人们的肚子需要救急,就顾不上时不时髦了。闽赣一带歌谣"土藏懵番薯,吃饱不辛苦",即为歌颂红薯所作。因此,农忙"大敌当前",不知不觉中奶奶从菜园拔回了一大捆红薯苗,倒放在木屋一楼的空地上,搞"战备"。

此时姑姑婶婶们刚喝完井水,正靠在屋柱下纳凉,看见奶奶忙个不停,只好打起精神来动手分拣菜叶。当大人们在默默地做这些事的时候,我们小孩子围绕左右,有样学样。若学得不像,有大人纠正,做得好了,就会得到奖赏。

奖品往往就是一串串叶茎耳环。

# Z

妇女们挑拣红薯苗筹备晚餐用菜，叽叽呱呱聊个不停，路过的隔壁邻居、姑姑、婶婶、婆婆们听见有人热闹聊天，便以喝口凉水为借口走进来。这时候奶奶总是热情地招呼她们坐下纳凉，拿些菜回去。大家三言两语就动手摘起苗叶来，既帮主家干活，也为自家弄一些菜回去。眼看竹篮子里菜苗的数量足够了，时间却尚有盈余，该做些什么事情好呢？

无聊之际，她们除了拿孩子开玩笑，还喜欢编一些故事来哄孩子，比如田螺姑娘的故事，小女孩走猪屎路或牛屎路去外婆家的故事。故事里的女孩长什么样？当然是听话的孩子最漂亮，乖巧的小姑娘家，一定穿着花衣裳，戴着银耳环。

"那，耳环又是什么样子呢？"

"是——是这样子——"妇女们于是扯上两条带茎的红薯叶，用指甲掐掉叶片，得到一双筷子长的细茎，分别撕去茎条上的一半外皮，然后每相隔一厘米折断一次，最后取走间隔的茎肉，余下皮肉相连的柔软串串，就是叶茎耳环的原型了。

"眯上眼睛——把头伸过来！"母亲说。

女孩很好奇接下来的体验，嘟着嘴唇，把头伸向母亲的怀抱。母亲

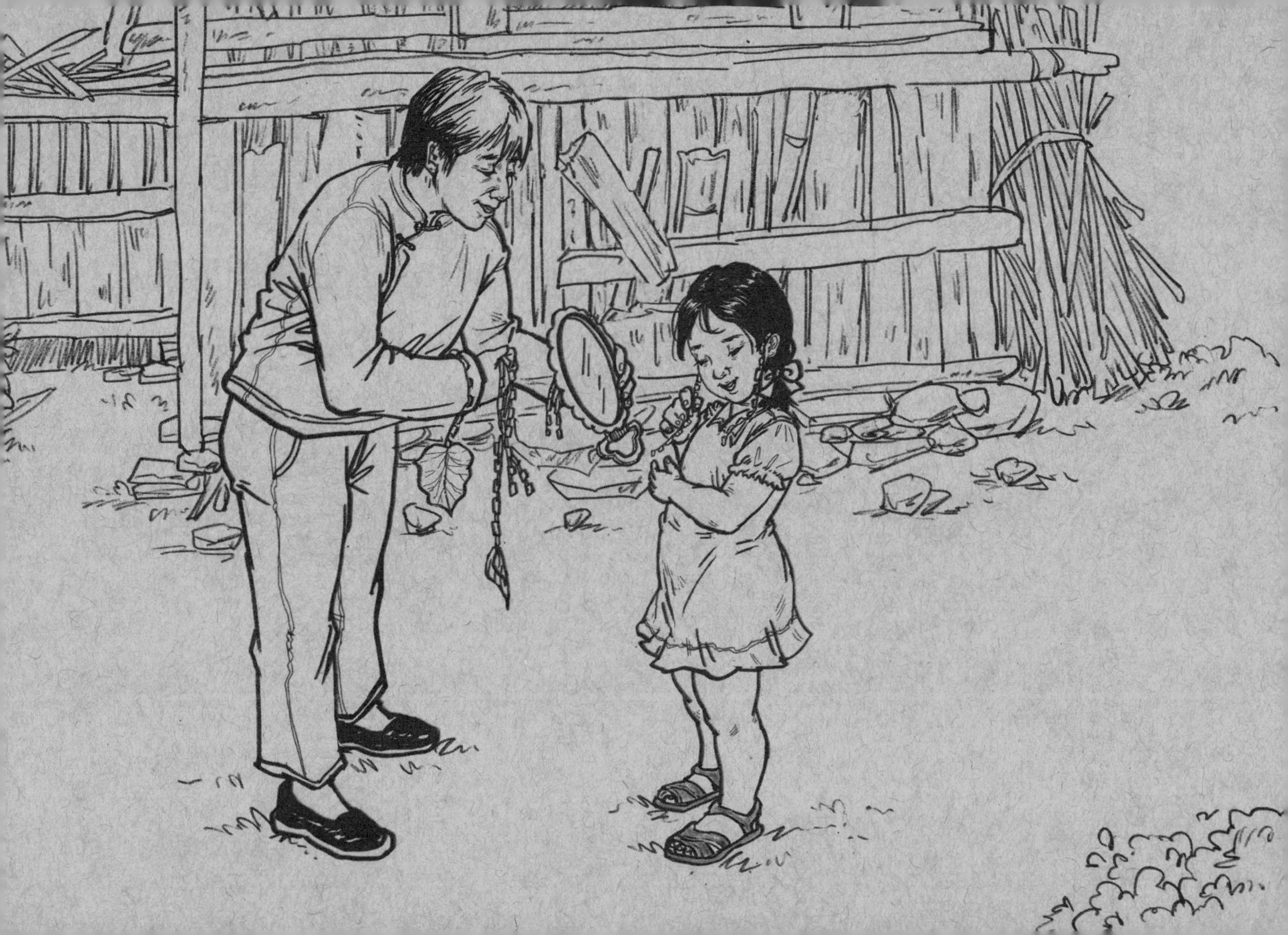

哼着小曲，像即将嫁女一般，用长满粗茧的手帮孩子梳理梳理蓬松的乱发，再撩起衣襟擦了擦孩子的耳背和耳廓，接着郑重地捧起耳环，为她左右耳朵上各挂一串。

"哇——丫头变公主啦！快去照照镜子。"

镜子对于乡下人家来说是稀罕物，一般放在三个地方：木楼客厅窗户前的洗脸架上、奶奶房间的幽暗处、爷爷房间门背的墙上。镜子一个比一个老旧。小姑娘跑去照镜子，站在已经被烟熏得有些黯淡的镜子前左顾右盼，似乎看到自己长大以后的模样。

小姑娘还跑出家门，让叶茎耳环随风荡漾起来。平时容易被人忽略的双耳，此时仿佛脑袋上伸出的手，使劲抓住空气和呼啸的声音，生怕冰凉翠绿的耳环链子掉落身后。

一群小女孩已经站在平时玩耍的空地上，有些害羞却又互相炫耀自己耳朵上的饰品。大家热热闹闹，就像节日里赶集。她们把耳环取下来，彼此交换，戴到对方的耳朵上，互相评价一番，在此过程中建立起将来出嫁时互为伴娘的友谊，也学习到不同的红薯叶茎品种的粗细、韧度、色泽、长短等植物学特征。

她们还常常把叶茎链子从耳朵上摘下来，绕成两圈缠到手腕上充当手镯，或将几个耳环连起来变成一长串项链戴到脖子上，又或者把链子佩戴在额头或者脚腕，把自己装扮成浑身"珠光宝气"的小公主。

# 3

阿燕姐是我们房族四公的大孙女，比我年长两岁，我叫她父亲作"大爷"，他们家木屋在我家斜对面十多米，南北相隔一条泥巴巷道。

虽然阿燕姐的阿公和阿爷均懂中医，却不知何故，她自幼好似营养不良，不仅骨瘦如柴，个子也比同龄人矮半截，无论吃什么药用什么办法都效果不佳。在学习方面，她的成绩也很差，一直被学校留级，原本比我们大两届，留着留着，居然留到我们后面去了。以致我们小学毕业，可以骑自行车四处飞奔，她还像个三年级的学生，跟一群小屁孩坐一块儿上课。

后来她索性不读书，直接回家务农。寨子里的姐姐们一个接着一个去广东打工，或者纷纷出嫁，她还是"原封不动"，每天默默无闻地去山里捡猪菜，到河里洗衣服，其余时间足不出户。家里长辈们为她操碎了心却难以言表，怕影响她的声誉和前途。

但如果你以为她这个人脑子不够灵光，那就大错特错了。在我们六七岁时，阿燕姐可是一个心灵手巧、口齿伶俐的玩伴。别的游戏不提，光说模仿大人制作叶茎耳环之类的玩意，要数她做得最好最快。她可以将一条条抽掉肉芯的叶茎连接成扁担那般长，或者将它们缠绕成复线，再挂起来，让耳环可以垂落到腰际。她喜欢小草小花，我们一不留神，她就能从菜园边、田埂上采回许多雏菊和酢浆草的粉红色鲜花，还有红薯藤上掉落的紫色花瓣，然后将它们巧妙地点缀于耳环，虽然夸张，却色彩斑斓，令人赏心悦目。

其他小姑娘表示羡慕，于是她手把手教伙伴们编织耳环。由于花朵形状各异，耳环的大小长短有别，凑在一起的小伙伴们就据此划分身份，大朵的南瓜花、美人蕉花，小朵的雏菊、鸭舌兰、牵牛花，对应新郎新娘、公主丫鬟……大家不知不觉中玩起了过家家。

## 4

一些调皮的男孩子，不喜欢参与过家家，更喜欢玩"暴力游戏"：拍打四季豆的叶子。也不知道是谁率先发明，总之有孩子看到四季豆的藤蔓爬满篱笆，就顺手将那些长得又宽又圆又绿的叶子摘下来，像玩扑克牌或数钱的大人那样，将它们一片片摸整齐，叠成一叠放口袋里。到了人多的地方，偷偷摸出一片，平放到一只手的虎口位置，将手掌握成中空的拳状，然后迅速挥起另外一只手猛地向下一拍，"嘭"的一声像炸雷一般，叶子穿了一个破洞，男孩们迅即松手扔掉"作案工具"。

正在周围忙活的人冷不丁受到惊吓，跳将起来四下散开，以为有人在炸鞭炮，然而看看周遭，并无异常痕迹。那个拍豆子叶的男孩装作啥事也没发生，大摇大摆走开了。

斯斯文文的女孩子们沉浸于过家家的时候，也时不时受到男孩子的惊扰。于是被激怒的姐妹们一不做二不休，一起撒野，组成小队去围堵男孩，在某处墙角和篱笆下逮住他们，扭住他们的耳朵，把扎满鲜花的叶茎耳环挂在他们头上，然后一起嘲笑道："XX变成女孩子喽！"

在乡下男孩的心里，被人说自己变成女孩子，是一种耻辱。于是他们努力挣脱包围，数着一个个姐姐妹妹的名字，嚷嚷着下一次定要"报仇"。

刚刚萌发或未曾萌发性别意识的女孩，在这些打打闹闹的游戏中，不知不觉有了男女之分，找到了共同玩耍和成长的阵营。调皮活泼的男孩变得勇敢，喜欢打扮的女孩也越来越懂得害羞。

若干年后，我离开家乡去省城读大学，暑假回家，家人说阿燕姐已经出嫁了，婆家在隔壁的湖南通道县，丈夫是一个憨厚老实的小伙子。"她的喜糖都吃完咯！"房族的妇女长辈们说。又过了一年，我返乡过春节，阿燕姐和姐夫回娘家，怀里抱着一个白白胖胖的大小子，惹得众人啧啧称赞。

  她的经历让我忽然想起了自己的母亲。我母亲小时候，大约也和阿燕姐那样，营养不良，不善言辞，但是心灵手巧，热爱世间一切美好的事物。只是生活所迫，她们将那一份美的心思埋了下来。直至晚年，母亲得到我妹妹送的一对耳环，虽然经我鉴定并非纯银制作，她却仍然当成宝贝佩戴而一直不愿摘下。

# 1 吹吹龙

微末之物只要运用得当，自有其妙趣横生之处。在乡下，哪怕是一根葱，也可以让孩子们忘我沉迷好几天。

假如时光可以倒流，我想把自己倒回至三四岁的时候，坐在沉默寡言的父亲身边。虽然我的肚子有些饿了，但是父亲的肚子更饿，他刚结束一天的劳作，回到家中只喝过一瓢井水。他放下水瓢，坐到火塘边烤火，夜幕已经降临。

小山寨寒气笼罩，显得无比宁静。同样一天到晚没停歇过片刻的母亲，此时正坐在我们对面，翻炒铁锅里的黄豆。

锅铲翻飞叮当作响，被炒焦的黄豆，在茶油的包裹下闪闪发亮，散发出香醇的气味。黄豆的薄膜在热力中裂开，母亲眼疾手快，撒了一把盐，适时往锅里倒进一碗水，"吱"的一声响，水汽升腾，我们还没看清，锅盖已经落下。母亲转身把事先煎好的泥鳅和切好的蒜苗，连碟子一起端在手上，再次开锅，迅速倒入，翻炒两遍，混合了鱼肉和蒜苗的黄豆，散发出另一种香味。只一瞬间，母亲又把锅盖盖上，并命令父亲多添一把柴。

"加点火。"她说。

029

父亲于是挪了挪板凳，伸手去添柴。前面的那把木柴已经烧成灰烬。接下来等待美食的过程中，我和父亲流着口水，急不可耐，但是母亲不管，在黑铁鼎锅内的米饭被炭火煨熟之前，她还有事要去忙活：收拾收拾碗筷，打扫扫屋角，跑去楼下喂个猪，等等。

四季的日常，漫长的冬夜，能将一家人紧密联结起来的，是一块方正而古老的火塘。北方农村有炕，而西南农村地区，尤其使用干栏式建筑的少数民族，木楼里无不配备火塘——一种用泥土夯实托底的小火坑。人们行走广西乡野村落常见的屋顶炊烟，最先是从火塘里冒出来的，因为它是一处居所的心脏，一个家庭的灵魂。

火塘的中央，即塘心，必定安放一个四只脚的圆形铁架，以便支撑烧水煮饭的铁鼎、炒菜熬汤的铁锅。它在架起人间生活的同时，也时时为人们演示"釜底抽薪"这个成语的本义：铁架下面是五行中木、火、土的轮回转换。干柴烈火噼啪作响，红彤彤的火苗舔着锅底，火苗根部是通红的木炭。

父亲时不时往塘心拱一拱木柴，薪火相传，火势更旺了，铁锅里的美味在翻滚。释放完火焰的木头，成为通红的炭，陆续断裂，变成火种碎块，堆积起来，阻碍空气的介入。父亲见状，捡起火钳插入塘心，将火种往外扒开。接下来，它们或将埋入"先辈"的怀抱保存元气等待复燃，或将裸露在空气中走向熄灭，变成灰烬，融入塘心周围的浅白色灰土，在无人留意的时光里冷却，最后被木屋的主人铲出，移走，挑到菜园里做滋养秧苗的有机肥。

## 2

山地居民的木楼里，厨房和餐厅合二为一。母亲把洗菜水倒进火塘边的潲水桶，提起来，穿过堂屋，去楼下喂猪了。两道木门先后"吱呀吱呀"打开，山风趁机窜进里屋厨房，已无处可走，只能跟随火塘产生的热气一道往上升，顺便把铁锅散发出的香味扩散出去，向左邻右舍宣告这户人家的幸福菜品。

但是母亲尚未上楼，黄豆焖泥鳅显然还不能出锅，距离晚餐时间还有几分钟，该做些什么好呢？干等着，太熬人了。

二十世纪八十年代，山村尚未普及电视机，木屋的四壁被烟火长年累月熏黑，那几串辣椒、玉米种、红薯种之类，我们早已熟视无睹。饥肠辘辘、百无聊赖之际，父亲说：

"我给你吹一条蛇吧！"

什么？蛇？太吓人了吧！我瞪大眼睛。

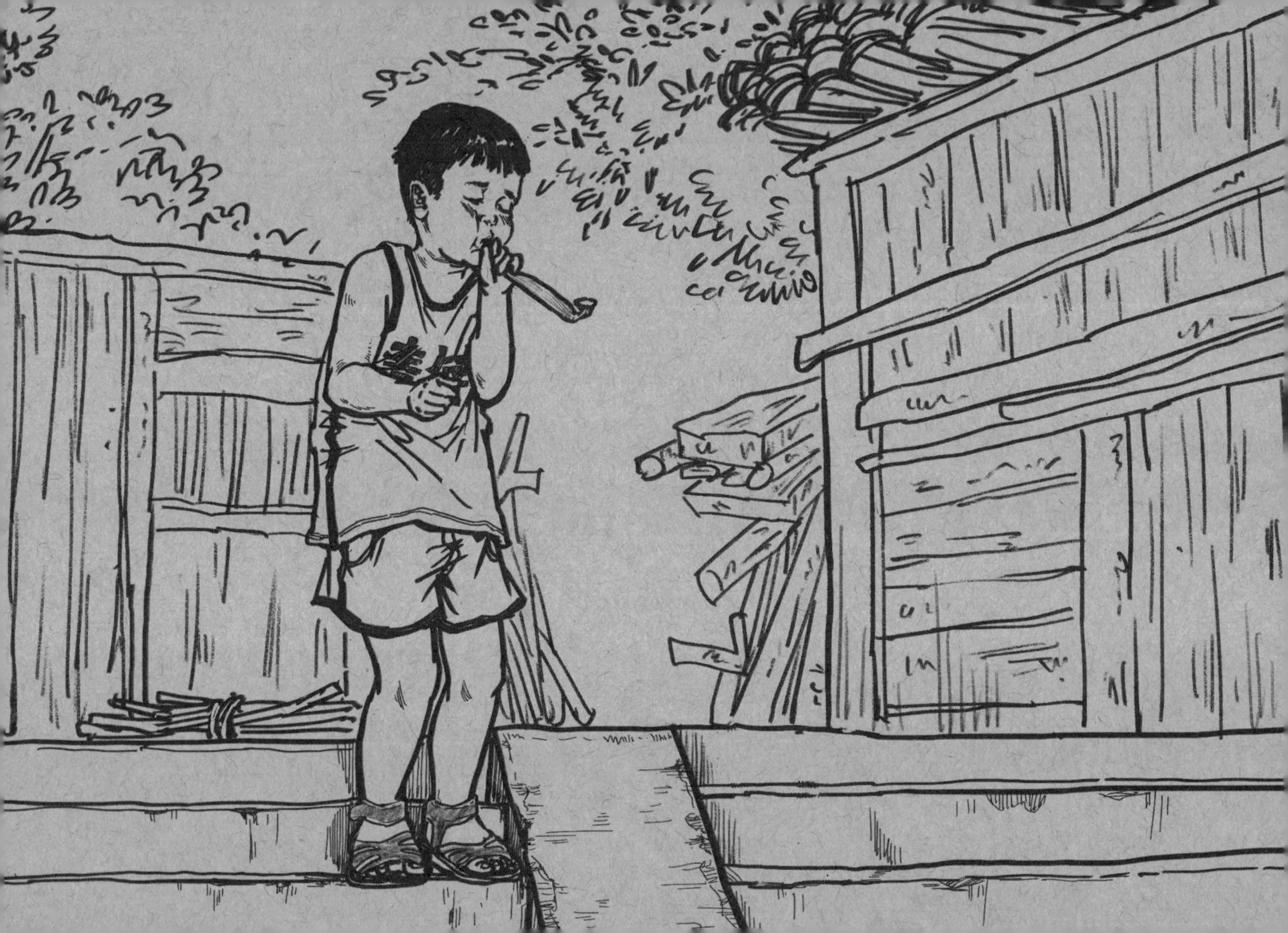

说着，他从菜篮子里拿出一根比筷子略长的小葱，用拇指和食指捏住葱白，把葱尖及至绿色的一段放到火灰上面，慢慢旋转，灰土的余温很快将挺直的葱管烫软，提起来时，还真的像一条断了气的幼蛇，也像一根潮湿的绳子，耷拉在手指上。父亲掐掉葱白，把散发着清香的软葱递给我。

　　"你吹吹看。"他说。

　　我摇了摇头，不敢伸手去接。

　　父亲于是露出少见的笑容，神秘兮兮地把手收回去，一板一眼做起了示范。他将尚未软化的葱头一端放进嘴里，鼓了鼓腮帮子，轻轻一吹，整根软绵绵的葱管突然间就伸直了，一吸气，葱管竟缩卷起来，再吹，又变直，就像刚从地里拔出来的一样。如此反复几次，我居然暂时忘记了饥饿，开心地笑了，抢着要玩。

　　这时，母亲已喂完猪，踩着楼梯"噔噔噔"上楼来了。

　　父亲说："好啦，吃饱饭再玩。"

　　他拿过我手里软了的葱，掐掉后半部分，把那半寸没变形的葱管放进嘴里，又吹了一下，居然发出一阵清澈悦耳的声响，"哗、哗、哗——"。

　　"好玩吗？"父亲问。

　　"太好玩了！"我回答。

## 3

很多年以后，父亲去世了，我已近不惑之年，日夜追忆往事的源头，像一只蚯蚓在无尽的黑暗中使劲挖掘泥土那样，试图找出生命中遇见的第一项游戏，上述情景终于浮现出来。

我曾在很长一段时间里，以为用嘴去吹火烤的葱管是自己独享的小把戏，是父亲在人世间教给我的绝无仅有的秘密玩法。直到有一天，当我带着刚会走路的女儿去玩具店的时候，眼尖的孩子被一种可伸缩的管状塑料玩具吸引上了，我问了店主，才知道这东西叫作"吹吹龙"。

吹吹龙玩具，利用材质的弹性和空气运动的原理产生造型和声音变化，不吹的时候，卷作一团，一吹气，就伸直，空气要寻路而出，摩擦使得材质震动，还能让玩具发出有趣的声音。

赶紧上网查阅，发现一些西方小丑演员在装扮长胡须老人时，也喜欢使用这个道具，只需把两根吹吹龙横向拼起来，把特制的哨子含在嘴里一吹，长长的八字胡瞬间飞向两边，应声而动，夸张又搞笑。

玩具制造商还利用同样的原理，设计生产出另外一种吸引孩子的玩意：条形彩色气球。孩子们的玩具从植物时代飞越到塑料时代。不知是我儿童时代因山居而孤陋寡闻，还是人类天性本来相通，在记忆中曾经秘而不宣的小玩意，原来已经遍地皆是。

# 1

## 螺蛳手串

林溪河七拐八弯，曲折行走二十多公里，终于来到我们的手腕上。

她曾经派过鱼群前来，但是大多杳无音讯；也曾遣过枯枝败叶，毕竟滩多水险，几乎半途而废；她还不时以船舟的方式载货前来，可是船上的歌谣总会变调。最后，她只好以螺蛳的名义，郑重地与我们亲密接触。

躺在掌心里的螺蛳壳，更像一位称职的河流使者，穿越险滩与漩涡，连滚带爬历尽千辛而至，如今已浑身灰白，空空如也，在阳光照射下隐约透出汉白玉的质地。壳的内部像塔楼的旋梯，外部有细细的纹理堆叠，无声的螺纹昭示着业已消逝的生命。

可以想见，曾有过无数微生物，在拇指大的螺蛳壳内享受饕餮盛宴。野兽没有足够的智慧嗦走螺蛳壳内的肉丁：那大门紧闭，一生只想寄居微型城堡悟道的软体动物。可怜的螺蛳，白活了一场。它的空壳被人捡起来时，显然还被蚂蚁或蚊子租用过一些时日，留下几点瑕疵。壳壁上的角质，有风雨侵蚀的痕迹。虽然螺蛳壳被人遗弃前，免不了被水泡火煮，遭受各种挤压和踩踏，但它的造型坚不可摧，即使宿主已然"万劫不复"，它仍然保持最初的风骨。

向来低调的螺蛳，因为身上那一丁点鲜肉，备受南方市井乡间百姓青睐,而有机会见识油盐酱醋的威力,最终与另一种软体组织——人类的舌头——相遇。

在成为盘中餐以前的很长时间里,螺蛳堪称这个星球上比蚯蚓还艰辛的苦行者。体细如沙,开始发育,最后修成正果,背负弹丸之地蜗居,仍离不开满身淤泥和青苔。它们本想做个绝世的隐士,可惜山洪和浪花轻易就将它们从出生地刷走。

有些螺蛳搁浅沙滩,干渴而死;有些死死卡住激流石缝,却难以力挽狂澜。一部分没有经历过绝命惊险,尚停留河床上的同类,继续趴在岩石上缓慢推进生之旅程,可惜劫数难逃,终究还是会有一双手将它们捏起来。

那双手,也许是三姑六婆的手,也许是我们这些野孩子的手。

# Z

妇女们去河边洗衣洗菜,见水中螺肥,总会顺手把它们捞起来,回去放盆里泡几天,凑够数了,一锅香。不过,家乡还有一句谚语:"捉鱼捞虾,饿死全家。"说明山地居民首重农耕,渔猎只是闲余的把戏。

大人们的"举手之劳"并非螺蛳的死敌,饥肠辘辘的孩子们才是真正的"猎螺人"。

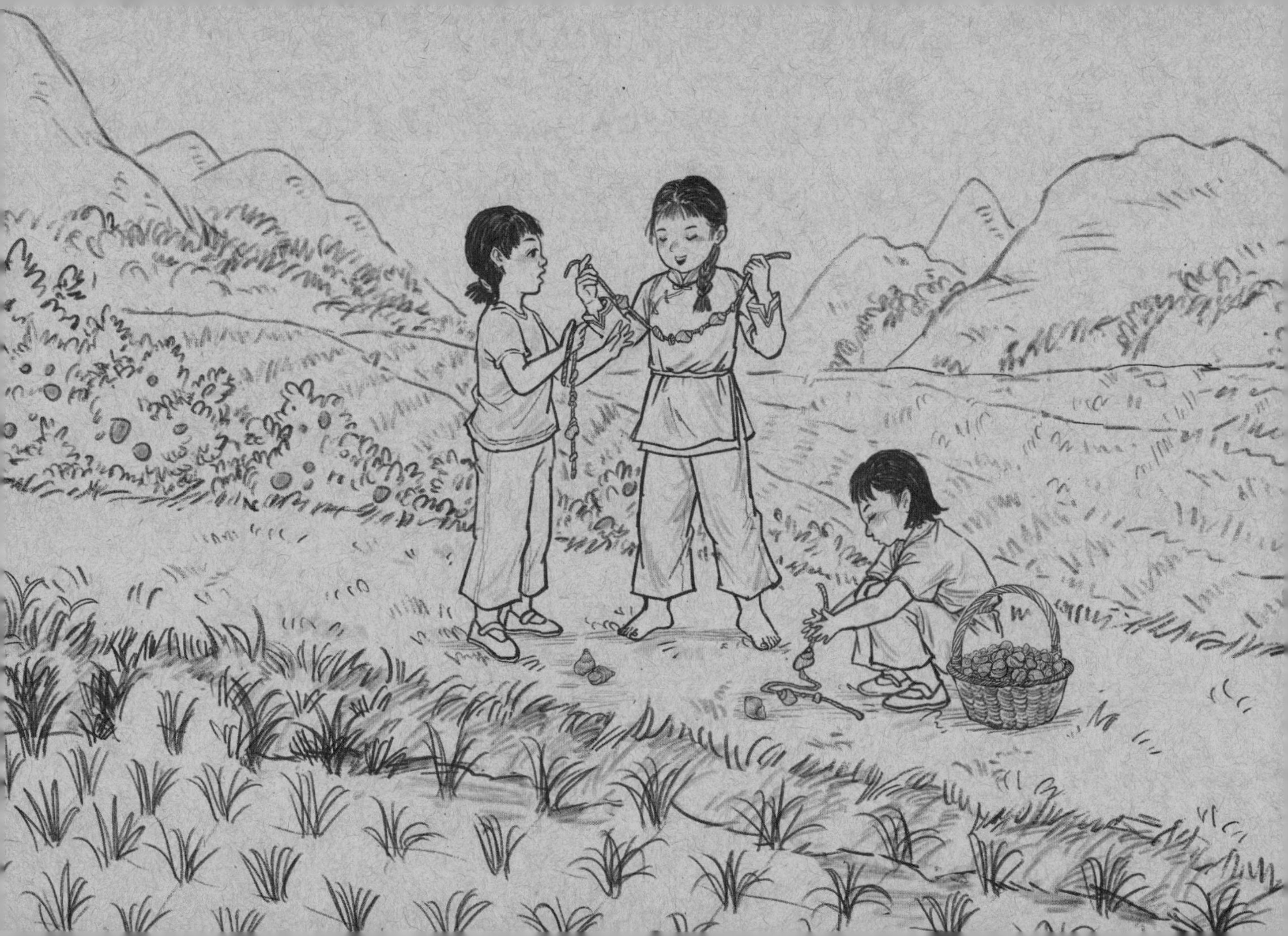

半大的男孩子整天无所事事，终日一门心思找吃的，为了补充身体所需蛋白质，就和小伙伴们跑去河里潜水打鱼，随身携带一张网兜，钻进湖泊深潭，扫探岸崖岩穴。就算搞不到鱼，至少可以摸着河床上的石板，像摘野果子一般捋走星星点点的螺蛳。唯有这样，一顿肉味飘香的晚餐才有了着落。我读小学时，便是一名受大人夸赞的"猎螺人"。

女孩子们，主要利用傍晚到河边清洗长发的时间，端着洗脸盆成群结队到浅水滩，撩起裤脚，一边叽叽哇哇嬉闹戏水，一边俯身捡拾螺蛳。沿路的水田里也能捡到不少。虽然她们最终收获的螺蛳数量，远远不够一家人塞牙缝，但还是乐在其中。

其实，螺蛳肉的功用就是塞牙缝。石器时代的原始人，由于生产力低下，不得不就地取材以天然的螺蛳等贝壳为主食，创造了被后世称为贝丘文化的古老文明，而生活在今天的人们，已完全可通过规模化的养殖让自己获得充分的营养。

螺肉性寒，不宜多吃，但以螺蛳为主，混杂姜蒜、辣椒、八角、草果等香料，佐以竹笋、木耳、腐乳、油、盐、烧酒爆炒，却能开胃出汗、滋补御寒。这对湿热地区居民的健康而言至关重要。因此，嗦螺蛳的习俗，或可看作今天的南方人对古代百越先民那段筚路蓝缕、开疆拓土历史的怀念与致敬。

无数的怀念与致敬，延续着绵绵不绝的人间烟火。

## 3

地面上的烟火自远古飘来，向未来散去，林溪河从深山里来，又流到海里去。沉浸在河水里的螺蛳，不招惹谁，却因人类需要繁衍生息，竟与我们有了短暂的交集。

螺肉被取出后，剩下的空壳，有的直接加入垃圾堆的行列被烈火焚烧，有的掉进河边的草丛慢慢风化，等待被暴雨冲进江河里去。还有一些零星散落在村庄某个角落，如屋檐下、菜园边、水沟旁、泥墙根等，经年累月之后，变得干净通透，偶然间被我们发现。我们如获瑰宝，小心翼翼将其收集起来，当作玩具的材料。

没有人去做碳十四检测，所以无从获悉这些螺蛳壳是来自去年某人的餐桌，还是爷爷的爷爷、奶奶的奶奶们的聚餐遗物。总之，我们很快找来编织袋的塑料丝，或扎水泥袋的白绳子，或废弃渔网的丝线，把一颗颗白亮的螺蛳壳连缀成串，戴在手腕上。

螺蛳壳做的手串，既称不上手镯，也够不上佛家念珠的形制规格。因手镯必须是完整之物镂空做成圆圈状，念珠要有圆溜溜的珠子。

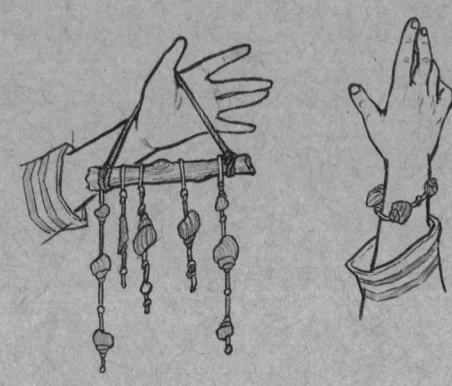

孩子们天真无邪，无所谓物件的价值与意义，只在乎手上的东西能不能玩，好不好玩，有没有趣。螺蛳手串戴在手上，出门就省了一个口袋。大家找到一块空地，把它取下来当毽子踢，自己踢，跟三五个小伙伴一起踢，互相投掷，让螺蛳壳和脚尖、脚腕、脚跟碰撞的声音在空中飞来飞去。

　　或者将螺蛳手串放到地上，用作跳格子的道具。跳格子又叫跳房子，老家话"跳跄跄"，是一种很吸引女孩子的群体游戏。

　　我们还可以把好几个螺蛳手串连接起来，套进脖子，垂挂到胸口，扮演大腹便便的和尚、远古时代的野人；也可以将它松开成一条条长长的直线，编成风铃状悬挂到屋檐下，让狂风暴雨将它吹得叮当响，但我们没有称之为风铃，因为我们童年时代所生活的小山村，人们的词典里尚未出现这个词语。

　　也许，在乡村夜晚闲逛的小狗，会对那些螺蛳壳发出的清音感兴趣，当主人陷入梦乡，它们还蹲在屋檐下的狗洞内，竖起耳朵长久聆听风声。如有人在黑暗中举起竹竿想偷走螺蛳壳，它们就会疯狂地发出警报。有中医药典记载，年久风化的白色螺蛳壳，研磨成粉末服用，主治热痰咳嗽，可以止痛敛疮，对胃痛溃疡有疗效。假若真有人偷了这低贱之物拿去治病，倒也不算坏。

# 1 敲麻秆

每年立秋过后，天气微凉，立春时种下的黄麻，被夏至的阳气催发，早已蹿到一丈多高，此时叶倦芽疲，渐露衰相。一度金黄华灿的黄麻花，也于秋风中一朵一朵凋零落地。

距离中秋节尚有月余，鸡鸭鹅使劲长膘。吃饱喝足的农人闲不下来，开始磨刀，趁晚稻成熟前的空档期，马不停蹄去地里收割黄麻。

黄麻是经济作物，在纺织工业和造纸业发达的地区大有用途，但桂北山区无此产业，因此种植规模不大，旧时多为野生散种，人们随时取用麻皮，用以制作捆绑物件的绳索。改革开放之初，外地城市工厂用麻需求倍增，山区农户于是利用自留地略加扩植，生产粗麻纤维卖给小贩，以换取八月十五的月饼。

月饼是老少咸宜的节庆点心和乡土社会的人情纽带。

往时习俗，人们在中秋节前十来天，做女儿的必须回娘家去送月饼、送鸡鸭，娘家人收到中秋礼品，到寒冬腊月就有做糍粑回赠姑家的义务；姑家又于除夕前再回一趟礼，至少一条五花肉和一只土鸡，富裕者还增加一些糖果，这样，到了正月初，必定有贵客登门。一去一来，循环往复，俗称"走亲戚"。

041

那时山寨间的道路不方便，来往交通主要靠双腿，人们走一趟亲戚，要花大半天乃至一天时间，因此无不留宿过夜。礼尚往来，贵客盈门，就要花钱置备酒菜。酒菜钱从哪里来？每年入秋近冬过节礼俗第一轮礼品的启动经费——购买八月十五的月饼钱去哪里找？

# 2

面朝黄土背朝天的农民，只能去找土地帮忙。土地能提供的最便捷的来钱办法之一，在我的童年记忆里，就是长出一片片黄麻。我曾在十五六年前写过一首诗——《八十年代》，里面提到这样的场景：

"那时候，时不时有些民歌

在船上动听起来

而我的姑姑们为了换取八月十五的月饼

没日没夜地在河边搓麻、洗麻"

诗句中的"姑姑"，只是众多投入生产黄麻纤维的农人的一个侧影。事实上，这项工作需要一家人全员出动，持续半个月。首先是健壮劳动力进山采收，男人负责挥刀砍麻，像将军决战疆场，妇女收拾战利品，将砍翻在地的成条生麻收拢扎捆。然后夫妻俩以手臂粗、两头削尖的杉木条做扁担，紧走慢跟挑回家，歇口气，喝口水，再将黄麻一捆一捆搬运到林溪河边的水埠头交给老人。

老人早已选好地点，在水深齐膝的河床上钉好木桩，把成捆的青麻整齐摆放在木桩范围内，再从河里掏出许多西瓜一样大的石头将青麻压在水底。这一道工序叫作"浸麻"。

青麻在河水中浸泡大概一个多星期，皮色就开始发黄变软，再泡三五天，麻皮用手一捏即可脱落，这时候就轮到了下一道工序。

秋高气爽，月牙隐现，傍晚时分，人们纷纷走到河边，齐心协力捞起自家的黄麻，摆放在干净宽敞的地方，解开绳索，一根一根地剥皮，积累出一扎又一扎初成品，然后放到石板上拿木锤来捶，捶去皮上的疙瘩和皮浆，将黄麻皮像洗头发一样又搓又揉，最后得到色泽鲜亮、黄白相间的粗麻纤维。这些粗麻纤维晒干后，就可以拿去卖钱了。

我们这些野孩子并不知道金钱有多重要，整个生产粗麻纤维的过程，最吸引我们的莫过于副产品——麻秆。

脱皮后的麻秆，光洁如练，散发清香，一排排晾晒在河岸的草丛边或者田埂土墙上。漫长的冬季,这些麻秆是农家烧柴做饭绝佳的引火燃料,在电灯尚未普及的岁月,它们还是夜行者做火把照明的上佳选择。然而,我们只想玩:在男孩子眼里,那一根根直如标枪的白色麻秆,是无可替代的"武器"。

  至今,没有人能够说清到底是谁最先发明敲麻秆的游戏,反正一到麻秆出现的季节,山寨的晒谷坪、空地上和巷子里,就会出现许多少年勇士。孩子们像关公一样,过五关斩六将,也像李白那样,仗剑直行、脱剑横膝、拔剑四顾。

  女孩子温柔可爱,不屑于参加这种游戏。

  男孩子热血沸腾,乐此不疲,几乎每个人都有一两根看家的宝贝。

  游戏很简单,假设甲乙双方答应比拼,经石头剪子布确定开局先后。被动一方把自己那根麻秆斜放在墙根,或一处有凹槽的地面,或一两块石头之间,发号施令;主动一方双手执秆,站稳马步,瞄准目标,徐徐运气,等待对方"一二三,开始"的一声令下,"嗨"的一声抡起麻秆猛劈下去,像极了古代的武士。麻秆断者认输,赢者为王;如若不断,轮到对方下手。双方各打一次,计为一局。如果实力相当,就相约再战一个回合。有的孩子好胜心强,非要论个输赢,这个时候就看谁有底气奉陪到底;有的孩子相对文明,一旦不相上下出现僵局,就握手言

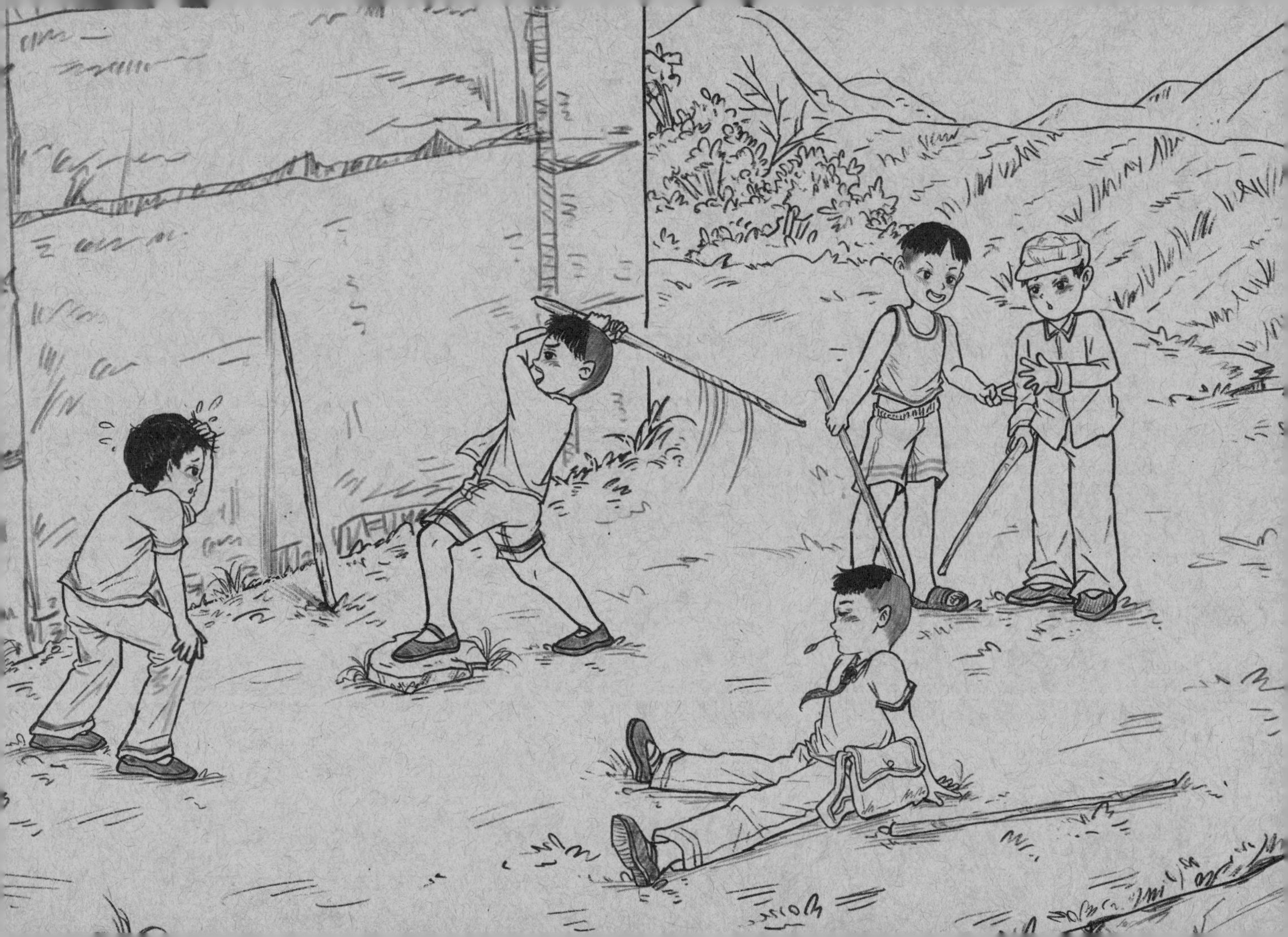

和，改天再战。

除了一对一的单战，还有一对多、多对多、多对一等比赛方式。无论哪一种方式，想要获胜，取决于两个关键因素：首先，麻秆的质量必须过硬，其次，参赛选手一定要懂战术。

黄麻秆长约三四米，笔直如竹，根粗尾细，根部以上两尺左右质地坚硬，再往上开始空心脆软，不足为战。孩子们都知道挑选那些长得粗壮的麻秆，截取根部那一截拿去比赛。但是自然界并非省油的灯，有时喜欢跟相信它的孩子开开玩笑，玩虚招：有些长得粗大威猛的麻秆，看起来令人生畏，实际开展比拼的时候却不堪一击，叫人捶胸顿足，迷惑不解；一些其貌不扬，瘦弱枯枝般的家伙，反而刚硬如铁，对战中势如破竹。

# 4

阿江精通选材的奥妙，所用的麻秆往往能以一当十，在实战中很少遇到真正的对手。别人不服，以为他把铁线插进了麻秆芯，他就拿麻秆到火里烧，让人心服口服。

有一天，我问他是怎么做到的，他二话不说，悄悄带我去他们家位于河边的"武器库"。他先让我选我认为厉害的麻秆，然后逐一评判：

不行，不行，这根还可以，可惜还是不行。

"你烦不烦，怎样才算行？"我急了起来。

"要不信，试试这条。"阿江顺手抽出一条黑不溜秋、略有弯度的麻秆递给我。

"还没晒干，是湿的！"我生气地说，"而且这么细，你没开玩笑吧？"

"试试就知道。"阿江胸有成竹，再抽出一根比它大三倍的麻秆，横在膝盖上，"啪"一声折作两段，叫我比试比试："你把大的放好，我来打。"

只见他手起秆落，那根粗壮的麻秆瞬间断作两截。我表示十分惊讶，又有些狐疑，就叫他把手上那根细的麻秆放地上，我另外换根麻秆来打，结果当然是我输了。"真奇怪了。"我说。

"姜是老的辣，你要选最老的，老的秆子比嫩的耐打，最好是没有干透的，干透了容易变脆，太轻了没有力气。"

得到阿江的点拨后，我使用的麻秆武器威力大增，有些年纪比我小几岁的小屁孩开始到家里来拜师学艺。我夸夸其谈，把阿江传授的那几句话添油加醋告诉他们，他们屁颠屁颠去翻找所谓"老棍"，可最后还是无法在实战中取得上风，纷纷责怪我吹牛。没几天我用的秆子也折戟沙场，却找不出问题在哪，只好硬着头皮再去找阿江请教。

阿江哈哈大笑，说："背景很重要。"

我丈二和尚摸不着头脑，问他什么叫背景，他说其实很简单，麻秆硬不硬，要看它长在哪里，在哪里长。种在石头坡地上的黄麻，长得慢，又矮又小，麻秆却是最厉害的；那些长在园子里、田地边的黄麻，雨水足，有肥料，就像饲料鸡一样肯定不行。"妖怪"家的黄麻种在寨北野猪岭，那个地方出来的麻秆可以，"猪头"家的黄麻种在天鹅坪，地下的红薯很大个，地上的麻秆看起来又粗又长，可惜不够硬……

阿江分析得头头是道，我却感觉云里雾里，只好放弃这门学问，直接提出新的方案：拿三个芋头跟他换一根好的麻秆。他居然同意了。

阿江告诉我，敲麻秆比赛，光有蛮力不够，还需要懂得蛇打七寸的道理。他说："棍子的疙瘩长得越多，越难被打断；选麻秆时也不能选太直的，太直就容易搞断。你打下去，要瞄准它的节骨眼。"

直到三十多年后的今天，我才想通，当初没读过书的阿江已经理解几何学、植物学的知识，他所说的道理其实跟木质草本植物的内部纹理，以及力学中的弯曲度直接相关。

## 5

　　我们的伙伴阿荣，身体瘦弱，力气不大，却总能在比赛中出奇制胜。赛前，他不急不慢，左看看右看看，寻找最佳的角度下手，往往能一击制胜。而那些自诩手臂粗、力气大的孩子，仗着"输得起"的思想，不加思索猛劈下去，结果伤敌一千自损八百。

　　孩子们的心中总住着一个超级英雄，超级英雄的标准就是拥有一件战无不胜的超级武器。为了在敲麻秆比赛中取胜，有的孩子寻找武器时无所不用其极。

　　有一阵子，寨子里的麻秆出现了失窃的现象。主要是有些人家将已经晒干的黄麻秆扎起来，扛回家堆放在柴火房里，以备冬天之用，然而后来细心的主人发现，他们家的麻秆经常出现断头的情况，询问自家孩子，都说不是他们干的。

　　甚至有一年，地里的青麻还来不及砍收，就有孩子偷偷跑去连根拔起，选择"厉害"的那几棵砍掉剥皮，带回家晒干做"战备"。这导致主人家的麻地一片狼藉。两三百号人的寨子，查起来也不知道是哪家孩子干的。阿江从大人的闲言碎语中了解情况后，就召集一群孩子到河边草坪开会，他对我们大伙儿说，今年比赛每个人只能用家里的麻秆，谁要是搞小动作去偷东西，我们就不跟他玩了。

阿江的话发出后，确实起了作用，此后再也没有人敢耍小聪明去偷别人家的财物了。

秋天悄悄结束，冬天自有冬天的游戏要玩，孩子们就像山里的树木，换上了新的衣服和玩具。

如今乡下已很少见成片成片的黄麻地。人们早些年种植的树木业已成林，陆陆续续被砍伐，让林溪河的水位相应下降。沿岸每个寨子的水埠头，再也看不到人们成群结队浸泡青麻、加工黄麻纤维的场面了。现代物流加速了副食品的流通，也不会再有农民为挣几个月饼去苦苦地出卖劳力。曾经流行乡野的敲麻秆游戏随之消失。

不过，当年小伙伴们挥秆比赛练就的一身好肌肉，全部用在了新的劳作项目上，比如举起铁锹，修筑跨越家乡的铁路和高速公路。他们"嗨"的一声呐喊，在山间回响。

# 1 尺棍打敲

霜降以后，桂北的天气是真的变冷了，此前在穿衣这件事上犹犹豫豫的人，现在开始果断增添秋衣秋裤。去山中放牛的人回到寨上报告说，地里的油茶果已经开裂，透过裂缝可以看见黑亮黑亮的茶籽，像极了想要蹦出炼丹炉的孙悟空。

于是这天晚上，村人做梦时就能听见茶树林里"噼噼啪啪"掉果的声音。次日清晨，人们早早起来烧火做饭，打包好饭盒与水罐，扛着磨利的宽口锄头和长柄镰刀，赶去山上"铲畬"。

"畬"在古代汉语里指刀耕火种之地，我们老家话所谓"铲畬"，特指铲茶山，其实就是用宽口锄头清除油茶林地上的杂草和苔藓、地衣。

经过一年的放荒，油茶树下的小路和畦陇杂草丛生，不便于捡拾成熟落地的茶籽。人们需要像刮胡须一样，把地铲干净，重新理出一条条横在斜坡上的垄道，让熟落下来的茶籽聚集，以便腊月榨油季来临时快速完成采收。长柄镰刀的作用，则是割除寄生在油茶树上的藤蔓和蚁窝，砍掉在高处占用阳光却不挂果的旁枝。

油茶树属于常绿灌木，枝繁叶茂，成林时树冠高可数米，枝杈四散，浓密成荫。农人知道，如果枝枝杈杈少了，挂果量就少，可多了又怕树枝和主干顶不住，挂果时遇到风雨会折断，且重叠的叶面受光不足，水分抽不上来，导致果实营养不良，影响出油率，因此每年都需要对油茶树进行适当修剪。

善于统筹劳动的人，在山里忙活一天收工返家时，总会顺路挑回一担砍伐下来的新鲜茶树柴，一天一担，十天一堆，堆满宅前屋后。这些大小参半的柴火是上等燃料，结实、耐烧，经过一个多月的晾晒风干，就能应付从立冬到清明的烧柴所需。

孩子们对家务农活不上心，虽然寒假临近，考试在即，却仍然一门心思想着法子玩，于是柴房里的茶木，就成了加工玩具的原料。

茶木有粗有细，粗者如臂膀，细者像手指，光滑油亮，质地密实，越干越硬，完全消除水分之后甚至刀斧难进。因此农人喜欢用它来做刀柄、斧柄、锄柄和打狗棍，老人家选用长瘤的茶木枝杆做拐杖，孩子们除了用它来制作常见的陀螺，还另有一种特殊的玩法，就是"打尺"。

**2**

打尺其实是壮族地区的叫法，在我们老家，这种游戏被称为"敲棍"，命名方式更为直接和简单粗暴。棍子分两根，长者半米曰"母"，短者半尺曰"公"，一长一短合称"公母"。公棍两头皆为圆形，母棍的一端保留材料原形作为手柄，另一端则削尖，状如铅笔头。

玩敲棍游戏，先要学会发棍。发棍有三种方法。第一种是直接击发，即一边手捏住公棍的一端，另一边手执母棍从后方击打公棍，让其向前飞出，整体动作与羽毛球运动的反手发球技法差不多。

第二种发棍方法难度较低，类似于炮兵的定点发射：先在泥地里挖出一个宽约半寸的小凹槽，或者直接利用地上原有的坑洼，把公棍横架其上，然后双手执好母棍手柄，将一端伸进公棍中间底部，抬起头来，瞄准前方目标，用力一挑，公棍瞬间飞起，呈抛物线向远处飞行，飞得越远越好。

最难的是第三种方法。既不能使用双手，也不能在地上挖坑，而是任意找块小石头，或选一处凸出地表的泥疙瘩作支点，把公棍斜架在上面，冒出一头，单手执母棍尖端，利用手柄的重量，向下猛一敲击，公棍一头受力垂直向上翻滚弹离地面，趁其未落地前，紧急挥舞母棍把它横向击出去。一套连贯动作下来，不超过两三秒钟，如动作慢，将错过最佳时机，眼力不好，则往往击空，用力过度，就会超出范围被判无效。

同伴中手脚比较笨拙的阿荣，一开始学习第三种高难度技法时，连续敲了好几次都打不中目标，最后手臂发酸、手掌松懈，居然把母棍也

甩出去了。这种情况还好，万一没有锁定目标，胡乱抽打一番，公棍没有按照指定路线向前飞去，就有可能伤及左右，所以观看的玩伴都远远躲在他身后。

如果已经掌握打尺敲棍的方法，就可以参加比赛了。

赛场一般选择在较为开阔的空地，比如晒谷坪，比如稻茬比较短的旱田。在我们文堠寨，寨头寨尾均有一块相当于两个篮球场那么大的晒谷坪，秋收以后没有稻谷可晒，地空了出来，非常适合孩子们玩敲棍子游戏。

# 3

每天傍晚或周末，孩子们不用上学，就纷纷拿出自己的敲棍武器到晒谷坪集中，自我练习或组队比赛。

第一种玩法比较简单，只需利用第一、第二种发棍的方法比距离，看谁把公棍挑得更远。虽然寨子里的小伙伴们摩拳擦掌人人参加，但是互动性不强，比的其实是力气。

　　第二种玩法相对复杂。这是一组双人对抗游戏，多人循环参与，选手轮流上阵。大家选好一个固定发棍的地方，通过石头剪子布筛选出第一个发棍的人作为甲方，第二个人作为乙方。乙方要跑到甲方前方数十米开外等待徒手接棍。整个架势类似于足球大战中的点球大赛，唯一不同的是没有球门。发棍者除了不能把公棍打往左右及后方，可以任意选择方向，接棍者则需要管好眼前的一大片空地，精准判断对手的动作和意图。

　　"一、二、三，来啦！"

　　甲方小伙伴稳扎马步，双手紧紧摁住母棍，架在地上的公棍宛如弦上之箭。随着远处的对手发出信号，他双臂发力，猛地挑起母棍尖端，公棍犹如绝地而起的飞鸟，刹那间跃向空中，向前方呈弧线飞去。乙方伙伴眼疾手快，拔腿奔跑，提前冲往公棍的落点，稳稳地将棍子接住。乙方如果赶不上或接不住，棍子最终落地了，就被淘汰，换下一个人顶上，甲方赢了一局，就可以继续玩下去。如果发出的棍子被接住，则表示甲方败局，乙方赢得发棍权，在后面排队的人相应入局，站到接棍的位置。

　　由于是双人游戏，接发二人全面对抗体力和技巧，必须全身心投入。作为被动者的乙方淘汰率极高；而甲方拥有将近180度的"扫射"方向，发近发远、向左向右，全凭心意，有点像足球射门中的假晃，通过迷惑对方从而得到乐趣，所以人人都想赢得发棍的主动权，多玩一把。

后来，玩输的人多了，发现发棍的人的权力过大，就有人提出改进规则，要求甲方只能向前直线挑棍，范围不能超出接棍者左右三十"尺"，距离不能短于二十."尺"。这里的所谓一"尺"，并非标准的刻度，而是用大约半米长的母棍为单位做丈量，一棍表示一"尺"。如此，双方的较量就限定在一个倒三角结构范围内，在周围排队的小伙伴们火眼金睛，集体扮演裁判，盯住已经划定的隐形界线。

这样一来，甲方只能遵守规则，在有限的空间里，争取赢得胜利。办法之一，就是使出吃奶的力气尽量把公棍挑向更远的地方，让对手踉踉跄跄往后退。有的人在后退过程中，不小心被石头绊倒，或摔疼了屁股，或扑空啃了一嘴泥巴，引得大家哈哈大笑。阿江的力气大得惊人，有一次把公棍挑到了百米之外，大伙儿费了好大的劲才将其找到。

农忙间隙，茶余饭后，围观比赛的成年人也跃跃欲试，想要报名参加，小伙伴们当然允许。可是大人们的手臂毕竟太粗，发棍的距离太远，许多孩子接不住，气喘吁吁白忙活，一股不满的情绪悄然蔓延。大人们自觉占了便宜，扫了孩子们的兴，于是主动提出增加发棍的难度，

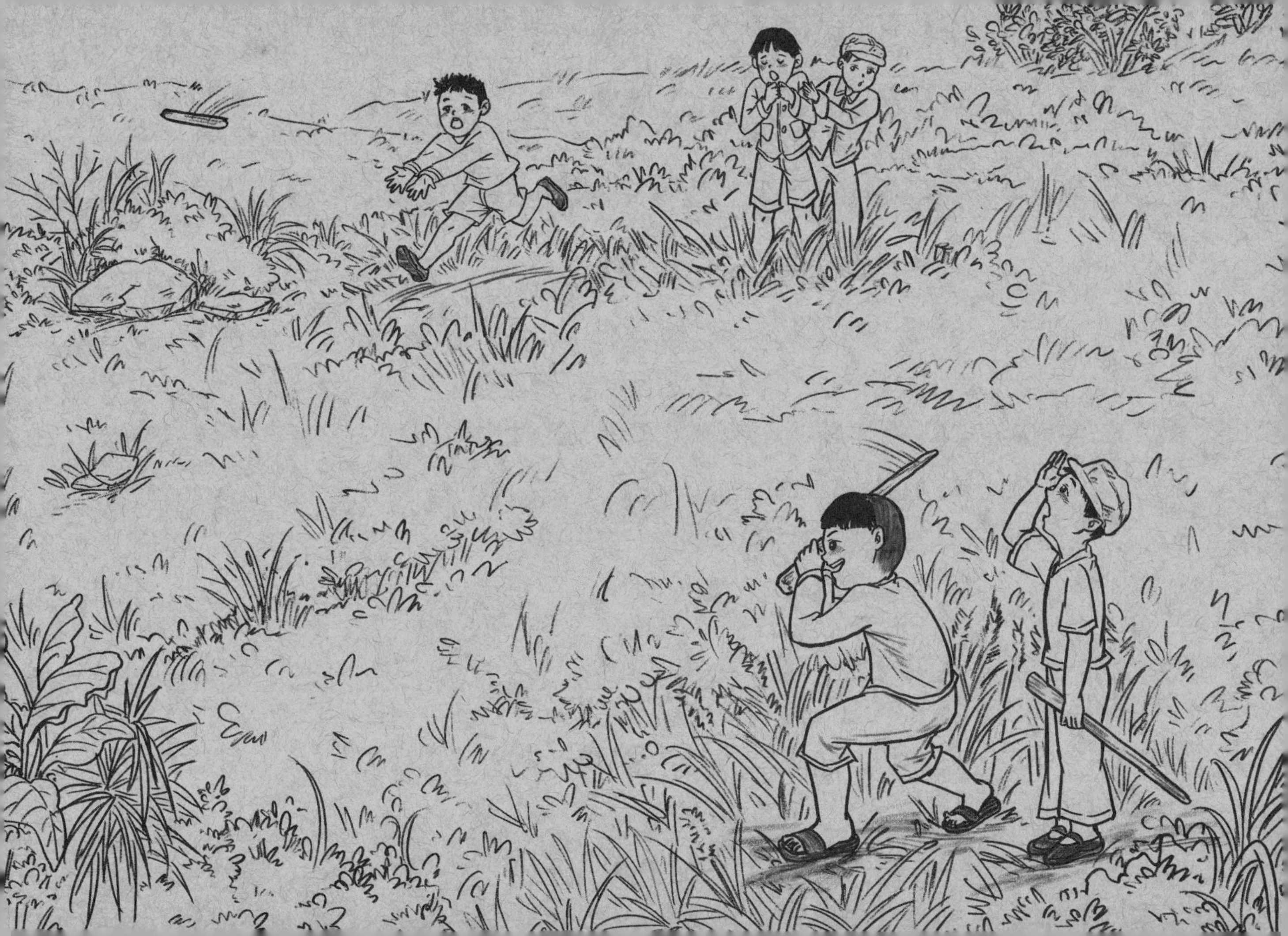

改挑棍为敲棍，也就是前面说到的第三种发棍方法。

然而第三种发棍方法毕竟是长棍打短棍，硬碰硬击发，凌厉迅猛，"乓"的一声，飞出的公棍几乎以与地面平行的直线射出，速度很快，乙方徒手接棍很容易受伤。在我们的伙伴中，就有几个人被"飞来横棍"打中手指头或耳朵、额头，轻则起包，重则流血。

但是不愿服输的伙伴们，内心有一股野性与激情，轻伤不下火线，仍然咬牙坚持游戏。这可急坏了大人，万一伤着眼睛鼻子，瞎了或毁容了怎么办？

## 4

于是敲棍游戏的风险在实战中再度被降低。

经过大家商量，规则有了改进，允许乙方使用自己的母棍来接公棍，只要成功拦截飞来的公棍就算赢，而不必徒手"鸡蛋碰石头"。

敲棍游戏能锻炼孩子们的注意力及身手力度和协调程度。至于它为什么叫打尺子，至今已无人知晓，想必是木工闲来无事时的发明。也许在古代某时，某位木工的孩子没什么玩具可耍，老是偷家长的木制直尺或曲尺去消遣，而木尺可是木工师傅的吃饭家伙，于是他干脆将木棍截为两段，授以简单易学的玩法打发小孩。

还有一种可能，这项游戏的发明也许跟古人的经济活动有关。因为在第一种基础玩法中，衡量比赛输赢的主要环节是测距。测距的方法是以母棍为标尺，在发棍到落棍的区间一棍一棍地丈量。《荀子·不苟》说："五寸之矩，尽天下之方也。"早在商代，我国古人为划分田地，就学会了使用步行或矩弓测量土地的方法，那时一弓约为一米，三百六十弓计为一里，这方法一直沿用至清代，《福惠全书·清丈·定步弓》记载："丈田地以步弓为准。"

这里所谓的"弓"，相当于测量距离的标尺，比使用脚步和弓箭射程的测量方法更加科学。在我小时候，国家刚刚实施家庭联产承包责任制那会儿，我记得父母跟生产队员们去山上参加田地测量和划分，用到草标和扁担，草标和扁担已经知悉具体长度，带去地里一杆接一杆反复地测算。

到我们玩耍敲棍游戏时，大家测量不同落点的公棍与发射起点的距离，也如法炮制，一"尺"接着一"尺"地去相加测算，不足一"尺"的，换上公棍继续测算。此时，长的母棍和短的公棍，相当于数学中的十位数和个位数。

至于测距之外的让乙方接棍的玩法，应是后来发展出来的了。

制作公母棍的材料，除了质地坚硬沉实的油茶树，还有一种颇受小孩子欢迎的小型灌木，叫作杜荆。杜荆长在田间地头和山路两侧，很容易找到，也容易砍伐加工，它的优点是枝条挺直均匀，木质轻软伤人无碍，但是风干以后严重缩水，分量不足，打得不远。而油茶木做的公母棍，可以一直使用到表面包浆。

　　如今，上了年纪的家乡人对于敲棍游戏仍记忆犹新，我回乡与他们闲聊时，大家无不眉飞色舞，甚至家中还存有当年的"宝贝"。但是他们的孩子们已跟这游戏无缘了，它只存活在部分县志的记载里。

# 1 乓乓筒

空气虽然看不见摸不着，但它绝非超级隐士，有时也会露出一些蛛丝马迹。儿时我们认知空气的途径，除了打哈欠、打嗝等生理现象，或在河里潜泳时吐出一串串气泡，还可通过一种物件感知空气的存在，那就是流行于乡间的一款热门玩具——"乓乓筒"。

乓乓筒，又名竹筒枪，是我们农村儿童"自制武器库"中的高级品。此枪发出"乓"或"乓"的声响，直接告诉我们，某样东西已经发挥威力。

可那是什么东西？尚读小学低年级的我们，只顾着玩乐，并不去深究其中奥妙。有伙伴说是打出去的子弹厉害，或说是枪做得好，还有说是打枪的人力气大。他们说的都没错，但都无关真相。后来，还是上过初中物理课的某个族兄，跟大家科普说，一切都是空气在作怪。

"什么？空气？你吹牛吧！"有人还是不敢相信。

于是那位族兄把一颗黄豆放进嘴巴，鼓起腮帮，使劲一喷，豆粒射穿芭蕉叶。

"这就是空气被压缩产生的爆发力，"他说，"不是我嘴巴和黄豆的问题。"

后来我们上初中，有机会阅读报刊，才略知现代热兵器知识，明白枪械和炮弹的核心原理，是利用火药在密闭空间内瞬间燃烧，使空气极速膨胀产生的巨大张力，推射弹头极速飞出。这个发明属于化学与物理学的完美结合。

但乒乓筒的内部没有条件，也没有必要设置化学反应的模块，它仅由一根枪管和一根击发子弹的连杆组成，状如一组活塞，简单明了。玩家一手在前握住枪管，一手在后快速推动连杆，迫使枪管内的气压发生骤变，将堵塞在枪管头部的弹丸高速弹射出去，以此获得把玩武器的乐趣。

那时，乡村露天电影里播放的都是抗战题材和解放战争题材影片，英雄人物开枪射击的神勇姿态，令人血脉偾张，向往不已。尤其是孩子们，无不在梦境中演习过飞夺泸定桥的壮怀激烈，醒来时，也喜欢握拳伸出食指和拇指模仿电视剧里双枪老太婆的动作，口中念念有词——"pia""pia"，开枪射击，或者双手紧握一根木棍在胸前充当冲锋枪，颤动着舌头和嘴唇，"嘚嘚嘚嘚"四处扫射。每逢过大年买新衣服，能拥有一身绿色的军便装是最大荣耀。

可惜插在裤腰带上的木手枪显得太幼稚，大家还是渴望摸一摸真正的枪械。

不知是何许人发明的乒乓筒，因为它能够发射"子弹"，发出响亮的声响，有效满足了大家的愿望，因此寨子里的小伙伴们都渴望拿到一把。

年纪稍大的孩子，可以依葫芦画瓢自己制作，低幼儿童还拿不稳刀具，只能求助于大人。可是忙于生计的大人没时间摆弄这些小儿科，于是像阿江和我这样的半大孩子就很受欢迎。

---

# 2

按照家族排辈，我和阿江、阿安、阿忠同属"祖"字辈，后面一群小屁孩都得叫我们阿哥或阿叔，有的小辈甚至得叫我们"小公"，他们眼巴巴地恳求我们代为制作乒乓筒。

"军叔，帮我做一个！我家有红薯头！"

"江哥，求你啦！我家煮有玉米！"

"我家厨房里有芋头和酸菜、酸豆角、酸萝卜！"

"小公，帮帮我！"

"可以可以！做好了，你要站我们这边，一起去包围寨头那边的人！打仗不能怕死！"

"谁怕死谁是小狗！我被我们家水牛拱进水沟都不哭！我们寨尾一定能打赢寨头！"

年龄相差不远的小弟和小侄、小孙们纷纷表态，并急匆匆跑回家，拿出香喷喷的杂粮来分享。大家啃着芋头和红薯，把自己想象成打鬼子的八路军。阿江振臂一呼，山寨游戏大战前的招兵买马工作，就这样完成了，接下来，进入武器制造的阶段。

"你们先准备好家里最好的筷子来，我们去找竹子！"个头最高的阿江，像一位将军，胸有成竹，向大家发号施令。发完话，他从腰带里拔出自己的乒乓筒，从嘴里吐出一颗纸团，迅速塞进竹管，上膛，高高举起朝天上"砰"地开一枪，算是解散、出发的信号。

乒乓筒既名为筒，制作材料自然离不开竹子。

刚好我们家乡多竹，毛竹、麻竹、箭竹、罗汉竹、慈竹、雷竹、方竹、刚竹、斑竹、金竹、玉山竹、紫竹、青竹、倭竹、南竹、单竹等，在山地荒野、河岸田间随处可见，品类不少，大小齐全。自古以来，山里人耕作渔猎、居家生活，普遍使用竹器和竹材。人们种竹、爱竹、吃竹笋，与竹子建立了深厚的感情。

例如其中的青竹，修长挺拔，质地柔韧，备受农人喜爱。人们去山里砍回一捆捆长约丈余的青竹，削去竹节上的疙瘩，用火烤软，春天时压弯成半圆环状，用作培育水稻秧苗的薄膜的支架，夏天时选用直挺挺的做蚊帐杆，剩下不合格的废料，则拿去菜地扎篱笆墙。

## 3

做一个结实耐用的乒乓筒，材料以风干过后质地光滑、竹节直长、管径匀称的青竹为最佳。虽然直接使用生竹加工制作相对容易，但成品会因为失水而在数天内萎缩变形。

插在菜园篱笆墙上的竹竿，因为日晒雨淋，有的开裂变形，有的已经腐朽，也不太适合做枪管；从田地里回收、留作来年再用的育秧薄膜支架，有弯曲的弧度，也不行。孩子们只能打蚊帐杆的主意。

青竹做的蚊帐杆，经年累月沾染人间气息，已然家具，甚至竹皮包浆、色泽橙黄，犹如读过书的毛孩已晋升文明人的行列。

那时候的山寨，民风淳朴、路不拾遗，农民家里没几样值钱东西，孩子们吃百家饭喝百家水，无论哪家哪户，互相之间可自由出入。阿江以身作则，带领我们去他家拆掉他三姐的蚊帐杆，又去别的伙伴家，偷偷卸下人家老爷爷的蚊帐……大家心知肚明，反正竹子这东西山上大把，大人随时可换新，要是被发现了，大不了挨一顿揍。

切割竹管是门技术活，有的伙伴笨手笨脚，容易把竹子切裂，但是对刀工熟练的阿江来说却是拿手好戏。

选一节好的枪管，有点像"开盲盒"，需要看运气，因为每根竹子的内腔长相不一样，而制作乒乓筒，必须用正儿八经的圆柱形，椭圆形、心字形都不行，前后口径相差太大也不行，否则就会漏气打不出子弹，或者枪口堵塞导致爆管。

"你想要'乒'的还是想要'乓'的？"阿江问。

"我想要'乓'的。"小伙伴答。

"好吧，你家子弹多，可以。"

阿江于是挑选管径大一点的竹竿来动刀。大口径枪管，虽然打出来的声音足够响亮、吓人，但很费纸，而且用普通筷子做连接杆，就像火车进隧道，显得太松动了，必须用下油锅的长筷子才匹配；而小口径枪管节约子弹，且打得远，可是声音听起来简直像蚂蚁放屁，不够威风，将筷子削细做成的连接杆又容易折断。

手起刀落，阿江很快将长长一根竹竿，沿着竹节砍成几段，然后将其中一段放在水平的石板上，用刀刃横向压在其尾端附近，隐隐发力，反复滚动竹管，不出两分钟就卸掉了尾端的竹节。

好家伙，竹腔是正圆形的，可用。于是阿江把竹管反转过来，在距离头端竹节约两寸的地方，轻轻下刀做标记，然后慢慢按压刀刃，继续滚动竹管，几乎看不到一点竹屑，竹管就完整地一分为二了。

带有竹节，约莫两寸长的竹管头就是乒乓筒的手柄。

两头露出相同口径，长约一尺的竹管，就是未来冲锋陷阵的枪管。

阿江分别将手柄和枪管的两端削得平平整整，直到两者完美吻合，才开始加工筷子。

筷子的尾部略粗，有的是正方形，需要修理成圆形，然后紧紧地插到手柄上，两者结合成为"活塞"的连杆，再比对连杆与枪管的长度，截去多余部分。无论谁长谁短，都务必保持连杆比枪管短一公分，这样才能保证子弹停留在枪管末端。

经过这一道道工序，乒乓筒终于大功告成，接下来就是试枪。

---

# 4

拿到新武器的伙伴笑得合不拢嘴，嘴巴里早已咬软了一大块纸团。那些曾经印刷文字、传递文明的纸张，从来不会想到自己会跟唾液揉在一起，像馒头一样握在小朋友的手心，然后被分离出来捏成花生米、黄豆粒一般大小，塞进竹管里，开启新的旅程。

　　枪手用拇指将第一颗纸团塞入竹管，用连杆轻轻推至管末，也就是枪口处，然后将第二颗纸团紧紧按进管口，封住管头不漏气，摁上连杆头，轻轻一推，手指已经感到有弹性。

　　此时，子弹上膛的程序已经完成，枪手抬高双肩做射击状，眯住一只眼睛，瞄准前方目标，使出浑身的力量。

　　"乓！"

　　还来不及眨眼，纸团子弹已经射出枪管，打到七八米开外。

　　手是颤抖的，心也是颤抖的，大家欢呼起来，庆祝一件武器的诞生。武器的主人在那一刻就像关公拿到了青龙偃月刀和赤兔马，满脸自信，如虎添翼，兴奋不已。

　　枪管、连杆和子弹，三者缺一不可，否则乡村少年勇士将不敢出门参加枪战比赛；如果参加比赛，而过程中搞缺了其中一种，也会让其他伙伴笑掉大牙。就像战场上的士兵遇上枪械卡壳，或弹尽粮绝仅扛一把废铁，若不狼狈逃跑，就只能坐以待毙。所以，人人都十分爱惜自己的这件玩具，并尽可能地从中获取乐趣。

　　手拿乒乓筒模仿八路军、解放军、志愿军和警察，利用寨子内外的环境分边开仗，就是一项专属于男孩子的群体游戏。

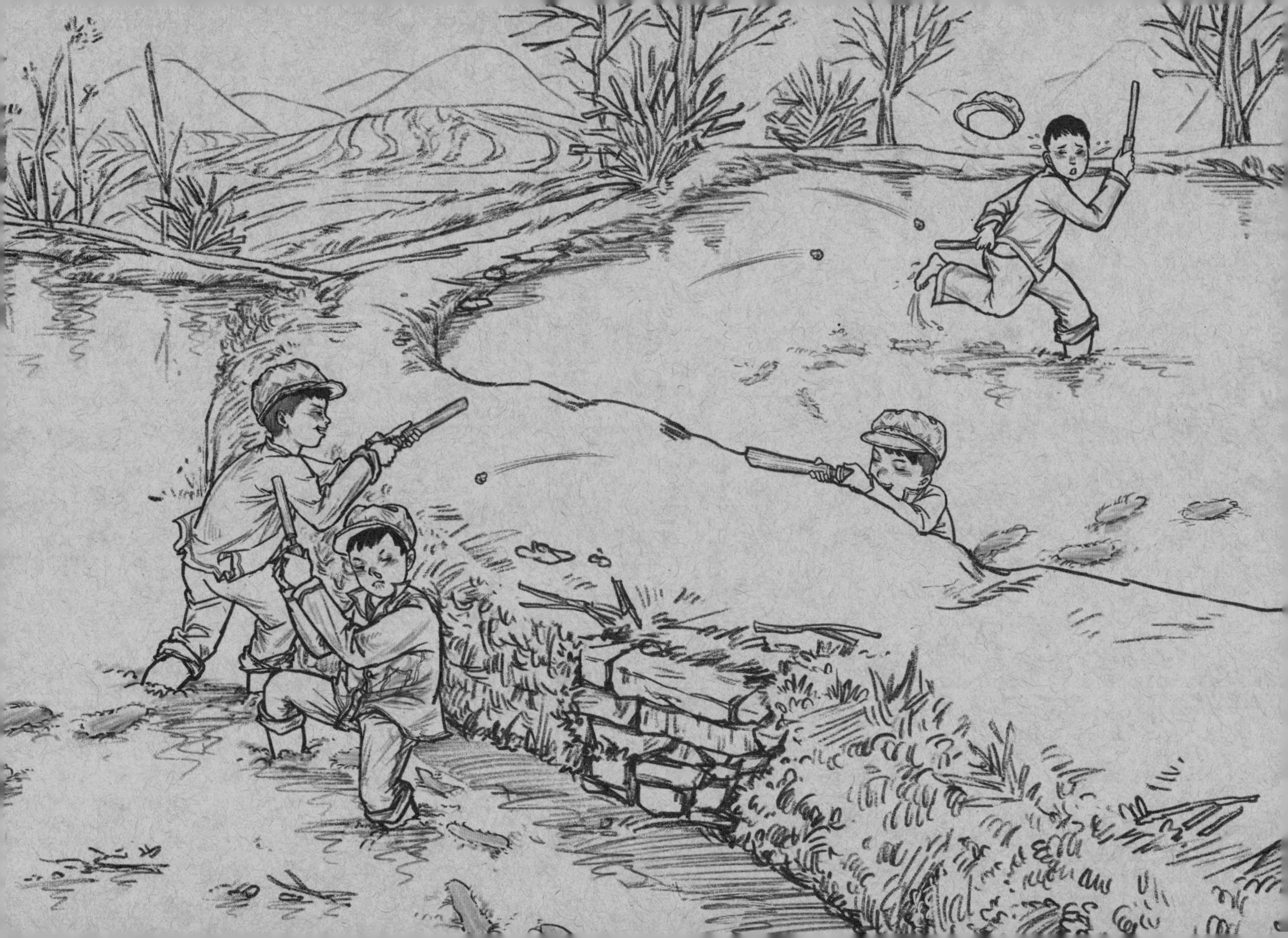

俗话说，兵马未动，粮草先行。在成人社会，打仗是一件十分耗费钱财的活动，历史上的许多次败仗皆因后勤补给不力导致，其中，弹药供应是关键中的关键。我的童年小伙伴们早早就明白了这个道理。

阿江脑子里总装满稀奇古怪的想法，为了实现那些想法，经常做出一些叫人不可思议的事情来。比如他为了在"战场"上震慑"敌人"，居然找来一根废弃的船篙和一根锄柄，秘密做成口径将近两寸的超级竹筒枪。为满足此枪口径，每颗子弹不能小于一个拳头。他召集我们几个兄弟秘密商量，让我们把手上所有的纸团都捐出来，凑作他的炮弹。

然而那把枪就像无底洞，吞没了所有纸团都吃不饱，我们都劝他放弃，他却听不进去，撕掉了所有废旧作业本，将它们放进盆子里泡水，揉成一个个包子大小的纸团，号称"超级炮弹"。

可惜试枪的时候，怎么也打不响。

## 5

阿江当然知道超级武器打不响的原因。他叫我们闪开，自己抱着巨枪走上木楼梯，枪口朝上，人枪一起往下跳，终于听见"砰"的一声巨响，超级炮弹打到了天花板上，所有人都笑得肚子抽筋。这也证明，兵乓筒要想打得响、射得远，推动连杆的速度力度必须迅猛。

显然，傻瓜都知道这种大号枪无法派上用场。阿江不是傻瓜，他立即动手改良自己的发明，找来材料，重新制作出一件口径约为半寸的作品，这样，既能在战场上运用自如，又可以在气势上吓倒别人。只是经过几次实战检验，纸团炮弹的供应还是难以为继。

聪明的山里人自有解决之道。不知道是哪位长辈告诉我们，有两种野果子可以代替纸团，大一点的是长在公路边的苦楝树果子，小一些的是山上的木姜子。苦楝子的大小相当于花生米，木姜子则宛如黄豆。这两种果子在未成熟前，因果皮厚实，塞入竹管后密闭性强，均可使用，但是近在咫尺的苦楝树太高了，采摘不易，而木姜树长在后山荒草丛中，分布不均，资源有限。有时寨头寨尾两波孩子们为了抢占先机争夺"弹药库"，把木姜树都折断了，一损俱损。后来阿江索性去寻找更加细小、资源也更加丰富的子弹：女贞子。

家乡屋前屋后的菜园篱笆墙，普遍栽植女贞，春天枝头如雪，芳香迷人，每逢夏季，则挂满密密麻麻的果子，团团簇簇，状如万千绿豆交头接耳。

我们像饥饿的乞丐一般一把一把将女贞子抓到手，塞进嘴巴，直接以口腔做枪膛，含住竹管，用舌头推送子弹，使劲吹气，向"敌人"发射连环炮。

  但这样的操作，难免会吞食野果，轻则噎着喉咙，重则拉肚子。还是阿江有办法，他从电视剧中获得灵感，发明了竹管"机关枪"。具体做法，是在枪管的头端打开一个圆形口子，用一段口径略小的竹管竖插进去，作为弹匣。这样一来，就可以一次性装几十颗女贞子，然后呼啦啦地吹出去。

  遗憾的是，由于密闭性不强，从漏气的枪管吹出的子弹，射程有限。阿江灵机一动，回过头去找来略粗的木姜子代替女贞子，结果威力大增，"啪啪啪，乓乓乓"，一枪一个响。

  后来某一年春节，村里新开的小卖部引进一批时兴的塑料玩具手枪发售，子弹是花花绿绿的塑料颗粒。几乎一夜之间，竹制乓乓筒就跟我的童年一样，退回历史深处。

  近年我在网上见有不少人展示这种乡土玩具，拍制视频的，几乎都是怀旧的中年人。

# 1 木叶与风车

我们生活在一个旋转的世界当中。

不仅世界围着我们,我们只身居于世间也无时无刻不团团转。从学步走路伊始,便自觉不自觉地绕某个中心忙碌、追索一生。我们在旋转中眩晕迷醉,也在旋转中清醒振作,同时被世间许多旋转的事物所启发,获得生存的智慧与乐趣。比如日常生活中那些小小的水流漩涡,发旋和指纹,车轮和轴承,棉花糖机和泥塑转台,陀螺,风车,等等,观察把玩起来,妙趣横生。

我最初认识的真正完整的旋转物体,当属木叶风车。本来随风飘落的木叶,落地后将面临腐烂的命运,谁知还能被孩童的双手捡拾起来,拼成对称的羽翼,继续迎风飞舞,在一张张天真灿烂的笑容映照下,闪烁着最后的生命光华。

秋高气爽,夕阳西下,古老的山寨炊烟袅袅,河流边的田野上,有一群少男少女欢呼雀跃,举着木叶风车追逐奔跑。那幅田园牧歌的画面恍如幻境,每当想起,枯坐城市一隅的我都会感慨万千。

而那一切的美好,皆缘于记忆深处那棵古老的大树。

# Z

我们山寨里的传统木屋，普遍采用树龄超过三十年的成材杉木为立柱，四平八稳拔地而起，分隔为上中下三层，楼层整体高度达十数米。从记事时起，我就能从木屋二楼的窗户望见那棵耸入云天的大树，它比三座木屋叠加起来还要高。

我们仰望它，看云朵从树梢掠过，看月亮挂在树冠；我们外出游玩，以它为坐标和路标，无论去到哪里，走得多远，只要在远处还能望见它的树尖，就知道了家的方向。

然而，在很长的时间里，我们谁也不清楚它的真实名字，大人不说，老人不谈，族人因此约定俗成称之为"江底大树"。江底大树与那些同样排列在河边的枫杨树相比，是那么卓尔不群、与众不同。在白天，它挺拔高耸犹如一座直溜溜的烟囱，当夜幕降临时，它又好像顶天立地的盘古或者关公大老爷。

总之，那棵老树给我们的印象，是庄严肃穆、不苟言笑，却也懂得随机应变，略解人情，它随着四季变换，时而浓密，时而稀疏，时而碧绿，时而金黄，在恰当的时间慷慨解囊，给路过它身边的小朋友递一颗颗"棒棒糖"。

老树的棒棒糖，就是秋天的落叶和冬天的果子。

即便如此，我们这些孩子谁也不敢往它树干上攀爬，不敢奢望从它身上寻找乐子，因为它不像旁边的枫杨树那样放低身姿，招人亲近。

为独享高处的空气，老树使劲生长，在近地十多米的身上没有留下任何枝杈和疙瘩。只有不怕死的大人，才敢动用大马钉去钉它的皮肉，做支架撑着脚往上爬，只不过，从来没有人能爬到它的腰部，他们不是腿脚发软，就是胆战心惊，好比一只蜥蜴试图占领高压电线杆，最终出于恐惧无助，不得不退下来。

其实那些人想要征服大树，乃是出于饥饿。很明显，在老树状如浮云的树顶，有好几个硕大的鸟窝和漆黑的树洞，洞口有蛇出没。经过长期的观察和倾听，人们还发现上面住有几只巴掌大的树蛙。

面对高空上的美味，人们仰天长叹。无辜的老树看着饥饿的人群是否会发笑、可怜和同情呢？它和自然界的所有植物一样，只是默默无语，独自悟道，任由人类喧闹、挣扎和弹跳，任由人们猜测、利用和膜拜。

无论风雨交加还是电闪雷鸣，大树总是岿然不动。它像夏天里的一把巨伞，撑开在村庄上空。远近山谷最为强悍凶狠的老鹰和猫头鹰，喜欢站在高高的枝头，俯视整个山寨，观察地面上的一举一动，伺机抓捕流浪落单的小鸡、小鸭和老鼠。孩子们发现了这一点，试图使用竹箭和弹弓射击老树的客人，往往有去无回，毫无收获。

秋冬季节，大树本身及寄生植物的叶片，陆续脱落殆尽，最后只剩下一副"骨架"，远远望去，酷似一条脑袋钻地、尾巴朝天的青龙，直挺挺插在河岸。我们靠近它，用手去抚摸它那斑驳粗糙的树皮，在它厚重如墙的根部玩老鹰抓小鸡的游戏。偶尔有一头水牛来到它脚下磨蹭搓痒，也无法将它动摇。

老树根部接地位置一侧，有一个狭小的树洞，我们曾经尝试丢一块石头下去，可以听到"咯噔咯噔"的响声。也有的大人把见不得人的垃圾偷偷带去，倒进树洞焚烧，最终只烧出几只老鼠。灼人的火焰并不损害它强大的生命力，次年春暖花开，老树照样如期换上一身翠绿的新装，为林溪河流域增添一份喜气。

族弟侯祖芳的家最先感受到那份喜气，因为山寨里，他们家木屋距离老树最近。

# 3

可惜祖芳生来不幸，一家人欢欢喜喜办满月酒，喝百天酒，布置各种玩具给他，不久却发现这孩子老是抓错地方，连母亲的乳头都经常含不着,去医院一查,实为双目失明。

虽说祖芳先天视力欠缺,但是他在其他方面的能力却超出常人。首先,他的耳朵很尖,针尖落地都能听见;其次,他的身高突破了家族遗传限制,六七岁时就与我们这帮十多岁的哥哥比肩。更重要的一点是,他的心智超灵,悟性极高,说啥懂啥,记忆力惊人。因此,我和阿江等几个房族兄弟都很乐意带他出门玩耍。

可毕竟鞋子不长眼,好几次摔跤,祖芳险些弄掉了门牙,撞破了鼻梁。他的父母很心疼,于是立下规矩,不允许他跟我们走太远,顶多只能在离家五十米范围内活动。

祖芳家和阿江家的木屋并排,之间相隔一个菜园,是全寨距离河岸最近的房子。他们两家房子的大门,与寨子里所有大门的方向相反,居然坐南朝北。好在祖芳家木屋南面一角,还开有一个小后门,连通一条田埂小路,径直通往堤岸,与江底大树连成直线。祖芳的爷爷,我们的四公,在大树近旁开出一段伸向水边的小路,在小路尽头横架两块石板,作为洗衣洗菜、舟船停靠的水埠头。

在水埠头、江底大树和祖芳家房屋之间,是两块落差一米多高的长方形稻田。河流台地平整而成的稻田,平坦厚实,土壤肥沃。每年秋收过后,稻田空阔,像一片即将开赛的斗牛场,吸引寨里的孩子们争先恐后越过栅栏，冲向幸福的游乐园。

此时秋风早已扫过，江底大树知道自己该及时换装了。

落叶飘飘，仿佛是大树给我们抛撒金币。我们在田地上奔跑，或伸手去抓从天而降的树叶，或俯身捡拾草尖上落叶——金黄色的、橙黄色的、鲜红色的、暗红色的、淡紫色的、浅绿色的，每一张的颜色都不尽相同，这是时间的表情。田地活动障碍瞬间消失，祖芳自然兴奋无比，跟我们一起奔跑，可惜他看不见旋转的叶片和色彩，只听到"呼呼"的风声。

## 4

江底大树的落叶，大小相当于今天的百元纸钞，形状椭圆扁长，叶柄粗壮，叶尖微翘，叶脉清晰，叶缘有细微锯齿，叶片厚薄适中，甩起来哗哗作响。女孩子收集这些树叶玩过家家，用来做压岁钱、做碗碟、做床铺、做棉被、做小船、做地毯……更多的人用叶子来做风车。

有一丛茂密的竹子长在大树旁边，竹竿生脆，失水易朽，竹枝细长，韧性不足，对农家而言无甚用处，却刚好为我们所用。

我们砍断竹竿做手柄，折断竹枝做轴芯，将三张、四张或五张树叶

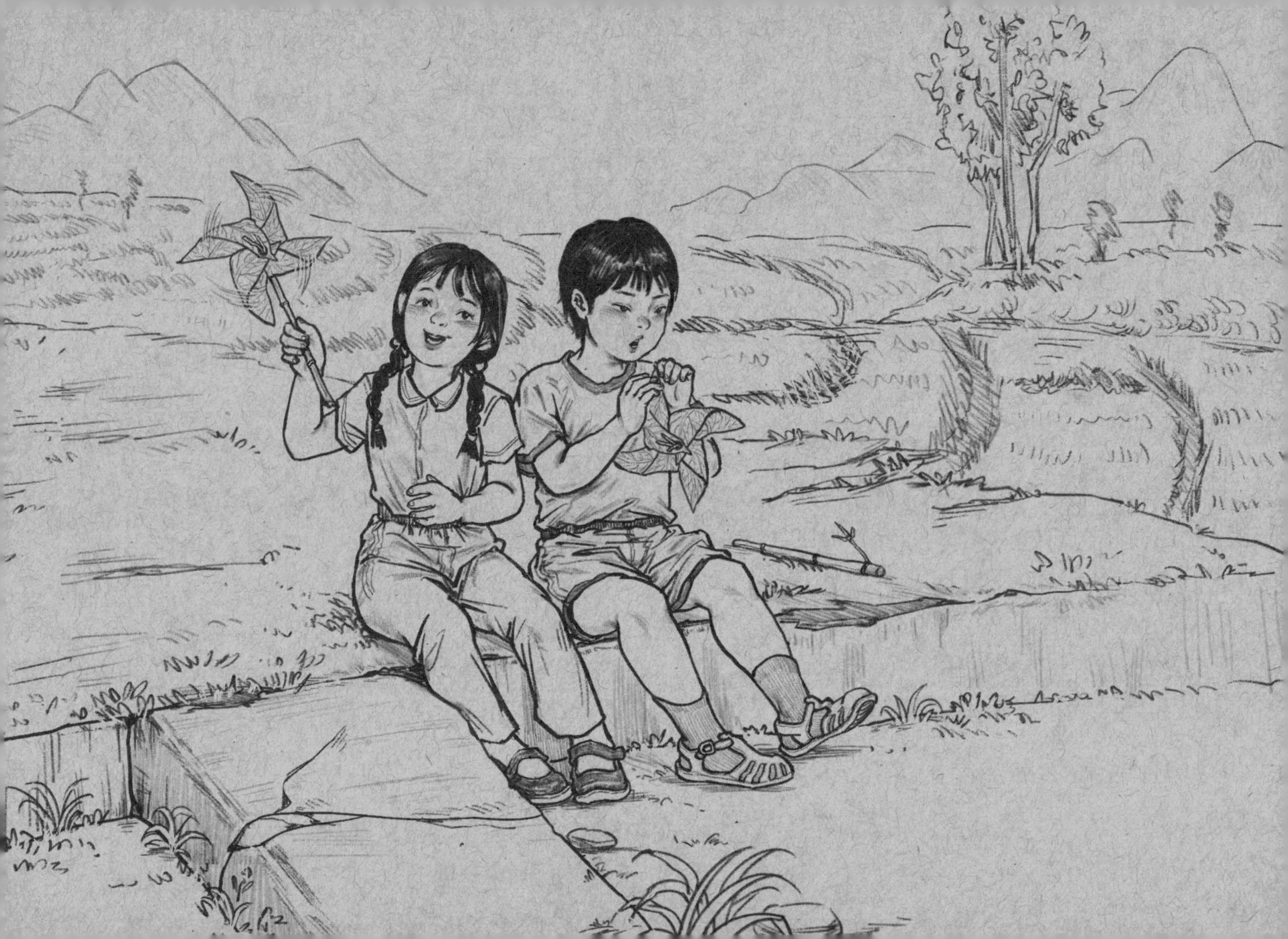

除去叶柄叠加起来，叶基在内，叶尖在外，形成对称发散的螺旋桨形结构，然后以尾部带杈的竹芯穿破几层叶基，插入竹管，做成一架简易的木叶风车。也有的人做手柄时于竹节部位留下竹枝做轴芯，直接把叶片安装上去，只需在无杈的竹芯末端加扣一小截竹管，把叶片压紧防止脱落即可。

山野又起风了，我们仿佛置身小学语文课本上的童谣：

"天气凉了，树叶黄了，一片片叶子从树上落下来。天空那么蓝，那么高。一群大雁往南飞，一会儿排成个'人'字，一会儿排成个'一'字。啊！秋天来了。"

我们确实感受到凉爽的秋风，看见黄叶掉落，看到了成排成列的大雁从天空飞过。孩子们高举着木叶风车，在田野上奔跑，比试谁做的风车更加稳固，转得更加飞快。我们跑累了，就停下来，让风车自己迎风转动。回到家里，再把风车插在窗户上，看着它像气象站的风速仪，时而"呼啦啦"地响，时而有气无力地摇摆。

没有风，或者风力不够时，木叶风车就不能旋转。

阿江在春节时已经学会骑自行车，现在没有风，他干脆把风车插到自行车的手把上，在晒谷坪、田野上与河对岸的公路上，飞速地骑行，呼喊着，兴奋着，甚至张开双臂做出飞翔的样子，好一个"拉风少年"。

可惜，阿江的车轮碰到了一块小石头，连人带车摔了一个四脚朝天。那架木叶风车被压在地上，当然也不免支离破碎。

快乐无忧的时光戛然而止。阿江踉踉跄跄回到家里，自己给自己涂药包扎，暂时无法出门。那段日子，幸亏有族弟祖芳陪伴他左右。

我比阿江大两岁，先上的中学。后来，阿江考上初中，祖芳被他父亲送去柳州市特殊教育学校学习盲文。我已经读高中，住宿在学校，与他们难得一见。放假回家时，我找到祖芳，祖芳告诉我，他阿江哥已经辍学了，现在在山上到处转，"说是打猎"。

我高中毕业上大学那一年，家乡发了一次大洪水。林溪河流域被洪水漫灌，部分公路、稻田被淹没，沿岸河堤有许多处被冲毁。我们熟悉的江底大树，在活了不知几百年之后，开始发生倾斜。

祖芳受不了校园生活，所学盲人按摩和盲文半途而废。后来他到县城，师从一位按摩店老师傅，总算掌握了一门谋生技术。我大学毕业后

去来宾市工作,将他引荐到一家大型盲人按摩院上班,闲余时他也到我家里来,也会给我捏捏脖子。五年后我到南宁工作,又叫他一起来邕做工,但他嫌这里工资低,竟只身前往广州、深圳、武汉,以"盲侠"自居想要闯世界。

新冠肺炎疫情暴发前一个月,他鬼使神差辞职回家,躲过一劫。疫情过后,失业在家闷得慌的祖芳,竟自己乘坐火车到南宁,投身我工作单位附近一家盲人按摩店,然后给我打电话说:

"军哥,我又转回来了!"

"你这狗胖!"我叫他乳名,又惊又喜,责备道,"来了也不提前吱一声!"

"计划赶不上变化。"他笑呵呵地说。

至今我也没问过祖芳,那一年他是否曾听到大树倒下的声音。只是有时午夜梦回,我总会幻想祖芳获得光明后的微笑面容,有一架木叶风车在他的鼻梁前飞快地旋转。

# 1 陀螺

没有玩过陀螺的童年，不算完整的童年，或者说，如果一个人在童年时代没有碰过陀螺，那么此生将留有一丝遗憾。陀螺玩具历史悠久，在我国民间十分普及。即使老态龙钟的老汉，谈起陀螺的话题来，也会在心理上瞬间返老还童，笑得像个孩子。

打陀螺不仅是饶有趣味的娱乐活动，还是一项具有民族特色的体育运动。为了让陀螺持续不断地旋转，玩者需要使劲挥鞭抽打，在客观上可以让我们的手臂得到训练。

于我而言，旋转的陀螺，容易使人想起父亲。父亲一辈子兜兜转转，为家庭、子女、工作进进出出，忙得晕头转向。他期望子女成龙成凤，希望孩子比他有出息，而年少贪玩的我经常惹他生气，不知天高地厚做错事，少不了挨鞭子。

"是不是屁股又痒了？不长记性了是吗？"父亲严厉地说。

知道屁股将要受灾受难，我总会下意识用手去挡，真被鞭打的时候，就条件反射踮起脚尖，一边退缩躲避，一边大声哭泣，有时还满不服气，咬牙切齿地想，哼，有朝一日一定会为屁股报仇。当时的我并不知道，爱子心切的父亲，痛下狠手只是表示威严而已，他担心孩子日后一旦翅膀硬了,便没机会教训了,担心顽劣的孩子出门闹事,被别人说没有家教,更担心孩子闯下大祸。而无知的我才不会担心这些,只在意屁股发疼,在意走路一瘸一拐没面子,然后带着那份转瞬即逝的仇恨,跑到晒谷坪,跟别的小伙伴一起比赛打陀螺,将不满的情绪转泄在陀螺的身上,完全不知道自己的抽打动作,原来遗传自父亲。

就连地上的陀螺也是父亲帮忙制作的。

五六岁的孩子尚未掌握制作陀螺的技艺,只有等到十来岁,才能亲自动手实现个人意图。可是我们急切地需要陀螺,看见寨子里的哥哥们三五成群赛陀螺,手痒难耐,于是跑回家,央求父亲帮忙做一个。

# Z

父亲正在修理农具,为斧头和锄头做木柄。他从柴堆里选出最笔直的油茶树枝或米椎树枝,拿在手上掂量,分量是够了,可还是担心它们不够直,就眯上眼睛,从头看到尾,又从尾看到头,最后选定最合适的一根,去皮,抛光,刮平粗糙的尾部,再加工头部。锄头和斧头的榫眼略小,做木柄时需要将结合的头部削细一些。

柴刀很锋利,父亲一手抓木柄,一手挥刀轻轻砍削。感觉差不多了,便放下刀，拿起一旁的锄头，对准榫眼试了试，还差一些，又继续削。

眼看父亲快要完工，这时我趁机说："阿爷，我想要一个'地雷'，你做完锄柄，帮我做一个吧！"

"这有何难！今天先做个小的，等有空再给你弄个大的。"

父亲头也不抬，为展示他那把柴刀有多厉害，三下五除二直接把锄柄头部砍成圆锥形，接着在锥形上方约一寸处，以刀刃绕圈压出一条线，最后连刀带木在垫板上使劲敲了几下，敲出一道深深的痕迹。

"去把锯子拿来。"父亲说。

"好！"我耐着性子站在父亲身边，就等这最后一道工序了。

我转身"噔噔噔"跑上楼梯，到二楼某处墙壁上取下父亲常用的锯子。回来时看见父亲又把陀螺的尖端修理了一下，还用嘴吹了吹上面的泥尘，料他趁我不在，已将陀螺尖锥放地面试了试。他拿过锯子，走向锯木头用的三角木马那里，架好木柄，抬脚踩上去压紧，左手握住柄尾，右手把锯，将锯齿精准架在刀砍的痕迹上，"唰唰唰"，前后推拉一番，锯齿很快吃透木头，"哐当"一声，一个全新的陀螺完美坠地。

我捧着陀螺，飞快地跑出屋外。

接下来就是自己的事了。我去找来一根木棍和布条绳子，做成鞭子，到晒谷坪去跟别的小伙伴宣告：老子也有自己的"地雷"啦。

需要说明的是，在我们家乡的方言六甲话里，没有"陀螺"这个名词，大家习惯称陀螺为"地雷"，打陀螺叫"lēng地雷"，lēng的意思就是抽。大概因为这种玩具贴地滚动，抽打时又能发出闪电一样的声音，叫作"地雷"，符合命名的一般规律。

我曾经问过一些侗族和苗族的同学，他们说，在侗语里陀螺的发音为"lōng lǐm"，苗语的发音则是"mún nūn"。广西南丹地区的白裤瑶陀螺文化盛行，他们每年举办陀螺节，把陀螺玩出许多花样。最夸张的陀螺，面径比草帽还宽，有的看起来简直像小孩子撑的雨伞那么大，比赛的时候像赶一头水牛，也像在砍伐一棵万年古树。我问过南丹的朋友，瑶族同胞怎样称呼陀螺，他说叫作"jié"，打陀螺叫作"shā nuò jié"普通话发音为"沙诺结"。

# 3

　　故乡的山丘土层深厚，属酸性的红色页岩土壤。山上长有成百上千种杂木，其中质地最坚硬的莫过于油茶树和米椎树。

　　粗壮的米椎树不易得到，油茶树倒遍地都是，用来做陀螺最好。风干好的油茶树刀斧难进，加工比较困难，孩子们一般选择生木制作陀螺，砍削做好后晾干，在立锥末端打进一颗钉子，只有这样，才能减缓陀螺磨损的速度。

　　用于缠卷启动和抽打陀螺的绳子，必须足够柔软耐用。旧时农村人自制棉裤，普遍使用一种叫作"鸡肠带"的扁状棉绳系裤头，柔韧结实，用来打陀螺非常合适，但需要去杂货店购买，几分钱一米，只有富裕人家的孩子用得起。穷人家的孩子，要么冒着被大人抽屁股的危险去扯裤头，要么直接到大自然中去寻找材料。

　　在林溪河边或田间地头，有一种低矮多叶的木本植物，它的根茎发达，根须粗长，根皮韧劲十足。不知何时，不知是谁引导，我们自然而然就懂得去挖扯这种植物，然后去水沟里把泥土洗掉，剥开拇指般大小的根须，取出金黄色的根皮来，绑在棍头上用作鞭绳。

　　山里人善于就地取材解决各种实际问题，并以口传心授的方式将此种生存之道代代相传，并不在意和深究材料姓甚名谁。因此，至今寨子里无人知晓那种植物的具体称谓。我们只知用它来抽打陀螺，响声越大越好，把黄色的根皮打成了白色的纤维，最后断裂，再换一根即可。

　　玩陀螺游戏，既可自娱自乐，也可多人比赛。非对抗性比赛，是在同一时间启动抽打结束后，让陀螺在地上自行旋转，比试谁的陀螺旋转的时间更长久。

　　对抗性比赛，则是让旋转的陀螺互相碰撞，被撞翻的一方为输。硬碰硬陀螺，可以无差别参赛，也可分量级，大的跟大的比，小的跟小的比，比的是速度和分量。为了让陀螺旋转得更快，底部尖锥除了可以钉上铁钉，还可以用绿豆大的铁砂或自行车轴承上的钢珠代替，因为坚硬光滑的球状面接触地面，旋转起来会更加流畅。

　　阿江是玩陀螺的高手，陀螺在他手下就像一只乖巧听话的小狗，可以任意走动，想让它跳就能跳，想让它爬就能爬，跳上楼梯，跳过水沟，爬上斜坡，并不需要伸手协助，只需灵活运用绳鞭或手杆。

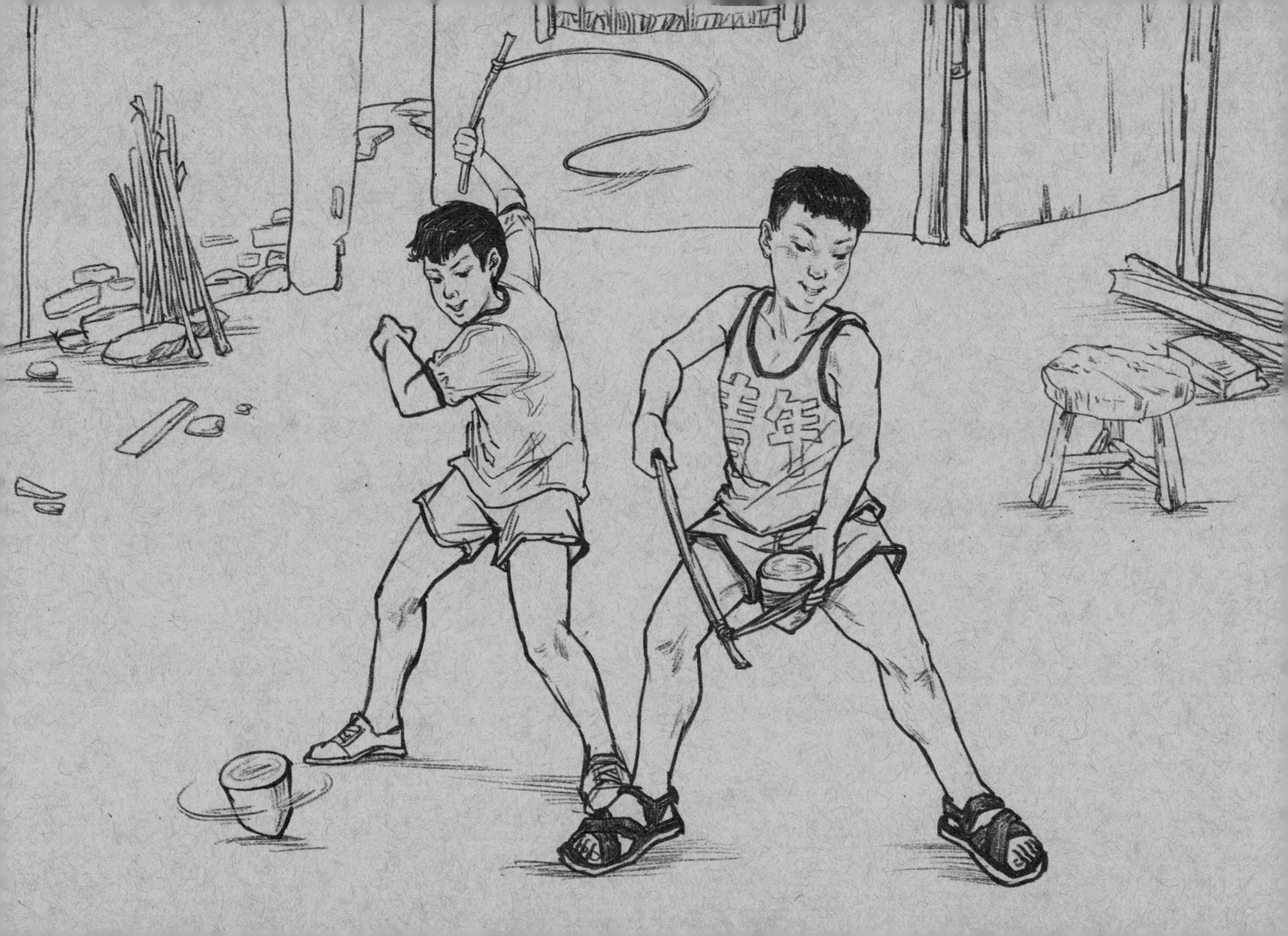
青年

# 4

　　除了传统的木质陀螺，我在童年时代还玩过一种非常微型的玩具，即用树木果实制作的陀螺，堪称拇指陀螺，村人叫它们"转转子"。

　　以板栗大小的榛子做转转子，别的地方可能也有，找根牙签插进果实尾部，就可以在桌面上地板上把玩，弄坏了、丢了也不足为惜。

　　另有一种特殊的果子，别说在城里，连植物繁多的乡下都极其罕见，也许是我们寨子里独有：来自侯祖芳家对面那棵活了几百年的江底大树。

　　由于江底大树消失多年，渐为人们所遗忘，又因为儿时我们谁也没有追问过树名，那种由其产生的拇指陀螺游戏已经绝迹、失传。

　　但我一直对拇指陀螺念念不忘，曾经走遍南宁的公园和植物园，没有发现相同的物种，即使遇见，由于树龄不大也辨认不出，又去植物标本馆搜寻，还是找不到那颗记忆中的果子。我通过族弟侯祖芳问过他父亲永德叔，永德叔自己也搞不清树名。后来我又先后寻访村里多位老人，大部分糊里糊涂说不懂。但有一人告诉我说，他小时候去爬那棵树会浑身发痒。就是这一条线索，揭开了江底大树的身世之谜。

经过几番查证，多角度描述，我后来终于知道老树的名字叫作荷木，学名木荷，属于大型乔木。

我们小时候做拇指陀螺的果子，叫荷木子。

荷木子未成熟时呈一团绿色，与其他被子植物的蒴果无异。它成熟以后就变成灰色，干燥坚硬，裂开为对称的五瓣，正面看像汽车的轮毂，侧面看像缓缓打开的球形花朵，从树上自然掉落。

稻田里，河边的树丛草丛，遍地都是荷木子。我们就去捡拾完全开裂如花的荷木子，去掉根蒂，用细细的竹枝从正面往下把果芯推走，在果壳背部穿出，露出约一公分长的竹枝头作为陀螺的尖脚，竹签尾部留下寸余作为细柄，刚好够食指和拇指捏住。

我们拿着这迷你陀螺，在石板路上或空地上，包括光滑的课本封面上，进行把玩或比赛。只需单手轻轻一搓细柄，放下，荷木子陀螺就会飞速转动，凭借自身的平衡力站立很久，直至转速减慢，缓缓倒下。

那么，拇指陀螺的趣味和意义在哪里呢？我想，它与木质陀螺须使用暴力抽打相比，显得更加文雅和细腻，它不需要我们拉开架势站着玩，它要求我们蹲下来甚至趴下来，用眼睛近距离观察、欣赏它的运动姿态。

在某种程度上，荷木子弥补了它的母体因为伟岸高傲给人带来的疏离感，让我们知道再高的树木也得从地平线生长，再高的枝叶总会落叶归根。

# 1 滚油子

老家方言"油子",指的是油茶树的籽种,油茶果去皮后的果核,是南方山地民族获取植物油脂的重要原料。

家乡以盛产茶油闻名,茶籽功不可没。每年冬至到小寒之间的半个月里,人们纷纷出动,男女老少一起背着竹篓投入捡茶籽的行列,这一风俗称为"拾茶"。

大人之间见面打招呼,问:"最近忙哪样?"

回答:"忙拾茶。"

"好哦!今年雨水足,茶结得好,你们发财了!"这是客气话。

如果真的好,就回答说:"可惜人少,难拾啊!"

如果不好,就叹气道:"没要讲咯!今年旱得很,冇油子!娃明年要读书,谷种还没买,实在难敌。"如此之类。

农人拾茶的忙碌程度,堪比夏末早稻成熟时节的双抢。一年之中,如果哪家的水稻歉收,或者鸡鸭养不成,眼看年关将至愁煞人,那么岁末的茶籽就是这户人家最后的希望、最重要的底牌。有了沉甸甸的茶籽,意味着将有珍贵的茶油,茶油是市场上的硬通货,可以换一大笔钱,解决许多问题。

元旦前后，一担担茶籽被挑回家中堆放，排队等候榨油坊按此前各户"捻钩"（抽签）定下的顺序通知挑去加工。此间，人们的心情既喜悦，又急切。喜悦，是因为劳动终于换来丰收；急切，是因为随着榨季高峰来临，油价必然日益降低。

然而懵懵懂懂的我们，不知此中利害，反倒希望家中茶籽多停留一些时日，以便拥有充足的本钱去参与滚油子游戏。

所谓滚油子，是以茶籽为玩具，利用地面坡度定向滚动茶籽，以距离远近论输赢的游戏。

此种游戏本身技术含量不高，属于小儿科，十岁以上的孩子一般不屑于参与，只有初学交际的儿童才乐此不疲。

# Z

从山上捡回的油茶籽，圆的扁的、半圆半扁的，形状各异，粗的细的，饱满的干瘪的，大小不等。其中最惹人喜爱的是沉甸甸、黑乎乎、圆溜溜、亮堂堂的颗粒，远看像极了猫眼，拿在手上近看酷似玻璃珠。

那时乡村，玻璃珠的资源极其有限，在街上有亲戚的人家，才有可能从打散废弃的跳棋那里分到几颗，穷人家的孩子很难拿到，只能以油茶籽代替。

　　几个孩子备足自认为超级棒的油茶籽，信心满满凑到一块，决定来一场比赛。

　　比赛前先要选择合适的场地，设置赛道。凡是干净结实、略有坡度，能让小伙伴们蹲下来围观的地方，哪怕巴掌大的泥地都能用。一些孩子跟家长去山上拾茶，感觉无聊了，也会在油茶树底下选块空地自娱自乐。

　　我家门口有一条小路，路边是一块空阔的宅基地，前人曾在路边挖土修筑排水沟，因此小路和宅基地之间形成一些落差，平时风吹雨淋，人来人往，地面就被洗刷得干干净净，踩踏得结结实实。

　　住我家屋后隔壁的伙伴阿安，手上有把平南小刀，平时削铅笔，此时刚好可以挖泥。大家选定我家门口做赛场，请阿安过来，他看了看地形，觉得妥当，便侧身躺下，像埋伏在阵地的特种兵队员那样，将刀尖扎入泥里，自上而下划拉两条双实线，作为主赛道，长度刚好相当于他的身高。他又在主赛道的中部和尾部左右划拉几下，然后用手指将双实线中间的泥土抠出，形成一条条手指宽的沟槽。我们站着，看那几条沟槽接通，状如叶脉，也如掌纹。阿安拍了拍身上的泥土，又在每条"叶脉"的末端各挖出一个茶杯大的小坑。

比赛场地准备工作就此结束。

接下来，我们每个人需要决定滚油子的顺序，同时趁机检查赛道是否通畅。开始时，每个参与游戏的人均有机会从赛道顶部滚放一枚茶籽，哪颗走得远，它的主人就可以在最后一个滚油子，谁的茶籽滚得近了，只好自认倒霉，第一个上场做开路先锋。

如果说，我们挖好的赛道是林溪河及其支流，那么茶籽就是河流上航行的船，只是那河流没有水，而所谓船也只是一枚被子植物的小果实。

## 3

游戏的第一层面，纯粹是碰运气。

首发出场的人，拇指、食指和中指三指合并，捏住一枚经过精挑细选的硕大茶籽，在沟槽的起点小心翼翼放下。茶籽"咕噜"一声，沿倾斜弯曲的赛道向前滚动，就像一只可笑的小肥虫在迷宫里愉快爬行。

突然，它碰到一颗不起眼的碎泥，眼看即将停止，却又自动转了个姿态，换一个角度，继续往下滚。小肥虫本可一直滚到主赛道的末端，但是很不幸，它快接近终点时，居然跑错了方向，一个拐弯溜进了开在旁边的岔道躲了起来。

菜籽的主人以为这样很安全，便十分满意。而过程中其他小伙伴几乎都睁大眼睛盯住茶籽，希望它笨拙、"抛锚"，让主人难堪，又因它的勇敢、奔突、乖巧而钦佩他的主人——同时在内心不断提醒自己接下来该怎么做——未成年人的心智在此间开始得到隐秘的锻炼。

轮到第二个伙伴发子，他似乎已看出前面问题所在，选择了一枚小巧玲珑的茶籽放下去，那小家伙果然轻巧，像只动作迅捷的小黑鼠，飞速往下滚动，直接抄袭上一颗茶籽走出的路线，追上目标，碰到了躲在角落里的小肥虫。这时小肥虫的主人哀叹一声，自认倒霉，眼睁睁看着茶籽被小黑鼠的主人收入囊中。

第三个伙伴出手的是一枚椭圆形的茶籽，它看起来简直像个喝醉酒的将军，一高一低、一瘸一拐滚下赛道，结果人算不如天算，醉酒将军没到半路就被狭窄的沟槽卡住，动弹不得。

小黑鼠的主人很庆幸自己安全无虞。

紧接着，第四个伙伴出场，他选择了一枚比小黑鼠个头更小的茶籽，再三犹豫，终于放下。大家还以为这个小家伙分量不足，肯定走不远，谁知它仿佛一条嗅觉敏锐、小心谨慎的小黑狗，贴地而行，匀速前进，毫无悬念地碰到拦路的醉酒将军。将军的屁股被轻轻一撞，有了动力，起死回生顺势翻滚，滚到了小黑鼠身边骤然躺下；小黑狗紧随其

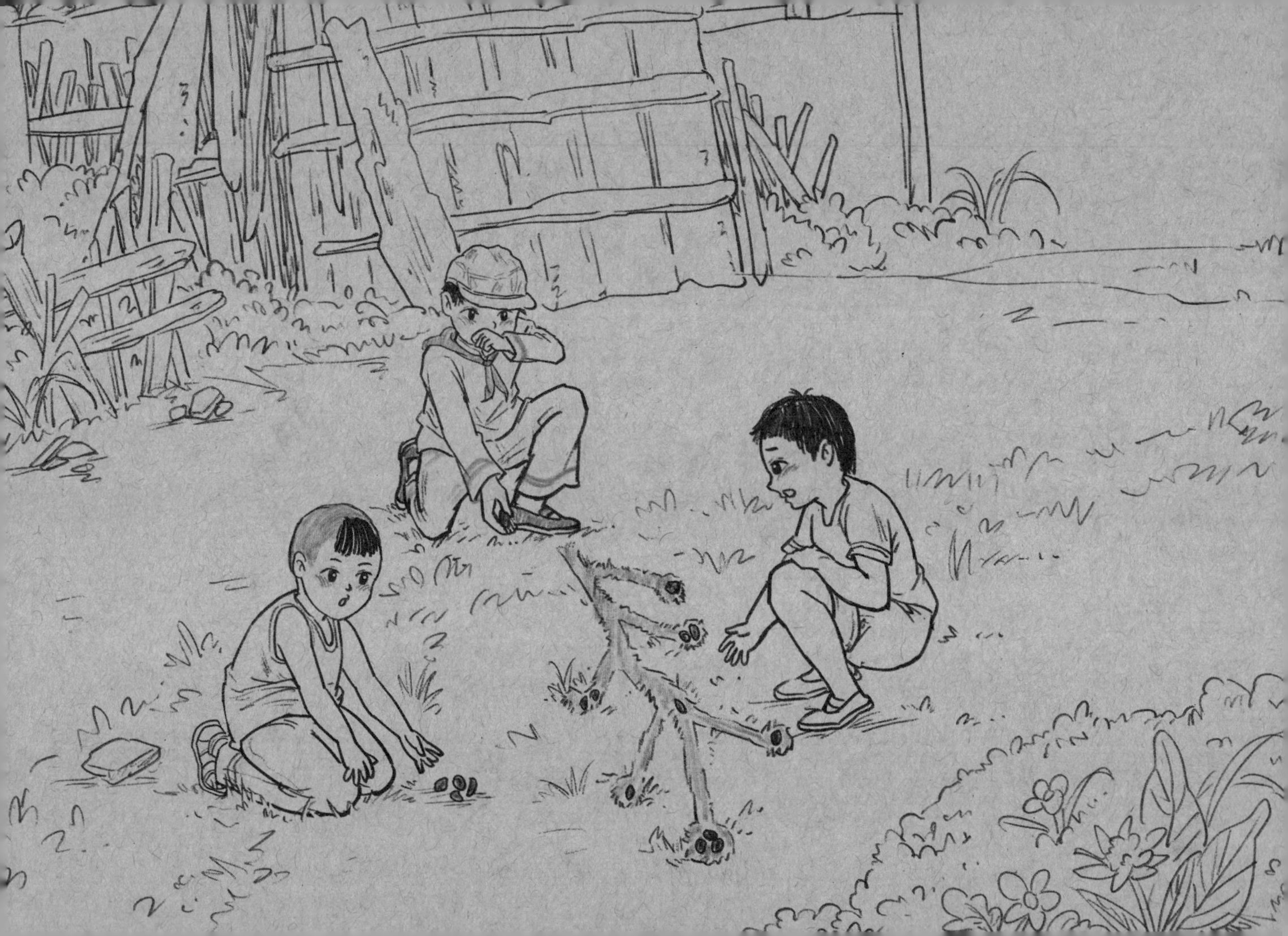

后,一口气溜到了主赛道的末端,安然掉进小坑里。

醉酒将军和小黑鼠,被第四个伙伴收入囊中。

现在赛道里只剩下小黑狗了,第五个选手能够赢吗?大家都拭目以待。

第五个伙伴最后出场,他反其道而行,拿出本局比赛最大的一枚茶籽放下,能否取胜,他自己并无把握。只见这个大胖子目中无人地冲杀,在一处拐点跳出赛道,没等人反应过来判罚,知错就改似的又返回正轨,继续前进,沟槽太窄,它干脆悬空碾压过去,眼看就要抵达主赛道末端的小坑,却居然突然死火,卡在了坑口处。

整个过程实在太惊险了。小黑狗的主人和大胖子的主人都紧紧握住拳头,抿住嘴巴,复杂的心情难以言表。

此时首发出场选手又迎来新的机会——轮到他重新发子。面对目标上的两块"肥肉",他哈哈大笑,胸有成竹,从口袋掏出一枚百里挑一的茶籽,轻轻放下去。

那枚茶籽,外表光滑、不大不小,颜色深沉,黑里透黄,圆润无比,接触地面以后,在赛道里像一道闪电,飞驰而下,划出一个弧度,拐进一个无人问津的岔道。

"哎呀!肯定是泥沟有问题!阿安刚才挖泥的时候搞鬼!"阿江说。

"每个人都是公平的,我挖泥的时候大家都看见,你运气不好怪谁?"阿安反驳道。

"快点吧,快点吧,别耽搁时间。"阿忠插了一句。

"你们看,我开始放了啵?"阿荣懒得吵闹,做好了下手的准备。

"等玩完这局我们再修一下泥沟吧!"我说。

其实大家伙心里明白,愿赌服输,吵也没用,只不过对于各自的结局,都不是很满意,好在一切可以从头再来。游戏就这样,可以重来,而人生则不可。

我们几个玩伴如此循环往复,玩了大半天,有输有赢,赢的人多得几颗茶籽,输的人少了几颗,回家吃了晚饭,仍然念念不忘。为赢得比赛,当天晚上,我们就像老鼠掉进米缸,去自家的茶籽堆里挑选最圆、最重、最光滑的茶籽,准备明天再战。

## 4

滚油子的小游戏,充实了我们贫乏又寂寥的童年时光,在无形中拉近了我们跟土地和劳动果实的距离。相比于农村每家每户每年采集收成的几百上千斤油茶籽,我们小屁孩所经手的,不过沧海一粟,但是在幼小的心灵中，每一颗亲自挑选、在地上亲手滚动过的茶籽都是宝贝，是我们自己通过游戏竞争得来的重要的"个人资产"。

我们把玩和了解茶籽，在大同小异之中分辨它们身上的每一个斑点、每一条纹路、每一种颜色，同时也懂得我们一家人每天炒菜用的茶油来自这些黑黝黝的小东西。我们用牙齿咬破茶籽的黑壳，剥出里面的果仁，可以闻到油脂的特殊芳香。

桂北山乡，每个寨子都有一个古老的榨油坊，文墩寨的榨油坊位于河边桥头。在天寒地冻的季节，榨油坊是最温暖的所在，那里一天到晚柴火不断，成千上万的茶籽被七八个师傅用传统工艺烘焙、粉碎、蒸熟、压榨，榨出一桶又一桶金黄色的茶油。我们从小就知道用茶油煎鱼，鱼不会焦，用茶油做药涂擦伤口，伤口很快愈合。同时我们也知道，茶籽的形状绝大多数为半圆形扁状，真正球形的茶籽数量不多。但是山上的油茶林基本长在斜坡，成熟的茶籽掉落地面，以球形为佳，那样的话，四面八方的茶籽就可以自动滚到横在斜坡上的垄道，汇聚成黑压压的一片，让"拾茶"的人省力省心。

与茶籽有关的游戏还有一种，老家方言叫"打油子"，就是瞄准投射，用籽打籽。打油子的游戏动作和方式，有点像古代游戏中的投壶，只不过我们瞄准的目标是茶籽，手上拿的也是茶籽。

开玩时，一人下籽在地上做目标，另一人站几米外投射，投中目标为赢，可以将其占为己有，若投不中，所落茶籽原地不动，轮到对方捡起自己的茶籽就地投射，过程十分考验眼力和手力。

以前因为人多地少，我父母成家时分到的油茶林不多，每年供食用的茶油无法自足，必须以猪油弥补几个月。有时亟需花钱，父亲还拿口粮用油去卖，换得一些廉价的猪网油或板油回来熬油，存进之前装茶油的陶罐。猪油极易凝固，天气稍凉就会凝结成米白色膏状。在冬天，一家人没有肉吃，就去陶缸里舀一勺猪油涂上热气腾腾的白米饭解馋。

为多种一些油茶树，有一年冬天，父亲母亲去山上拓荒，开了一片地。次年立春前，读中学的我利用寒假跟他们去山上翻垦和"点茶"，父亲在前挥举锄头挖小坑，我和母亲走在后面，我负责往坑里投掷茶籽，母亲负责施肥覆土。我投掷得好，母亲就夸，投歪了，她就批评我做事不认真。现在想来，当时我学习"点茶"的动作，几乎和刚上小学时玩打油子游戏一模一样。

# 1 滚石片

旧时家乡木屋的"人"形屋顶，普遍使用窑烧泥瓦覆盖，层层堆叠，整齐排列，从远处望去宛若龙鳞。每当冰雪撞击瓦片，叮当作响，住在屋内，犹如听琴；夏季雨水不止，透过窗户往外看，则见屋檐下水帘如丝，别有风味。这是木屋正常时的景象。

屋顶的灰瓦片，表面日晒雨淋，底部烟熏火燎，经年累月，难免颜色变黑，甚至长满青苔，寄居蝙蝠，久而久之就会微微开裂。旧瓦片的裂缝，是时光留下的足迹，而瓦片之下的人家，吵吵闹闹，欢欢喜喜，转眼青丝变白发，孩童长成大人。

于是某日凌晨，忽从屋内传来一阵尖利的哭声，不久之后，一串鞭炮炸响。漆黑的天地亮了，太阳升起又落下，左邻右舍脚步匆匆，四里八乡的亲朋闻讯赶来，人人面带伤感，村寨顿时空气凝重。

随后的三天三夜，老屋内唢呐阵阵刺穿瓦片，响彻云霄。当年主持建屋盖瓦的人无福消受子孙更多的孝敬，在哀乐中沉寂无声地告别人间，他的一生就此盖棺论定。参加仪式的人群，簇拥着护送他再次走上高高的山岗，回归熟悉的大地尘土，与草木为邻。

鸡鸣犬吠，炊烟继续升起。

时光继续流过村寨,夏季的暴风雨和冬天的冰雹,轮番轰向老屋,陈年的瓦片就像老屋身上的盔甲,勉强还能抵抗千军万马。但在岁月之箭面前,老屋显然已失去谈判主动权,它仿佛疆场上无法迈开脚步突围的将军,不得不接受遍体鳞伤的衰败命运。"盔甲"以年和月为单位,逐渐松动、脱落,落在老屋的周围,有时甚至冷不丁砸中屋檐下的行人。行人骂一句娘,继续走他的路,或者,进门提醒主家注意修缮。富余的主家于是及时动手修缮屋顶,换下没用的瓦片;而贫穷人家实在无能为力,只能睁只眼闭只眼,实在遇到屋漏的下雨天,就用洗脸盆木桶之类"将计就计"接水,以致最后,干脆把换瓦的工作交给一阵狂风。

那些被狂风扫落或被丢弃的旧瓦砾,要么孤零零躺在屋檐下、菜园边,等待未来的野草掩盖、泥土覆盖;要么因为碍眼碍路,被有闲人家收拾起来,拉去河边的垃圾场倒掉,遭受挤压和焚烧,直到一场洪水将它们带去更远的地方。

**7**——————————————————

每年四五月间,连续多天的暴雨引发山洪,山谷间众水奔流,奋力地将林溪河灌满。林溪河趁此机会发怒咆哮,再将它沿途两岸的枯枝败叶冲刷一遍，包括每一个村寨都有的垃圾堆。

待洪水退去，林溪河重新变得清澈可人。河道里，该急的地方急，该缓的地方缓，该深的深，该浅的浅。忧愁的农人重新恢复正常劳作秩序。我和阿江、阿忠、阿安等几个小伙伴，已经读四五年级，自认为早已练就一身驯龙本领，便相约跑去距离寨尾两百米开外的河滩冲浪，顺便到附近最深的水潭潜水打鱼。

我们确实打到不少鱼儿，包括一个巴掌那么大的鲫鱼，两个巴掌那么大的鲤鱼，一尺长的腊锥，食指大的趴地虎、黑黑的骨鱼、黄黄的鲶鱼，以及粉红的金丝鱼。但是由于长时间泡水里，伙伴们的嘴唇发紫，肚皮贴腰，又冷又饿。

第一个靠岸的阿忠，于是吹一声口哨，叫道："上岸啦——"

阿江、阿安和我便离开激流或湖面，爬上河中央的小洲，朝阿忠的方向走去，在布满鹅卵石块的河滩上，一边晒屁股，一边清点战利品。

早前发洪水的"遗产"，比如被卡在树枝上的树枝、夹在石头里的烂布，已经被晒干，我们将这些燃料随便收集起来，生出一堆篝火，用鱼枪串起鱼儿烧烤；如果口渴，便去河边岸崖伸长脖子饮用石缝流出的泉水。吃饱喝足已近下午，我们闲来无事，打道回府之前，在脚下的沙洲河滩里随意捡拾小石片，玩起打水漂的游戏。

有些圆得可爱的石片我们不舍得扔,就装进裤子口袋带回家。回家的路上,这些石片几乎把我们的裤头拉到了膝盖。

每个人都很困,回到家脱去裤子倒头就睡。

日复一日,白驹过隙,我们不知不觉睡到了天地萧索的冬季。

# 3

忽有一天,我和伙伴们玩捉迷藏,在木屋的某个角落,发现有一堆圆圆的石片,才想起那是夏天的事。一问,原来是我们的母亲在帮我们洗衣服时,不舍得扔这些孩童的财产,故意将它们集中留了下来。

圆圆的石片,厚薄不一,色泽不同,但拿起来沉甸甸,好像一块块银元。几个同龄的小伙伴都有自己的"银元"。因此,碰头之后,就想着怎么使用。

我说我们把它叠起来,看看谁叠得更高,结果每个人都可轻易做到,这个玩法因索然无味而告终。

阿安说我们拿来互相砸,比比哪个人的石片过硬、砸不烂,结果在比试过程中,有的伙伴站太近,腿脚被石片砸中出血,还是不好玩。

阿忠说我们不如拿去地上滚吧,看谁滚得远谁就赢。大家去试了一下，还挺好玩，但是效果不够理想，石片容易滚到臭水沟或者猪圈里去，没玩几次，石片就没人敢拿了。

到最后还是阿江提出的想法可靠。他带我们去他家玩耍，从楼梯上滚下石片，比试谁的石片能够滚到终点。"咚咚，咚咚，咚咚咚……"银元一般的石片在木板楼梯上向下滚动跳跃，甚是好玩，然而，却碍着了大人们的路，还影响他们休息。阿江的父亲当时患肺病，白天没精神，经常要午休，他跳下床，拿起棍子来追我们说："几个兔崽子赶紧滚开，一天到晚叮叮咚咚吵死人，不如拿块木板到外边玩去，晒谷坪够宽！"

事情往往就是这样，漫不经心的话语让大家瞬间获得灵感，跑去找来一块平直的木板，斜靠在晒谷坪边的菜园篱笆上，继续比赛。

比赛时，取一石片握手上，以右手为例，伸出食指拖住石片底部轮廓，用大拇指的指腹摁压石片右侧，以中指一二关节扣住石片左侧，反手使之树立起来。把手放到木板的上端，松开大拇指和食指，石片犹如脱缰的野马，"咕噜咕噜"滚下木板做的赛道，凭借惯性冲向前方的空地。

石轮滚滚，一骑绝尘。这一微观情形，很容易让人联想到"滚磨成亲"的古代民间传说。

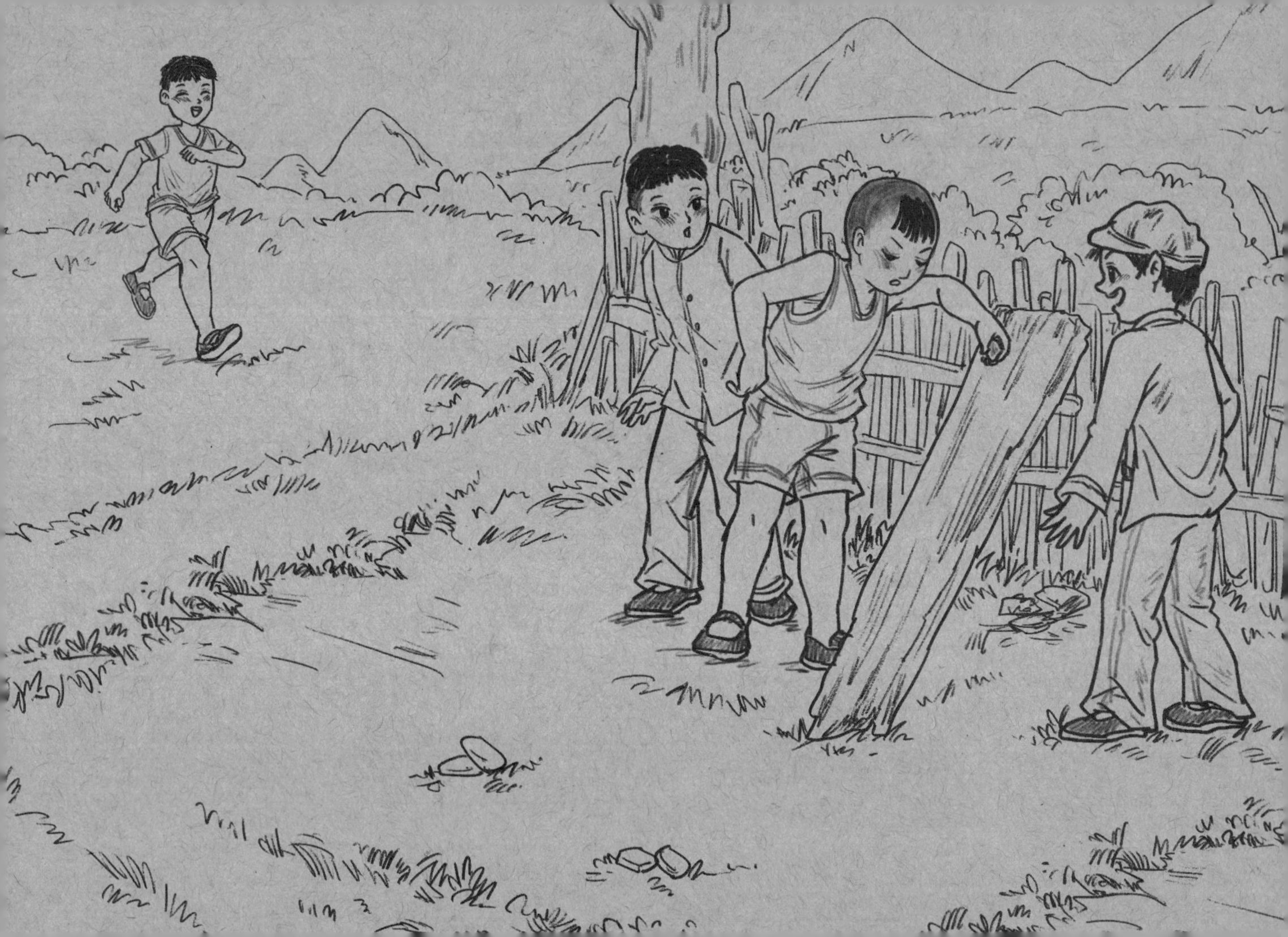

传说上古洪荒，大地被洪水淹没，生灵将要灭绝，只有盘古兄妹跑到高高的山顶而幸存。为繁衍人类，盘古兄妹理应结合，但他们不好意思成家，只能借助一对拆开的石磨盘，各扛一块，同时滚下山谷，如两者在山脚下相合，就可以打破伦理做配偶，否则人类必将灭绝。儿时，我们每每听到这故事的一半，不免为人类子孙的命运捏一把汗，且不说两块石头做的磨盘滚下山崖能有多大几率相合，就以现实经验而言，磨盘滚到半途就有可能磕磕碰碰倒地不前。好在故事的结局皆大欢喜。

　　多年以后再来审视这个故事，不禁为编造者的脑洞大开感到汗颜，也为那隐藏极深的小心思感到可笑、可叹：一则盘古大神的传说在华夏大地流传甚广，以至出处成谜；二则封建时代偏僻山地居民的生活确实艰难，为了繁衍生息延续族群，人们只能绞尽脑汁游说年轻人近亲结婚。

　　年幼的我们在晒谷坪上滚动石片，比试远近论输赢。赢家运气好，赢下一堆"财产"，输家运气差，将库存输得光光，可还感到意犹未尽，这下该怎么办呢？再说，寨子里还有许多小伙伴想要加入我们的行列，找来各种各样奇形怪状的石片，那些石片虽然也可以勉强滚下石板，但经过我们几个鉴定，还达不到入门的资格，因为参赛的"礌"必须足够圆润。所以，我们必须制作更多合格的"礌"。

# 4

"礌"，汉语念作"léi"，书面意思指古代守城时用以打击敌人的巨大石头，而在我老家的方言中，这个字变了调且多了一个辅助音"u"，念作"luēi"，意谓像轮子一样圆巧的小石片。我们所玩的小游戏，有个专用名词叫作"滚礌"。因此我猜想，我们好玩的本性，临时起意发明的游戏，其实具有深远的历史基因，也许我们的父辈祖辈已经玩腻了，在千百年前我们那些征战和镇守四方的祖先也早已"玩"过了。

在一个传统的小山寨里，有一群小孩正在玩滚礌的游戏。他们井然有序地排着队，时而为胜利欢呼，时而为落败捶胸顿足，怎么看都像一群武士在训练战术。

如果石片不够圆润，不仅不利于长距离快速滚动，而且容易半途跳出狭窄的木板赛道。正所谓工欲善其事，必先利其器，细心的阿江发现了这一点，他捧着赢下的十几块石片来到寨门前的青石板上，一块一块打磨加工。磨掉石片的棱角，磨平两侧凸出的多余部分，反复观察比对，用嘴吹，用袖子擦，把河水冲刷过千百年的天然鹅卵石，磨擦得光亮平滑、线条清晰，最后得出宽约一寸、厚约一公分的圆形"轮子"，叠起来，酷似香港电影中澳门赌王面前的筹码。

阿江重新返回赛场，他手上的礌石一时竟无人能敌。

于是我和其他十几个小伙伴，纷纷效仿，争先恐后地占领安放在村寨各处的石板，打磨自己手上的鹅卵石片。"叮叮当当，呱呱沙沙"，每个人都很认真专注，使劲磨擦，干净的石板被磨出一道道痕迹、积下一层层石粉。现在回想起来，当时的整个场面蔚为壮观，直让人感觉大家都变成了石器时代的人。

我们手上的石子，有各种各样的种类成分，大体上是质地松软的彩色砂页岩和质地坚硬的黑白色硅石。当然，其中还掺杂有少量早已面目全非的瓦砾。

瓦砾长期被河流冲刷，棱角和幅度全无，看不出原形，与鹅卵石混在一起，被我们在夏天捉鱼时捡回来。现在经过打磨，我们发现它跟腌酸菜的陶缸碎片相似，横切面有许多细孔，在石板上一划，就像粉笔一样容易磨损，就可断定它的真身是瓦片无疑。

天然滚圆的鹅卵石薄片毕竟有限，打磨加工起来缓慢而麻烦，加上冬天寒冷，没有人再愿涉水到沙洲河滩去捡拾石块。聪明的孩子们为了制造更多的礌石，于是以次充好，转而收集残瓦打磨。

于是，掉落在老屋周围的碎瓦，一夜之间成为热门的资源。小块的直接磨圆，大块的就在上面画一个圈圈，敲掉边角，得到雏形后再进行深加工。

我们像考古工作者那样，在村巷角落里、菜园篱笆脚、河边垃圾堆四处搜寻和挖掘废旧瓦片砖砾，精心打磨成一个个白色的、灰色的、青色的、红色的礌石，拿到晒谷坪或者村前的空地上进行比赛。

阿江是滚礌的高手，他在比赛时会偷偷做出一些别人不容易觉察的小动作：木板上，放下礌石瞬间，让食指的指腹稍微动一下，助推礌石快速起步，飞滚而下，冲得更远。一开始，我们并没有发现这个秘密，老老实实地输了比赛，明白之后，纷纷效仿。可是有的小伙伴动作过于笨拙明显，被其他人揭发，于是大家商量出了相应的惩罚规则。

机灵的孩子又发现，礌石滚动的速度和距离与重量有关，那些长期被埋在泥里的潮湿瓦片，总能赢裸露在地面被晒干的瓦片，于是自作聪明拿礌石去河里泡，结果发现由于吸水太多，分量重的同时阻力也增大了，还是滚得不够远。

多年以后，我们方才明白其中道理：过犹不及，凡事必须掌握一个度。

# 1 竹蜻蜓

水面波光粼粼，漂浮着肉眼难以分辨的颗粒，它们在日月光华的催化下，缓慢发育，微微蠕动，魔法一般突破有和无之间的界限，融入生灵活跃的世间。

在不经意间，它们竟然迎风而动，振翅起飞，盈天漫地，五颜六色，扑打着若隐若现的透明羽翼，落到草木枝头，立在篱笆墙上，若非仔细观察，难以发现。它们无声无息，鼓着圆溜溜的大眼珠，伸着长长的身躯，顺势停靠在植物茎条或叶尖上。

我们蹑手蹑脚地走到它的身后，悄悄伸出拇指和食指，想要捏住它伪装成长尾的管状腹部。但几乎在我们即将得逞的最后一刹那，它突然一跃，挥动翅膀瞬间起飞，飘然而去。

这就是蜻蜓，一种体形扁长、体态轻盈的食肉性昆虫，根据大小、颜色和肢节构造的细微差异分类统计，世界上已经发现五千多个蜻蜓种类。科学家说，蜻蜓这一物种已经在地球上生活了几亿年，可谓大自然的资深居民。

和大多数昆虫一样，蜻蜓喜欢温暖湿润的环境，而且对环境的变化非常敏感。风和日丽时，它们栖息在草叶间如蛰伏的隐者，以捕食苍蝇蚊子为职业；夏季闷热的傍晚，山雨欲来之时，它们会在低空聚集，漫天飞舞；在寒冷的冬天，它们消失得无影无踪。如果大地即将发生剧烈的震动，它们则会像水里的螃蟹、地里的老鼠一样，倾巢而出，黑压压一片，向安全的地带逃窜。

相比于蝴蝶的翩翩姿态和捉摸不定的飞行轨迹，蜻蜓的起飞与降落，因三对针尖般的细足和两对宽长的羽翅，显得更加清晰有力、干脆利落，更有机械的美感。

"穿花蛱蝶深深见，点水蜻蜓款款飞"，在古人诗句中，蜻蜓的造型显得很酷，用现在的话叫"有型"，并给出了特写镜头——"小荷才露尖尖角，早有蜻蜓立上头"。我们在生活中也发现，女孩子大多爱追蝴蝶，男孩子往往爱捉蜻蜓，不知是否有心理学上的原因？

## Z

我们文塅寨背后，山脉连绵起伏，沿着羊肠小路翻过几段山梁，再走下狭长的山谷，就能看到一条小溪从深山老林里流出来，山谷两侧的稻田全靠它浇灌。

秋后的稻田野草丛生，适合放牧。我们在稻田上、小溪边，把牛绳解开，让大牛带着小牛自由觅食，自己则走到小溪里捉螃蟹，或者在田野里寻找暴露出来的泥孔，徒手挖泥鳅和黄鳝。

　　日上三竿，牛儿吃饱了躺在树荫下休息。我们也解开随身携带的一小罐茶油和谷米，在小溪边的石滩上起火造饭，同时用稻田里的泥巴把泥鳅包得像一个个馒头，投入火堆里。铝盒里的米饭熟了，火堆里也飘来了泥鳅的香味。我们扯来野芋头的叶子盛装米饭，将腾空的铝盒洗净放进茶油，开始油炸螃蟹。吃饱喝足后，我们有些犯困，就躺在小溪边绿油油软绵绵的青草上，或者大石头上，仰望天空。我们的嘴巴上还咬着一根狗尾巴草的茎条，毛茸茸的狗尾巴草好像从我们的头上生长出来，一直长到天际，碰到那些浮云了。

　　这时，有一只红蜻蜓飞来，停在狗尾巴花上。

　　我们屏住呼吸，一动不动，静静凝视着蜻蜓的模样，蜻蜓的背后是蓝蓝的天空和几朵白云。蜻蜓的眼睛圆圆的，翅膀有如细细的网丝，火车车厢一样的身躯在轻微地收缩。当我们想伸手去抓它时，它似乎预感大难来临，及时飞走了。我们心有不甘，于是站起来跑去捉蜻蜓，可是无论怎么抓也抓不住。

# 3

想要抓住蜻蜓，得借助一种特殊的工具：网杈。

制作网杈可以用树枝，也可以用竹子。拿来一根两三米长的竹子，破开其中一端，再用一根筷子长的棍子撑开竹片，就可形成一个三角架。我们举着有三角架的竹竿，在屋檐下捅来捅去，让分布在角落里的蜘蛛网缠粘到三角架上，一个巨型的"羽毛球拍"就做成了。

我们拿着网杈，到处寻找蜻蜓，只要发现目标，一网一个准。

有了蜻蜓，怎么才好玩呢？伙伴们找来补衣服用的丝线，轻轻绑在蜻蜓的腰上，在丝线的另一端绑上一根鸡毛、鸭毛或者一张纸片，这样一来，无论蜻蜓飞到哪里，都逃不出我们的视线了。

蜻蜓从手上起飞，飞过屋顶，飞过田野，飞向河边的大树，很能让人感到兴奋。

在广大的农村，有无数的创意在生长。不知具体是什么时候，也不知是谁，突然就掏出了一把竹蜻蜓，在晒谷坪上放飞起来。其他孩子看见了，觉得十分有趣，就纷纷效仿。

家乡有许多楠竹，我们砍来一节，劈成条状，削去外皮的竹青和内腔的竹黄部分，留下中间部分做成约两指甲宽、四寸长的薄竹片。于竹片中央钻出一个小孔，插入一根比圆珠笔芯略粗的圆形竹柄，形成一个"T"字形的构件，再用小刀把竹片两边分别削出一定的斜角——后来我们学了物理知识，才知道这叫桨叶角。

竹蜻蜓，其实就是一个简易的双叶螺旋桨。

我们把竹蜻蜓的细柄放在手掌心，与地面垂直，两只手用力一搓，扭力通过竹柄带动螺旋叶片快速旋转，脱离手心的竹蜻蜓就能顺势往上飞起来。

如果没有风，竹蜻蜓就垂直往上飞，如果有风它就斜着飞。当它转得越来越慢的时候，就要降落了，我们得赶在它落下前跑到下方伸手接住。用手接住飞行中的竹蜻蜓，是一种比赛的项目，还有一种项目是看谁的飞得更高。我们选择宽阔的晒谷坪或田野进行比赛，几个小伙伴同时放飞竹蜻蜓，飞得最高的获胜。

有的伙伴发现，如果把竹蜻蜓的竹柄横过来，与地面平行，朝着前方放飞竹蜻蜓，它还能飞得更远。因此后来我们又发明了比试飞行距离的玩法。

与此同时，有的人又发明了另外的玩法，他们找来一条彩带绑在竹柄的底部，让竹蜻蜓带着彩带一起冲上天空。

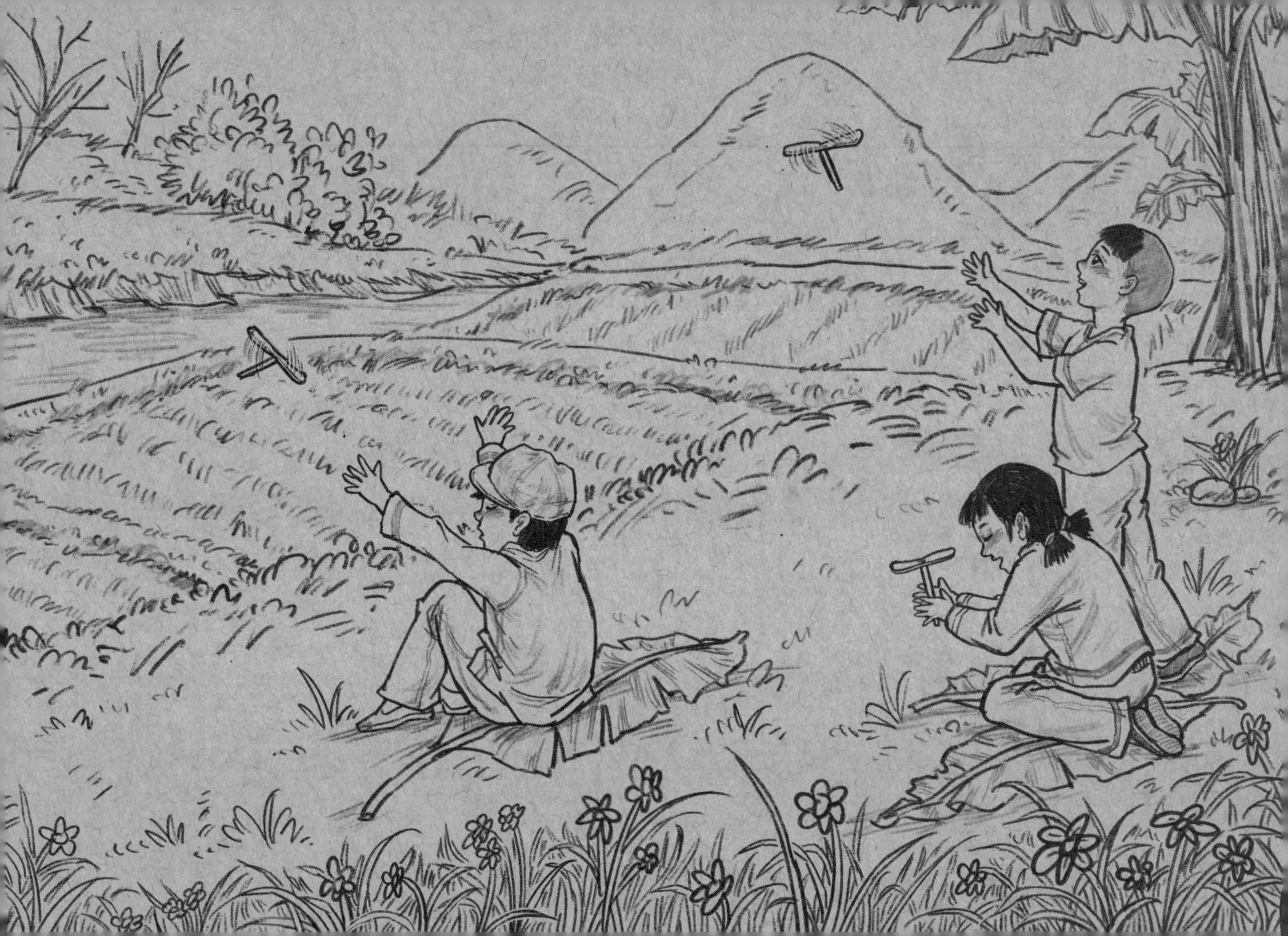

# 4

在玩的过程中，大家慢慢发现竹蜻蜓飞得高不高、远不远，其实跟叶片的大小、旋转的速度有关。阿江异想天开，做了一把螺旋叶片比巴掌还大的竹蜻蜓，可是怎么也飞不起来。

"可能是太重了，"阿江失落地说，"或者速度不够快。"说这话时他的双手已经搓红了。

关于怎样提升螺旋叶片的旋转速度，大家想破了脑袋也想不出。

这时，我的祖父出场了。他给我们出了一个主意，说只要用他的办法，就可以让竹蜻蜓飞得更高更远，前提是要增加一根竹管和一根绳子，而且绳子必须是细细的尼龙绳。

我们将信将疑，去找来蚊帐杆，又跑回家里翻箱倒柜，找出蛇皮袋封口用的白色尼龙绳。

我们看着祖父把蚊帐杆截断，去掉竹节，切成一段大约四五寸长的竹管，再在中上部位凿出一个方形小孔；把尼龙绳一头穿进孔内，从竹管上端拉出，在竹蜻蜓的手柄上缠绕几圈拉紧，连绳带柄一并塞进竹管；然后就像给闹钟上链条一样，用食指旋转竹蜻蜓的叶片，让管内的手柄将一米长的绳子收卷完毕，只留一截小线头，绑住一根两寸长的小木棍。

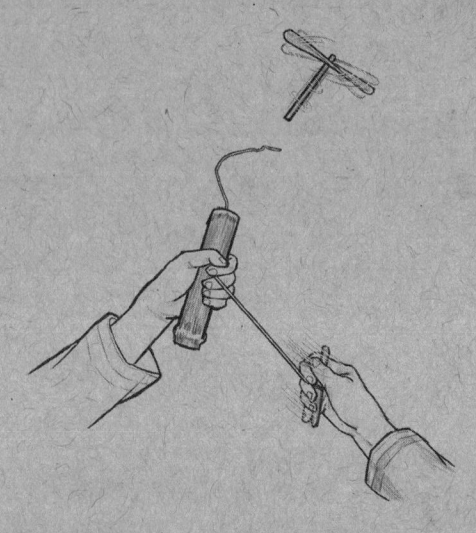

当祖父在做这些事情的时候,聪明的我们已经知道怎么回事了,连连赞叹,姜还是老的辣。

我们一手拿过竹管,一手抓住小木棍,对着天空,使劲一拉,随着绳子全部被拉出,"呼"的一声,竹蜻蜓就像一只冲天而出的鸟雀,闪电一般飞离竹管。

竹蜻蜓飞得很高很高,最后竟然落到了屋顶之上。

有一个伙伴为了爬上屋顶寻找他的竹蜻蜓,脚踩瓦片,差一点因打滑而摔下来。

## 5

我们带着新式竹蜻蜓到处玩耍,由于它飞得太高太远,降落的地点无法控制,有时不免落在臭水沟里。

去河边水埠头清洗竹蜻蜓时,我们发现它旋转的叶片能让水花溅起来。"听说轮船的屁股后面也有螺旋桨哟!"有一个伙伴无意中说道。我们恍然大悟,于是有了另一种发明:自动小木船。

自动小木船的具体做法是,把竹管绑在一块小木板的尾部,找来几根橡皮筋代替尼龙绳，一头固定在一块小木板上，另一头缠住竹管内的手柄，然后扭动螺旋桨将橡皮筋紧紧扭住。当我们松开手，小木板就受到竹蜻蜓叶片产生的动力，在水面上"噼里啪啦"地前行。

小木船在水上自动航行，让我们感到非常开心。于是又想做潜艇，就在木板上绑了几颗鹅卵石，让小船沉入水下。可是螺旋桨一转，木船老是歪向一边，上下打滚，根本走不动。

受到小木船的启发，阿江再次异想天开，回家偷偷把他父亲赶集用的自行车扛到河边。我们问他你想干什么？他说如果成功了，我们就坐船去县城。

在县城的诱惑下，我们几个同意一起帮忙，协助阿江将自行车抬到祖芳家的竹排上。阿江把自行车后轮架在竹排尾部，斜着扎进水里，然后使劲地转动自行车的脚踏板，企图让旋转的轮胎划水，从而推动竹排前进。但是，因为我们几个人集中在竹排的一端，导致它失去平衡，最后连人带车一起翻下了水。

我们几个伙伴就像落水狗，花了好大的力气才把自行车拖回岸上。

那辆自行车不久之后就开始到处生锈，尤其是链条，根本转不动了。我们干的坏事，一直保密，阿江的父亲绕着他的座驾左右观察，百思不得其解。

# 跳绳子

## 1

每年春夏，家乡的河岸和山脚草坡，陆续盛开各式各样的花朵，乔木灌木和草本植物，从上到下以至地面，都呈现出一派碧绿蓬勃、色彩斑斓的景象。

有一串串红紫色的花，仿佛燃烧着的火把，从草叶堆里往上冒或者往下垂，模样甚为诱人。我们弯下腰伸手去采摘，却怎么也扯不断它的花柄，终于使尽全身力气拔下来一串，那彩蝶似的花瓣却纷纷掉落。我们的脚下是泥坑和险坡，隔开了在较远处的花簇，我们用树枝够不着，急了，干脆看准花柄所在茎条，从脚下捡起来拉扯。然而那茎条却越拉越长，没完没了，我们拉着茎条一直后退，直退到布满荆棘的灌木丛中，索性一不做二不休，几个人一起用力，将它连根拔起，"啪"的一声，不知长在什么地方的根断了。我们终于拿到了一根四五米长的天然绳子，其实这就是野生的葛藤。

葛藤细长匀称，粗细类似普通筷子。长长的葛藤贴地而行，卷草缠木而生。摘掉它身上的一片片叶子以后，得到的藤条非常像今天我们所使用的铜芯网线。唯一讨人厌的是葛藤表面长有许多棕黄色的茸毛，必须将尽才能使用，否则粘到就叫人浑身发痒。

我们收获了葛藤，就来到晒谷坪玩跳绳游戏。

跳绳在我们方言中又称"跳索"，只要地面干净平坦，足够宽敞，就可以跳索。

大约一两丈长的葛藤，由两人各拿一端面对面分开站立，叫"一二三，开始"便同时往相同方向摆动手臂，绳子在空中划出一个椭圆。

其他伙伴站在一侧排队，眼看绳子刚一离开地面，便赶紧冲进两个摇绳人之间合适的位置，预备起跳。绳子瞬间翻过头顶，即将落地那一瞬，他弯腰屈膝往上轻轻一跳，让绳子从脚底板下快速扫过，只要身体没有卡住绳子，就算成功跳一次。

摇绳者相当于保持机械动作的"服务员"，尽管摇；跳绳的人是享受的表演者，尽管跳，越不出错越厉害。

但是只管摇而没有机会跳，换谁都不愿意干，或者老是跳而不去摇，显得不够公平，因此，跳索有一套规则：跳者要是被绳子绊住了，得出局做"服务员"，而服务员必须动作规范，不得故意刁难"服务对象"。

多人跳索，一般分为单跳和集体跳。长索单跳至少三个人，两人摇绳供一人跳；三个人以上的集体跳，又分为接龙单跳和多人同跳。这两种玩法皆因难度较大而极具乐趣。

接龙单跳的具体方式，是大家在绳索旁边排好队列，由第一个人

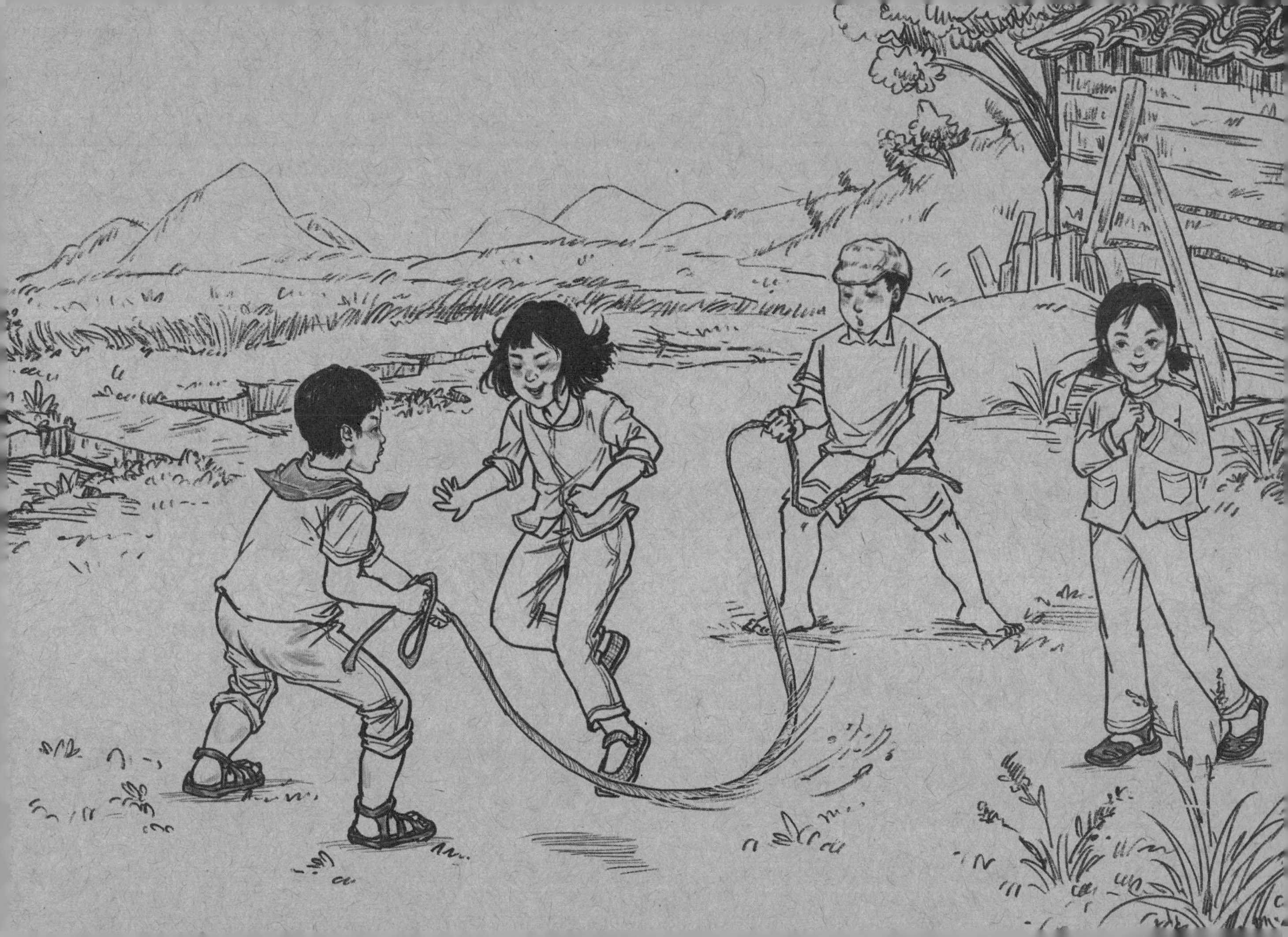

率先冲进绳索摇摆的空间内，起跳一次或三五次后迅速离开，转到队列的尾部等候；第二个人紧接跟上，重复前者动作；其他人随后鱼贯而入，循环往复。在此接龙跳跃过程中，如果谁因为动作笨拙缓慢或不规范，被匀速甩动的绳索绊住了，导致接龙停顿，谁就主动出局去接替摇绳者。

多人同跳的难度进一步加大。它由接龙单跳改进而来，进入绳索空间的跳跃者不用离开，而是一直在原地继续跳下去，后面排队的人逐个冲到他身边加入跳跃，直到所有人都进入绳索的范围内，形成一个步调一致、齐心协力的组合。大家异口同声喊口令，"一二跳，一二跳……"，每成功跳过一次，就能产生极大的兴奋感。摇绳者使劲地摇，尽量让绳索划下的椭圆形空间足够大，速度足够均匀有力。所有的参与者必须精神专注、配合协同，才能取得成功，而如果因为某一两个人出错了，导致摇动的绳子被卡住，那么他或他们就主动出局，换摇绳者进来跳。

当参加的人太多时，绳索的摇法也会有所变化。因为人多占地面积大，绳索需要包含的空间必须相应扩增，这样一来就会延缓起落的时间，当绳索摆动到大家头顶正上方时，速度必须达到一个临界点才不至于垂直掉落，于是速度与空间产生了矛盾。为解决这个矛盾，聪明的孩子们发明了"摆绳"的摇法：只让绳子像钟摆一样在地面左右摇摆，不用花费力气去画完整的圆圈。这样一来，两个摇绳者与跳绳的组合体一样，就必须保持高度默契了。

以上游戏方式互动性强，过程刺激，讲究团结协作，相当考验每个参与者的注意力和身手敏捷程度，当然还非常考验绳索的柔韧性。

在二十世纪八九十年代，偏远农村地区物资匮乏，几乎不需要成本、质地柔韧耐用、粗细适中、均匀细长的葛藤为我们带来了许多欢乐。此外还有一种免费的材料，在冬天葛藤干死的季节，为我们提供了充足的绳索，那就是稻草。

秋天时，农人将收割脱粒后的稻秆原地平铺，晾干后扎成一捆一捆，拉到河边，竖起木头支架，将稻草一层层叠上去，做成人畜都够不着的宝塔状，留待冬天做耕牛饲料和猪圈保暖材料。我们小孩子征得大人同意，拿竹篙去取两三捆下来，像女孩子扎马尾辫一样将稻草编织连接成长长的绳索，用于游戏。

桂北的冬天气候严寒，每年腊月间，山寨里总会有一两个老人去世，人们抬棺木上山、安放棺木入地所必须使用的绳索，同样是稻草绳。所以我们在编织草绳及跳索的时候，也会在嘻嘻哈哈热闹中有意无意的一瞬间，想起已经离去的亲人。

将一根柔软的绳子变成"U"形，旋转画圈，让圈内的人不断跳跃以躲开刮擦羁绊。这主观上是人的娱乐游戏活动，在客观上却具有很强的隐喻色彩：持续袭来的绳索构成了问题本身，个人必须时刻保持警惕并及时恰当解决，既要"躲得了初一"，还要"躲得了十五"，否则得出局。

多年前我曾看过一些李小龙先生的录像，他有许多种方法训练自己的身体和肌肉，跳绳是其中最简单便捷却非常有效的一种，在提高身体灵活性、动作速度、肌肉力量和肺活量等方面，几乎可以媲美游泳。只见李小龙在单脚跳、双脚跳、旋转跳、跑步跳之间不断切换，特别是进行单脚跳时，可在一分钟内连续跳跃上百次，绳子在他手上简直疾如闪电，令人眼花缭乱。

武术大师尚且如此重视跳绳，更何况我们亟需健康体魄的常人呢？

现代人自从步入社会，就承受诸多压力，奉成熟稳重为圭臬，能够让身体跳跃起来的次数越来越少了。人们常说"高兴得跳了起来"，或者"被吓了一跳"，可见，跳跃动作与个人的心情息息相关，且是被动式的、条件反射式的。而真正主动投入一项游戏运动，让自己的躯体脱离地面并以此为乐，或许是童年的专利。

　　不知是何原因，在童年世界中，最喜欢跳绳游戏的是女孩子。在一跳一跃之间，她们灵活的脚掌就像新做的弹簧一样敏捷，跟随绳子的节拍有节奏地交替轻弹，而她们茂密蓬松的头发也随之起伏、飞散。

　　古老寂静的村寨，时光在无声无息地流淌，人们在日复一日过活，有时不免单调无聊。时不时有群女孩子在唱着歌谣，欢快地跳着绳子，男孩子们也参与其中，这样的乡村景象，才显得活泼可爱。

# 1 荡秋千

阿江吃了一嘴泥巴,我的脖子擦伤一小块皮,肋骨部位疼痛难耐。

阿安的左手扭伤,额头出血,已经哭不出声音。

阿忠惊慌失措地说,这一切都不是他的错。

"那是到底是谁的错?"阿江质问阿忠,一脸不满地说,"明明是你太用力,把我推飞了。"

"就是!连树杈都断了,阿安滑倒过来,直接冲向了我!"我帮阿江补了一刀。

"这个能怪我吗?要怪就怪这个藤,太细了,我叫你们多扎一点就是不信,谁叫你那么重!"阿忠很委屈地辩解,"我都差颗米(差一点)被树杈叉死了!"

我们四个伙伴吵闹一番,谁也不服气,最后只能跟在阿安的屁股后面垂头丧气回家。阿安一路低声地哭,还故意把哭腔拉长,可是一点用都没有。回到寨子里,阿安被他爸领到我四公那里,做了正骨术,拿芭蕉芯包了一筒子草药,手臂用布条绑着挂在胸前,像个受伤的士兵。

事情是这样的。为图方便,我们把葛藤挂在两棵不大不小的油茶树上荡秋千。那两棵树长在斜坡的中间,我们坐在秋千绳上,只需往后退几步，松开脚就能向前荡去，面对眼前的田野，有一种飞起来的感觉。坏就坏在阿江不知足，非要叫阿忠从背后推一把。

　　当时我和阿安站在一旁的树兜边排队，想着等阿江荡几下结束，就可以轮到阿忠，阿忠荡完轮到我们。谁知道阿江要求阿忠从后面奋力冲刺推他。第一下，阿江飞离地面两三米又荡回来，第二下高约三四米，到了第三下直接飞上六米多高，远远超出了树冠的高度，我们看到他的肚皮已几乎要撞到飞过的鸟儿，正想欢呼，可是，只听到"咔嚓"一声，后头绑住绳子的树枝瞬间断裂，托住阿江屁股的葛藤也随之被他的手扯断。阿江大叫一声"要死啦！"，就像武侠电视剧中高手打跟斗出场那样，一个跟斗飞过坡底的竹篱笆，落到前方的菜园。所幸他向来身手敏捷，只啃了一嘴巴泥，压坏一大片长势正旺的芥菜，身体并无大碍。

　　倒霉的是我和阿安。被阿江拽出去的树枝极速反弹，拍到了阿安的额头，阿安眼冒金星，摔了一跤；我连带被阿安的一条腿撞翻，磕到身旁的一块石头上。阿忠则为躲避另一根反弹而来的树枝，条件反射地往旁边一闪，身体刚好被另一棵油茶树的树丫夹住。随后就是一阵震天动地的哭声，及开头那一幕吵架情景。

一个月后,好了伤疤忘了痛的我们,又来到一处距离墓地不远的老油茶林。为保险起见,我们每人手上都拿有两根葛藤,卷做两大圈,挂在两边肩膀上,活像前往救灾现场的小应急队员。

油茶地的落叶被我们踩得噼啪作响。此地距离寨尾大约一公里,是两座山丘交界处的谷地,谷地中间穿过一条小路,路旁的油茶树与别处不同。这里的油茶树高直挺拔,树冠的枝杈错落交织,抬头望去好似密不透光的穹顶。

我们仿佛走在绿色隧道里,越往前越觉得阴森恐怖,远远看见隧道尽头的荒草摇摇晃晃,似乎有鬼魅出没。大家靠得越来越近,脚步也越来越慢,就连一声鸟叫,都会让我们吓一跳。最后还是胆子大的阿江说:"不走了,我们就选这里吧。"

于是四个人心照不宣地分工,很快把八根葛藤拉直,两人一组,一人负责爬树,一人负责递绳头,分别把秋千绳紧紧绑在两棵粗壮的油茶树高枝上,与林间小路刚好形成十字交叉。为弥补上次付出的惨痛代价,我们把第一个荡秋千的机会让给阿安。可是阿安手拿葛藤秋千，拉了又拉，试了又试，还是有些胆怯，总觉得哪里不对劲，犹犹豫豫不敢荡。

　　阿江看得不耐烦，骂一句"怕死鬼"，径直抢过绳子套在自己屁股上。"大家让开！"他说，然后迅速向后倒退了五六步，接着往前一冲，脚尖一蹬，从地面上荡了起来。

　　他左右两只手紧紧抓住秋千绳，身体落下来时，屁股向后方使劲。他一边荡，一边叫阿忠继续帮他助力。阿忠站在后侧，伸出双手使劲推他的屁股，一上一下，一高一低，只来回几下，阿江便飞了似的冲得很高，每次荡到顶点，他都会欢呼一下。我的眼睛则直直地盯着树杈上的绳头打结处，确认没有松动断裂的迹象，才把一颗悬着的心放下来。

　　"一、二、三、四、五、六、七……"

　　大家约定，每人只能荡二十个来回，下一个上场的人得去后方助推，以便坐在秋千上的人脚不用沾地，尽情享受摩擦空气、自由飞翔的喜悦。

　　那天我们不知玩了多少高难度动作，除了常规的坐姿，还尝试站立、斜躺、倒着飞、单双脚、一字马、单手抓绳子，甚至一度松开双手，只用肘部和腋窝勾住绳子，把自己想象成人猿泰山在森林中穿越，又像杂技运动员在高空杂耍，像体操运动员玩双吊环……直至日落西山，有几只乌鸦跑进林地里乱叫，我们才想起来没吃午饭，该回家了。于是恋恋不舍离开树林，并相约好明天再来早一点。

可惜第二天早上下了一场大雨，迟迟不停，到处积水，我们的美好计划泡了汤。

## 3

桂北山村人家世代居住干栏式木楼。木楼一般分三层，以四四一十六根大原木为柱，立柱间穿榫插梁衔接，搭成塔状框架结构，然后用木板铺设地板、镶嵌墙壁。

一楼无需木料做地板，很接地气，隔有柴房、牛栏、猪圈和茅厕，地方宽敞的人家还有舂米的石臼或石磨；二楼住人，含厅堂、厨房和卧室；三楼因屋顶斜面下切变窄，一般用来做粮仓或留空；每层楼都留有一定空间做通道。有孩童的人家，往往会在通道处选一横梁系上长绳，垂到地面做秋千，不用时就收卷到一边，反正不碍事。

那时我们乡下室内秋千绳多用稻草制成，绳粗似牛尾，结实受力，可以直接坐到绳子上，唯一缺点是不耐磨，挂在木梁上反复转动摩擦容

133

易损坏。因此有的人家选用牵牛鼻的尼龙绳代替，尼龙绳虽仅一指宽，但坚韧异常，如能在绑绳处垫一块车胎橡胶，消除荡秋千时的吱呀声，则更加理想。但由于绳子较细，不好坐，架上凳子又难以保持平衡，除非用两根绳，穿过打了孔的方片木板。

儿时，我家一楼大门内的第二、第三根立柱之间，曾悬挂过两次秋千，一次是我爷爷做的草绳秋千，没多久便磨断了，后来父亲改用他去打井吊桶所使用的高强度尼龙绳，粗细适中、柔韧耐用，底部套上一张小木凳，凳子上绑一片旧棉袄的袖子，屁股坐上去舒服。

室内荡秋千一般在夏天流行，可起到乘凉的作用。年龄小的三四岁孩子玩一玩，旁边有闲暇的大人照看，相对安全；六七岁的孩子排队轮流嬉戏，无论男孩女孩，一个帮一个助推，来回荡，或像猴子爬树藤那样几个人一块起飞，乐趣无穷。然而十来岁的孩子就麻烦了，腿长腰长，才两三米高的楼层，挂上小小的秋千，满足不了我们对速度与高度的追求，要是用力过猛荡出去，腿脚会撞上天花板，再荡回来，屁股也可能撞上天花板。

显然，低矮的楼层已不适宜大孩子们荡秋千，我们几个伙伴转而向野外寻求场地，但野外没有横梁挂绳子，找来找去，不知是谁出的点子，我们就跑到了寨尾那片山地的油树茶林。

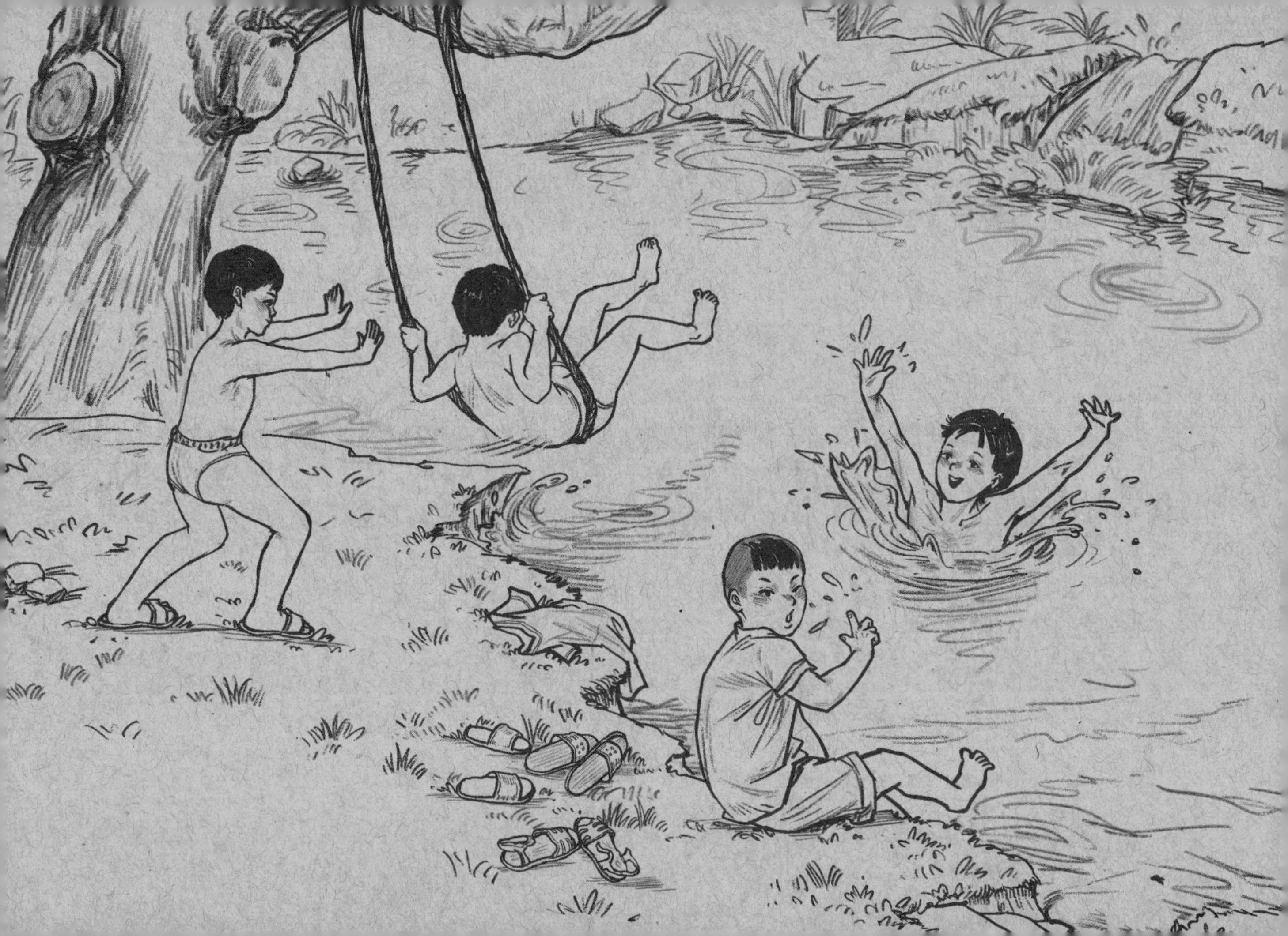

我和阿江等几个伙伴，有一阵子也曾突发奇想，到河边爬上大树，利用伸出水面又与河岸大致平行的树枝做横梁，挂上长长的藤蔓做秋千绳，从岸上起飞，向河面急冲荡去，真是别有一番乐趣。然而只有游泳时光着屁股荡秋千，每荡一两次就松开手，趁势脱身跳进水里才刺激；如果穿着衣服在河面荡来荡去，万一树枝断了，连人带绳掉进水里变落汤鸡，就十分狼狈且遭人嘲笑了。

　　有一天，外面的阳光实在太猛烈，人人都不愿意出门，空气中又没有一丝风，待在家里闷热无比。百无聊赖之际，阿江拆掉他家和祖芳家一楼的两个秋千，转移到透风且相对宽敞的三楼，把绳子拼接好，挂到屋脊顶端那根横梁上，做了一副超级大秋千。

　　我们几个就在瓦片下的梁柱间飞来飞去。

　　再次轮到阿江时，他觉得还是不够刺激，叫我和阿荣两个人一起出力推他，一下、两下、三下，第四下，荡开去的秋千绳已几乎与地板平行，只听见"轰"的一声巨响，有点阴暗的木楼突然亮了起来，接着木地板上"噼里啪啦"掉了一地瓦片。原来阿江的脚把屋顶给踢出了一个桌子那么大的窟窿，三指宽的几根椽子摇摇欲坠。

　　由于木楼建在河边台地，楼外便是深深的田野，胆大如阿江即便吃了豹子胆，也不敢贸然爬上屋顶外面修缮缺口。那时刚好大人不在家，我们谁也不敢声张，只能掩耳盗铃，快速把掉落的碎瓦片掷进河里，并打扫现场的灰尘。

接下来的几天，阿江家里没人上楼，还平安无事。后来天气变化下了暴雨，情况可就惨了。雨水从窟窿天窗落入三楼，仿佛水帘洞，很快将三楼地板包括谷仓淋湿，然后积水渗过木板缝隙，滴滴答答落进二楼厅堂，打湿地板不算，还浸湿了中堂墙面的神龛和阿江他祖母的炭画像。

后来阿江父亲查明真相，恨不得把我们几个给崩了。请到寨上师傅过来修屋顶那天，他严令阿江跟我们几个闯祸的孩子，全程负责从一楼搬运沉甸甸的全新泥瓦到三楼去，踩上木梯，将瓦片一片片递给盖瓦的师傅。师傅一边摇头一边发笑，说他修了一辈子房屋，只见过狂风掀翻及冰雹砸坏的屋顶，还没见过被人用脚踢坏的。

# 铁环滚滚

## 1

寨头的弟良大爷要建新房，寨尾的小伙伴们都很开心。倒不是因为他们家破天荒买进一辆手扶拖拉机，在荒沟野地上横冲直撞开出自己的新路，热火朝天搬运砂石水泥，让一辈子卖苦力的山里人开足了眼界，而是因为一种曾经十分稀缺的资源——钢筋圈，一下子丰富了起来。我们这群小屁孩梦寐以求的铁环，指日可待。

生活在偏僻小山寨，野孩子们苦"缺铁"久矣。由于老辈人留下的娱乐花样不多，正在艰难发育的身体内藏着的小野兽无处撒欢，孩子们只能求助于泥巴、草木，因此手心和鼻梁沾满了泥草气。在钢筋大规模出现前，我们二十几个同龄男孩当中，只有祖生、祖贵两兄弟拥有自己的铁环，令我们垂涎三尺、夜不能寐。

"谁叫弟良大爷带他们出过远门，去过一趟堆满钢筋的大城市呢？"小伙伴们多少有些无奈。

从记事时起，我们就知道，弟良大爷是寨子里见过世面最多的人物，他很少下地耕田、上山砍柴，鞋底几乎不粘泥，常年外出搞副业做生意，成为我们文墩寨五六十户人家中的第一个万元户，的确良中山装和大头皮鞋天天穿。他站在晒谷坪上的百来号叔伯中间大手一挥，那真叫鹤立鸡群、马在驴中。"他会有出息的，等他有出息了，我们山寨就走得开了。"那时的老辈人往往这样说。

情况也确如老辈人所料。弟良大爷把自己折腾成了木材老板。听说他的木头买卖越做越远，远到了柳州和南宁。柳州在哪个方向？南宁又在哪里？寨子里没几个人说得清，想多了也会头疼。细水长流的小山寨，人们忙活完一年一度的农事，平静如故。

但是忽有一日，弟良大爷公开跟人透露说，是时候带两个儿子出趟远门了，要不然，会憋死在屋檐下。果然，没过几日，他们爷仨就隆重启程，大包挂着小包，既像进京赶考，又像壮士出征。我和伙伴们躲在河畔的枫杨树杈上，眼巴巴看着他们远去。

一个多月后，弟良大爷如期回来了，跟在身边的兄弟俩，同时带回我们闻所未闻的家伙——两个大铁环，两把小钩子。

胡须比较长的老辈人说，这铁环可了不得，估计是哪吒的风火轮，也可能是红孩儿脖子上的项圈，至少是西域和尚的大耳环。胡须比较短的年轻人说，那小钩子适合拿去茅厕掏出掉粪坑里的树枝，也有人认为这钩子是专门用于清理被太阳晒死在路上的小蛇，或者追捕老鼠的时候方便勾住它们的后腿。但兄弟俩偏说，不对，什么都不是，这就是一款时髦玩具，钢筋铁线造的，现在城里人都兴玩这种，可拉风啦！说着，他们就直奔寨子中央的晒谷坪给大家示范游戏的玩法。

那一夜,我们这些孩子几乎都失眠了。

如果铁环会做梦,也许在梦境中早已成为万人膜拜的英雄,或者如来佛脖子后面那闪亮的光环。

铁环滚在路上,确实神奇而有趣。那清脆悦耳的声音,东拐西弯的姿态,所向披靡的劲头,足以秒杀所有村童手中的土货。什么竹木刀剑芦苇枪,石头棋子泥巴人,父辈传下来的小玩意统统黯然失色。最令人垂涎的是,开学季到了,兄弟俩滚着铁环去村小上学,又滚着铁环放学,在来回两里地的路面上没消停过,整个世界的目光,仿佛都聚集在他们俩身上,就连马路边吃草的牛、流浪的狗、讨饭的乞丐,都不得不驻足观看、扭头回看。作为同一个寨子的小伙伴,我们自然而然沾上荣光，在其他山寨孩子们面前，得以优先靠近兄弟俩身边，在他们的身后排成长队，几乎是弯着腰踩着他们的步伐，盯着那两个滚动的铁环一路小跑回家。

经过几天仔细观摩，我们已经看出了滚铁环的奥妙：一个钢筋弯成的圆圈加一根铁线做的驱动钩，玩的时候，左手抓住铁环上沿，右手拿住驱动钩一端的把柄，将钩子前端的U形槽扣住铁环的底部，身体微屈向前，双手同时往地上一扔，铁环落地，随着惯性开始往前滚动。与此同时，握住驱动钩不断向前推进，左右没有什么支撑的铁环，因为获得了稳定输出的推力，就可以一直滚下去。想要停的时候，只需把驱动钩迅速从铁环的"屁股"抽离，改变方向，像厨师拿筷子捞起锅里的面条一样，迅速将其从地面勾起，一段叮当作响的旅程便可结束。

但我们也就仅仅局限在观察的层面而已，虽然心痒难耐，却不得不接受令人煎熬的现实：只有兄弟俩玩腻了，其他人才有机会过把瘾。

起初，祖生祖贵兄弟滚铁环的技术还不够熟练，新手上路，歪歪扭扭，人环之间协调不足，但是我们谁都没见过一流高手，自然就把他们当作大神来看待。他们在晒谷坪展示转圈圈，围观的人们啧啧称奇。有人请求去摸一摸、试一试，碍于人情，兄弟俩极不情愿地让出来。偶尔有机会接过铁环的伙伴，像摸中大奖似的，笑得合不拢嘴，煞有介事地试了一下，可是根本玩不转。就连围观起哄的大人，也一点不得要领，气得直跺脚，连那些干农活的高手、阉猪的师傅、造房子的老木匠，也都试了，但是在新把式面前，还是显得笨手笨脚，纷纷败下阵来。

排队靠后的人试图申请再玩一把，时间却已不等人。

"月亮出来咯，我们要滚回家吃饭咯。明天再说！"回味无穷的一天、遗憾无比的一天、短暂的一天，在一串清脆的铁环声音中宣告结束。

## Z

日复一日，兄弟俩出双入对，带着铁环在村头巷尾滚来滚去训练，在开阔地带转来转去表演，石板路几乎被铁环碾过几百遍。没出多久，他们便运用自如，玩法花样百出。例如起势，只需单手便可完成；收势，人可以跑到铁环前面，反着滚。铁环则成了兴奋的狗崽，对寨里的每个角落都了如指掌。

当兄弟俩玩累了，自觉无趣，就逐步放开"垄断"，将铁环借给房族兄弟们练习。我们寨尾的孩子只能干着急。手痒特难耐之人，实在忍不住，就跑回家哀求家长想办法："搞一个铁环回来，哪怕弄截钢筋到手也好啊。"

不过，这要求却难倒了一辈子跟泥巴打交道的农夫："上哪要钢筋去哟，难道钢筋会从地上长出来、树上掉下来吗？县城的大礼堂都是木头做的，学校和电影院的窗户都是钢管，武装部的大门是厚厚的铁板，难不成，要寨佬带领众人赶赴县城拆掉国家建设的古宜大桥，敲掉水泥桥墩，取出里面的钢筋来专门做铁环给你玩游戏不成？"

有些大人干脆敷衍了事，找来竹子扎了个圈，结果轻飘飘的一下就倒，被他家孩子嫌弃，扔进林溪河。有的人不知从哪里弄来一根细如草茎的铝线充数，也玩不出铁环的样子。"都是骗人的，我不要！"孩子们像压不住的火苗，欲望焦灼，扁桃体膨胀，喉咙燃烧，他们的哭闹嚎叫声，在乡村的夜晚响起，急坏了被先进游戏技术卡脖子的家长们。

孩子们最渴望的，还是那沉甸甸的铁环，因为它分明代表着时下最先进的游戏。

在那个年代，凡是先进的玩意，总是掌握在少数人手中。在孩童的世界里，没有谁甘于人后，没有谁不想独占风气之先。

终于，一段时间以后，寨子里有户人家获得去县城做两天零杂工的机会，回来的时候，搞到了一截钢筋。那家孩子一拿到钢筋，如获至宝，破涕为笑，四处奔跑宣告，让人误以为他们家真的发了一笔大财。

大伙儿团团围起来，仔细观察铁环的制作流程。首先，找来两根手

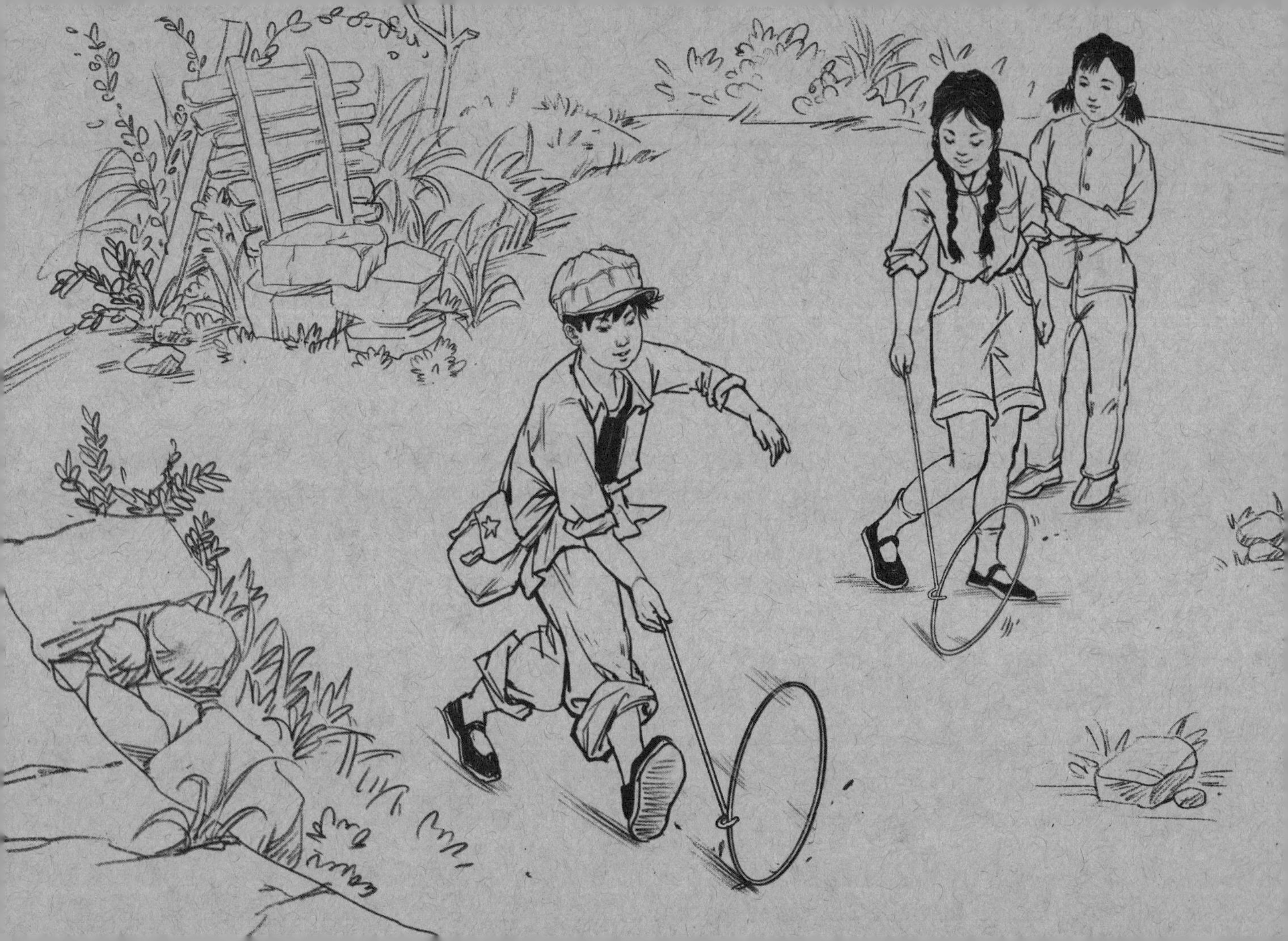

臂粗的圆木并排摆一起，固定好，把钢筋横在上面，然后，找来一个锤子，利用木头之间的缝隙凹槽，使劲捶打钢筋。叮叮又当当，钢筋便像一弯新月，两端慢慢翘起来了，出现了均匀的弧度；叮叮又当当，"月儿"逐渐饱满，钢筋两端走向合拢。最后，环形胚胎初成，移到一块平整的大石板上放平，继续叮叮当当修正钢筋侧面，直到里里外外看起来都完美无缺，一个可以上路的新铁环便大功告成。

至于驱动钩的制作，对于心灵手巧的孩子们来说，完全不在话下。铁线不够长，随便找来一根竹子衔接做手柄，天衣无缝。不过大家朝思暮想的，还是搞到货真价实的钢筋材料。

"军哥，翻过山的那一边，听说县城西边的寨淮（村名）火车站有好多滑石、水泥，肯定会有许多钢筋头丢在地上没人要！"我的伙伴阿江提议。

"走！明天就装饭去看火车！"我说。

于是次日，我和阿忠、阿安、阿江，四个玩得最铁的伙伴，各自使用平日漱口的口盅，装满米饭和酸菜，偷偷绕开大人们的视线，鱼贯离开山寨，踏上未知的路途去寻找钢筋。

那时正值夏季，山脚与河边的女贞开满洁白如雪的细碎小花，团团簇簇异常醒目，金银花三叶草野海棠，木香求米草鸭舌兰，紫薇百合绣

145

球花，大大小小的植物全部迎来花期。花香浓烈招蜂引蝶，与草叶的气味交杂，混合烈日下升腾的泥土湿气，在风中搅拌翻滚，灌入我们的呼吸系统，让我们活力倍增。我们像几头小公牛，闯入梦幻童话中新娘搭起的彩色帐篷。

一路上，我们跋山涉水，仿佛长征，经历了许多惊险和刺激。结果却一无所获，甚至因为走错方向，还差一点找不到回家的路。

第二天，我们四个擅自离家的孩子，当然少不了父亲们一顿让屁股开花的操作。我们的母亲和奶奶，已经被孩子胆大包天的行为吓得大惊失色，纷纷提起大母鸡和一篮子鸡蛋去巫婆家求神。第三天，我们四人的脖子都挂上了一个三角形的辟邪香囊。

# 3

夏天过去了，冬天跟着来。弟良大爷率先拆掉祖祖辈辈传下来的木屋，动土开工修建砖房。一捆捆成品钢筋，一袋袋水泥，运到了我们寨子前的公路边。

我们看着那乌黑光亮钢筋，眼睛直发绿。只见几个大汉找到钢筋头，扯出来，绑在手扶拖拉机的屁股架上，向远处拉去，弹簧一样的钢筋圈嘎嘎叫，很快就被拉成几百米的长线。为了让直线更直，师傅们把线头一端绑在水桶粗的苦楝树上，让拖拉机跟苦楝树拔河。拖拉机头热气腾腾，排气孔冒着黑烟，机手一踩油门往前冲，钢筋便慢慢绷紧，拉直，直得不能再直，"嘣"的一声，拖拉机被树桩的反作用力叫停，难以前进，树桩以"洪荒之力"保住了它和土地的联系，树上的苦楝子被反弹的树干瞬间抖落，落如雨下。

拖拉机熄火停下后，守候一旁的师傅拿来专用高压剪，按需截断钢筋，一截又一截，堆叠起来，扎成捆状，装进拖拉机拖斗运回。

而原来绑在树上的那一圈钢筋头，已经是废料，主人家不需要，就成了小屁孩们争抢的宝贝。

弟良大爷说："别抢哈！别抢！人人有份！"祖生祖贵两兄弟，热情地协助我们解开苦楝树上的钢筋。如此连续好几天，可怜的苦楝树被钢筋勒得皮开肉绽，但那雪白的伤口就像我们灿烂的笑容。

那个喜庆的冬天，寨子里的孩子们人手一个铁环。一时间，寨头寨尾都是滚铁环的人们，年纪大的玩大环，年纪小的玩小环，最大的环赛过水缸盖子，最小的环只有手镯那么大，玩起来可以让人笑得肚子抽筋。

孩子们去山上帮大人干农活，放牛、捡猪菜、砍柴、挑泉水，都随身携带铁环一路小滚。总之,铁环除了上天入地,哪里都可以陪伴我们同去同回。回来的时候,手上没空,把它挂到脖子上就是了。

我的伙伴阿江是最厉害的玩家,除了不能让铁环爬上树,所有人畜能走的地方,他都可以让铁环滚过去,全是稻茬的水田、狭窄的独木桥、细细的扁担、一级一级的楼梯,都不在话下,他甚至可以潜水在林溪河的河床上滚铁环。

后来一次大山洪冲走了寨子前面的木桥。村里人家家户户拿出糯米去卖了凑钱,出工出力买料,修建村史上第一座小水泥桥。一些已经长大的少年不再玩铁环,就把它捐出来,给大人们拿去充作水泥栏杆的骨架。

本来,我也有过一大一小两个铁环,宝贝似的日夜守护,生怕睡着的时候它们飞走。水泥桥建成几年后,我去古宜街上念初中,有了新的玩物,便把它们遗弃在祖屋某处角落。它们就像祖先丢下的农具,渐为时光埋没。

母亲在打扫房屋时发现了它们,便收拾起来,跟其他废铜烂铁堆到一处,以期适时卖给那些走村串寨收废品的老板。但收废品的老板兴许已经改弦更张,不再踏足乡下,赚取这些蝇头小利了。母亲计划落空,收集起来的废铜烂铁重新沉睡于时光之中。

谁知多年以后,我的铁环竟被父亲从废弃物中挑选出来,分别敲直，擦去上面的尘土，挫去斑斑锈迹，扎成一个十字架，作为避雷针高高插上我们的屋顶，由一根比时下的网线还细的铁线连通祖屋的地基。

那是二十一世纪初期，父亲因为连年缩衣节食供我读书，没有余力改造年岁比他还大的木屋，而村里人一户接着一户"鸟枪换炮"，盖起了砖楼。他从别人家那里知道避雷针的功用，极其担心自家住宅哪天倒霉被雷电击倒，于是也正儿八经地引进新技术——找一颗马钉插到地里，拉一条铁丝到房子最高处，接上我的铁环做成的十字架。

前些年国家大力推进旧房改造，当村里人几乎拆尽危房，丢弃旧物件，过上社会主义新农村生活的时候，唯有我家颤巍巍的老木屋因为父亲来不及去申请补助，还矗立在村口，宣告一个村寨木屋时代的尾声。而屋顶上那个由铁环扎成的十字架，成为我们童年时代唯一的物证。

几个伙伴中，阿江去广东打工，阿忠在黔桂交界小镇开了家汽修厂，阿安做了家装漆料老板。祖生祖贵两兄弟，买了小轿车，移居县城。弟良大爷，还是那样令人尊敬，不过当高铁高速路连通山区，他已不愿意出远门，和那些长年安睡在后山的老辈人一样，成为一名安分守土的老人。

# 1 木轮车

我们一生总在追求速度。

三十岁时我初拿驾照，买了小汽车，正式从两轮车时代迈入了四轮时代，真正实现了成为有车一族的梦想。而这一梦想的实现，我足足等待了二十五年时间。

大概是上小学的前一年，父亲在我的百般央求下和渴望的眼神中，不得不放下农活，拿出看家伙计，亲自为我打造了一辆当时在乡野十分流行的儿童玩具——木轮车。

那辆车除了没有品牌标志，该有的方向盘、车身坐板、轮毂和轮子等基础部件都有，而动力方面，则是我的双脚。

当时农村人家，普遍使用肩扛手推的方式运输货物，能够拥有一辆二八大杠自行车已算富裕。山寨里除去外出做生意的少数几个人，许多人一辈子都没摸过四轮汽车。直至八十年代末，有人引进一辆手扶拖拉机，我们才有机会近距离欣赏这种吃油就能跑的交通工具，同时知道了柴油机长什么样，知道如果它坏了，用人力也可以将车推走，但如果没有轮子，即使柴油机发挥正常，整部车也不过是一堆废铁。

经过一段时间的观察与琢磨，像我爷爷一样的老木匠，就开始充分发挥他们的创造力，制作出整个山寨的第二代木轮车，供孩子玩耍。

更早以前，第一代木轮车只有极其简约的一个轮子，俗称独轮车。其基本构造非常简单，就一个圆木锯成的轮子，接上两根扁担那般长的木棍做手柄和车梁，在车梁上横架三四根短棍固定好，最终形成一架锐三角形的木架车身。使用时双手提梁，轮子在前端接地，货物放在倾斜的车身，大部分重力就可依靠杠杆原理压在轮子上，人行车走无所不往。战争年代，拖家带口逃亡的老百姓，大多使用这种便捷的运输工具。在我们桂北农村，因山多路陡，这种独轮车使用者不多，但是有经验的老木匠，闭着眼睛都能造出来。

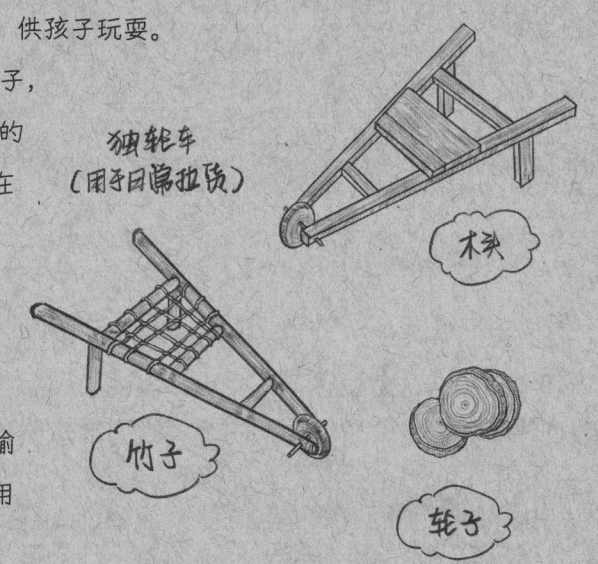

后来，不知是哪家爷爷，从独轮车中提取出前轮的元素，然后参考拖拉机的车身后半部结构，找来一张废弃的板凳，去掉四只脚，做成车身主体，再在前端挖出一个圆孔作为车头。从柴堆里找来一个"Y"形树杈做方向轴，反向穿进圆孔，把一个轮子安在树杈下作为前轮，在树杈轴上部横向拼接一根手柄作为方向盘。接着，在板凳的后方底部横装一根木棍做轮毂，一边套一个轮子，一辆纯木打造的儿童三轮车横空出世。

比我们大一两岁的哥哥们，在某个冬天几乎人手一辆这样的三轮车，他们坐在车上，用两只脚往后一蹬一蹬，就可以在晒谷坪上溜来溜去。有的家庭因人多车少，几个兄弟共用一辆，就在车前绑一根绳子，一个人拉一个人坐，如此互换轮流，享受"自动驾驶"的乐趣。

寨子前方的河边有一条几十米长的坡道，连通小木桥通往外界。有车的孩子喜欢聚集在那里，骑着木轮车从上往下滑行。在坡道滑行时车速是在平地的几倍，而且再也不需要用双脚蹬，于是大家在车头加装了一根木棍，将两只脚搭上去，整个人的姿势有点像今天的机车手，十分拉风。

然而坡道尽头没有护栏，有时车手来不及刹车，就有可能直接飞速冲进河里。我有个族兄就因为一次"飞车"事故，住进了县医院。从医院痊愈回来，他发明了"刹车片"，即在脚蹬的地方加装一块木板。不过这块木板如同鸡肋，在平地骑车时纯属多余。

# Z ──────────────────────

做三轮木车最关键的材料，是找到一根标准的树杈。因此有一阵子，孩子们要求大人帮忙造车时，大人总是说："这个简单，你得先去

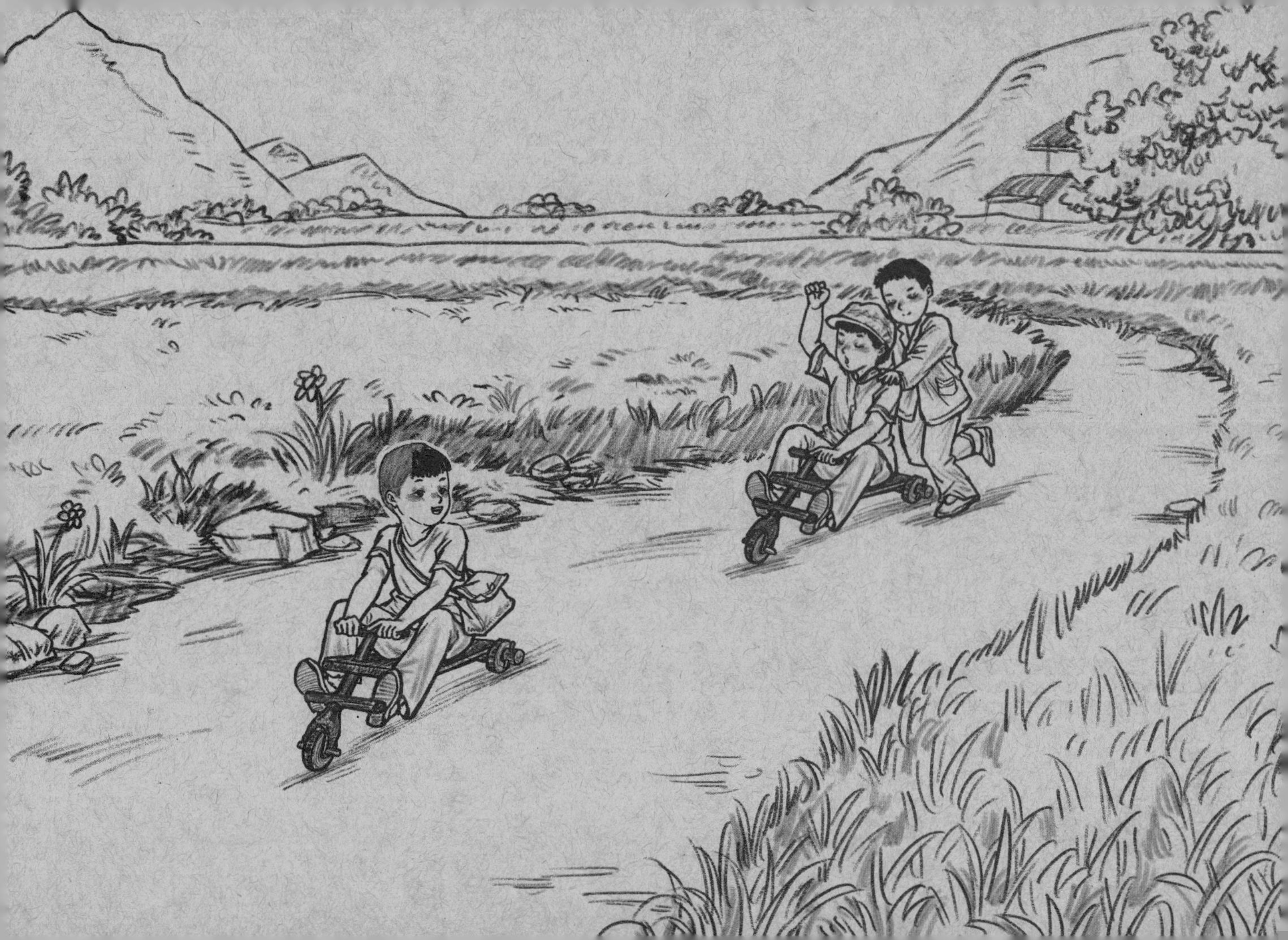

找到合适的树杈来。"

　　树杈既要坚固耐用，又要天然对称，在我们所知的树木中，符合条件的只有油茶树。然而孩子们翻遍柴房，却总也找不到合适的木料，几个小伙伴便相约去山上寻找，但往往空手而归——大海捞针谈何容易。

　　孩子们踏破铁鞋的劲头，感动了老木匠，于是有人再次发挥创造力，把三轮改成四轮。其实这不过多加一道工序，在车头底部添一根木棍做轮毂，轮毂中间开出隼眼拼接一根圆木做方向轴，利用木轴的扭力带动前轮转向。

　　第二代木轮车的树杈方向轴，树杈根部可以天然地将车轮和车身隔开，而现在四轮车失去了那个优势。为了不让轮毂接触到木板车身造成转向困难，只能将木轴斜着放，让两个前轮向前伸出。

　　就像一只三脚猫获得第四只脚，重力平衡的四轮车，行驶稳定性瞬间增强。

　　阿安的父亲有一天闲来无事，给他改装出一辆崭新的四轮木车。他兴高采烈地提出带我们去坡地滑行。坡地位于寨子后山的一片油茶树林里，林中泥路原为阶梯，后被行人踩得滑溜溜，路的弧度不大，一直伸向山脚，是一条天然的木轮车跑道。然而当我们刚走到小路交叉口，就发现寨中的阿一、小鸣等几兄弟已经在进行飞车比赛了。他们竟然也坐上了四轮车。

"快点喊公！你们偷偷来这里玩什么？"阿江学着大人的语气对他们说话。

"阿江公细！"阿一客气地喊了一声表示礼貌。

"公细好。"小鸣低声喊道。

在我们文墩寨，人们互相称呼论辈分。因为阿江和我们在寨子里已属于爷爷级别，而小鸣、阿一几兄弟则是孙子辈，他们的叔父见了我们几个也得叫"叔小"，所以他们得叫我们"公细"。即便小鸣长得牛高马大，见了面也必须喊，因为尊敬长辈是传统美德。但是这个美德，会在大家一起玩游戏的时候被我们甩到后脑勺。

---

# 3

小鸣依仗力气大，到处找人玩摔跤，在同龄人中所向披靡，我比他大半岁，虽个子小，力气却不算小。我们公孙俩曾经在晒谷坪比试摔跤，实力不相上下，谁也不服气谁，互相扯了衣服，最后居然演变成打架，被劝解以后各自哭着回家。

　　现在狭路相逢，大家必须分出个胜负。阿安于是提出建议，把他这辆新的四轮木车让给我先骑一轮，跟小鸣比赛，看谁的车够快。小鸣收到挑战，自然当仁不让，说：

　　"比就比，谁怕谁呀！你那小轮子一看就知道不行！"

　　阿安那辆木轮车的车轮，取自一根老茶树，直径三寸左右，像个小饭碗，确实不大。而小鸣的车轮是用一根粗大的苦楝树锯出来的，大如海碗。但我们都知道，苦楝树的硬度肯定不如茶树。我懒得理小鸣，只说出了另一个优势，因为来之前，阿安父亲已经给车轮毂点了几滴茶油代替润滑剂。我于是说：

　　"我们的车轮已经上油，肯定比你快。"

　　"你们一点都不熟路，别吹牛了！不是孬种就来吧！"

　　小鸣自信轻车熟路，说着便让阿一等几兄弟立即靠边站。我和阿安、阿忠、阿江站另一边，大家约定一起玩接力赛。第一局比赛，由我和小鸣首发，既是"公报私仇"，也是比赛开场，一举两得。

　　"一二三，开始！"

　　说时迟，那时快，一溜烟工夫，我和小鸣就并驾齐驱冲出了直坡，来到一处小小的拐弯点，调转方向继续往下冲。身后的人在一个劲喊加油，两边小组各派一个人，追在我们身后做裁判，看谁最先到达终点。

突然只听见"啊"的一声，小鸣撞上一块突出地面的小石头，连车带人翻身倒下，他屁股下面的车身冲上了一棵油茶树的树杈，另有两个轮子远远地滚出了赛道。

"轮子裂了！"跟上前来的阿一大惊失色。

当我提着阿安的木轮车从山脚爬到事故地点的时候，比赛已经没法进行下去了。小鸣几兄弟悻悻然打道回府，留下我们四人独享那条跑道。那天傍晚，油茶树做的车轮也跟着报废了。

后来，寨子里的小伙伴们都发现了问题所在：想要车子跑得快，轮轴之间得上油，但茶油用久了会干掉，必须使用榨油坊里榨油机上的润滑油或者机油，而且木轮不能太薄，太薄了，转弯时容易被扭坏。

一时间，寨子里凡是有木轮车的孩子有事没事都喜欢往榨油坊方向跑，想趁大人不在钻进去搞点机油出来。

榨油坊的老师傅们发现了端倪，也不戳破，考虑到玩具车用油量不多，干脆主动打开油桶盖，为孩子们上油，除了车轴，连方向轴也一起上。

涂上了润滑油的木轮车，行驶起来不再"吱呀吱呀"响，但因为浑身是油，闻起来有异味，孩子们天天和它亲密接触，有时衣裤也难免沾油，洗都洗不掉。此时，四轮木车已经在孩子中间普及，首批车主已经玩腻，新的款式呼之欲出。

# 4

  大概在我们七八岁时，有几个年纪比我们稍大几岁的哥哥，发明了铁轮车。

  他们不知从哪里弄来了几个轴承，用它代替了原来的木轮，装在车身下，亮堂堂，硬邦邦，既不会出现脱轮抛锚的情况，也没有破裂的隐患；在泥地里弄脏了，拖去河里冲洗冲洗，又可以重新上路。

  关键是轴承轮子加了润滑油之后，就能跑得飞快。哥哥们带着铁轮车在河对岸的公路坡道上滑行，无论是下坡的速度，还是下坡后惯性滑行的距离，都比木轮车要强许多倍，骑起来十分过瘾。有的人还找来一根长长的绳子绑住铁轮车，让人骑着自行车在前面拉，两车飞速前进，羡煞旁人。

  当然，轴承做的铁轮子也有致命缺点，毕竟它直径太小，遇到坑坑洼洼的碎石路，滚动起来极为不便。有的人因此突发奇想，将轴承套在苦楝树做的大轮子里，转速和直径一举两得。然而创意好是好，最大的问题是两个材质不同的零件难以固定，没用几天就会松动脱落。关于轮子的技术难题，在塑料轮子出现以前，我们一直没法子解决。

当我们上小学三年级时，也就是1995年，有人从柳州弄回一辆工厂量产的玩具三轮车。该车全身涂满彩色油漆，不仅座椅有靠背，方向盘手把上还有铃铛，车架纯铁打造，最"可恨"的是，它的前轮居然有脚踏板——像自行车一样的脚踏板。

有脚踏板、行动自如的铁架三轮车，与低矮老土的木轮车一起在晒谷坪上转来转去，明显不太搭调。

木轮车车主自惭形秽，慢慢地，便再也无人去骑它了。

那几个发明铁轮车的哥哥，早已学会骑自行车，他们去县城读完初中，就去广东打工了。我们这群半大的孩子，虽然童心未泯，但又不好意思去蹭人家的小踏板，又没有到骑自行车上路的年纪。

有时家里要运输一些柴火或肥料等重物，人手不够用，家长就会安排我们协助。我们走进柴房，重新找出陈年独轮车，"吱呀吱呀"地走在山间小路上。

春去秋来，河边公路上的汽车日益增多，大的小的都有，我们有时也在心里做白日梦——要等到什么时候才能做个真正的司机呢？

# 1

## 滑溜溜

有一年国庆节前夕,我驱车行走边境农村,在道路崎岖的山沟谷底旁见到一处水塘。水面平滑如镜,水体清澈,水深约有一两尺,但导航没有显示这儿有河流经过。

靠近仔细一看,棕黄色的水底龟裂,一条条手指粗细的泥土裂缝告诉我,不久前这里曾经十分干旱。水塘应是别处暴雨导致地下河水位升高,地下水从附近石缝冒出汇聚而成。

再往前走四五十米,忽然听见一群小孩子戏水的嬉闹声。循声而去,终于看见那些孩子,是一群光着屁股的小男孩。他们有一部分人站在水中打水仗,一部分在岸边的草坡上忙碌,利用斜坡踩踏出新鲜的泥道,再用芭蕉叶运水将其润湿,然后进行滑行游戏。

这情景勾起了我对孩童时代的记忆,那时我们也玩过这类游戏,老家话叫作"滑溜溜"。

世界上有一种游戏是不需要玩具的,或者说我们人体本身就是玩具,再换一种说法,有时无法移动的土地,就是我们的玩具。我们在地上摩擦、打滚、爬行、嬉闹,获得游戏的乐趣。

林溪河绵延五十余公里，有大约六公里流过我们文大村，称为文村江，其中有两公里河段属于文墩寨。没有谁比我们更熟悉这段河流，我们在两岸行走、垂钓，摸竹笋、砍柴、摘野花、种菜，在河里划船、游泳冲浪、潜水打鱼。岸边的每一寸土地我们都熟悉，哪里石牙裸露，哪里荆棘密布，哪里是悬崖沟壑，哪里是草滩码头，哪里有冰凉的泉眼，我们了如指掌，闭着眼睛都可找到。

　　河岸边有一处处因洪水冲击而崩塌的泥坡，这些斜坡土层很厚，与河面衔接，平时长满杂草和小灌木。洪水过后草木被连根拔起，泥坡显得空荡荡。人们便选择这些地方做钓位，插竿钓鱼，或者抄网捞鱼、拉罾捕鱼，走来走去，走出一些临时的小路。

　　再下一场大雨，雨水将河岸台地上的稻田灌满，无处可逃的雨水沿着人们踩出的小路冲下河里，只需一夜，就可冲刷出一道干干净净的泥沟。

　　夏季闷热，孩子们最难忍受。每年夏天一到，我们这群野孩子就像鸭子听到流水的声音，一放学回到家，就齐刷刷冲向河里泡澡嬉闹，几头牛都拉不上岸。

但是漫长的夏季，整日待在水埠头、河滩玩耍也没什么意思，我们于是找到一处干净的坡地，脱光衣服跳进水里，用双手捧着河水淋湿坡地上的泥沟。十来米长的泥沟变成了天然的赛道，我们一屁股坐上去，四脚朝天，从上面滑下来，呼啦啦扎进河里。

现在城里称这种游戏为滑滑梯。用钢铁和塑料搭起来的滑梯几乎每个幼儿园，或居民小区的文娱角落，都安装有一套，供低幼儿童玩耍。然而三十多年前的桂北乡下，别说塑料，就连钢铁都十分稀缺，孩子们只能依靠大自然的馈赠与泥土亲密接触。

在乡下，这是专属于男孩的游戏。

光天化日之下，只有男孩才无所顾忌，他们敢脱下上衣和短裤，用光溜溜的屁股和大地摩擦。女孩子害羞，不敢靠近，觉得玩那滑泥沟游戏的男孩，一定是不爱干净、不听话的调皮孩子。

男孩子因此更加撒野，肆无忌惮地将自己弄成一个泥人，浑身上下看不出原样，活似一条直立行走的泥鳅。有时家长跑到地里来找自家娃娃，都认不出人来，只能通过声音和动作判断。有时小屁孩在家干了坏事，便跑到玩伴中把自己涂满泥浆试图隐身躲避，却被追来的家长识出，像拎起一只青蛙那样，捉回家打屁股。

# 3

又下雨了，大人们四处躲雨，只有小孩子把雨水当作玩具。

长久以来，泥土为动物提供居所，为人类培育谷物，现在，泥土含着雨水变成泥浆，用自己最温柔体贴的怀抱，迎接着孩子们，包裹着孩子们。这是自然野性和人类顽皮本性的完美对接。

天气一定要很热，雨水充足，孩子们投身泥浆，在泥沟上滑溜溜，像一颗子弹冲进河里，起身时有如英雄重生，从头再来。

我们非常信任泥土，觉得它们是干净的肥皂、不会说话的朋友、慷慨的伙伴、任意玩耍变形的万能之神。孩子们的肤色与泥土的颜色浑然一体，身体上的污垢会被泥土带走，泥土也会被孩子们的头发和指甲带走。

有时我们滑溜溜玩累了休息时，就捧起一团团泥巴去挡住流动的水，试图改变水的流向；或找来树枝和土块构筑小型水坝，模拟关公水淹七军的战场；或在地上挖开引水的渠道，放上树叶，再放一只蚂蚁在树叶上，看着蚂蚁坐船旅行，而我们仿佛一个小世界的造物主。

突然有一个人双脚打滑，摔了一跤，把刚才辛辛苦苦做的水坝和渠道，全部打烂，于是大家开始扭打起来、嬉戏起来，抓起泥浆涂对方的脸。这时候，人和自然是真正的和谐，我们回到了原始的状态，小伙伴

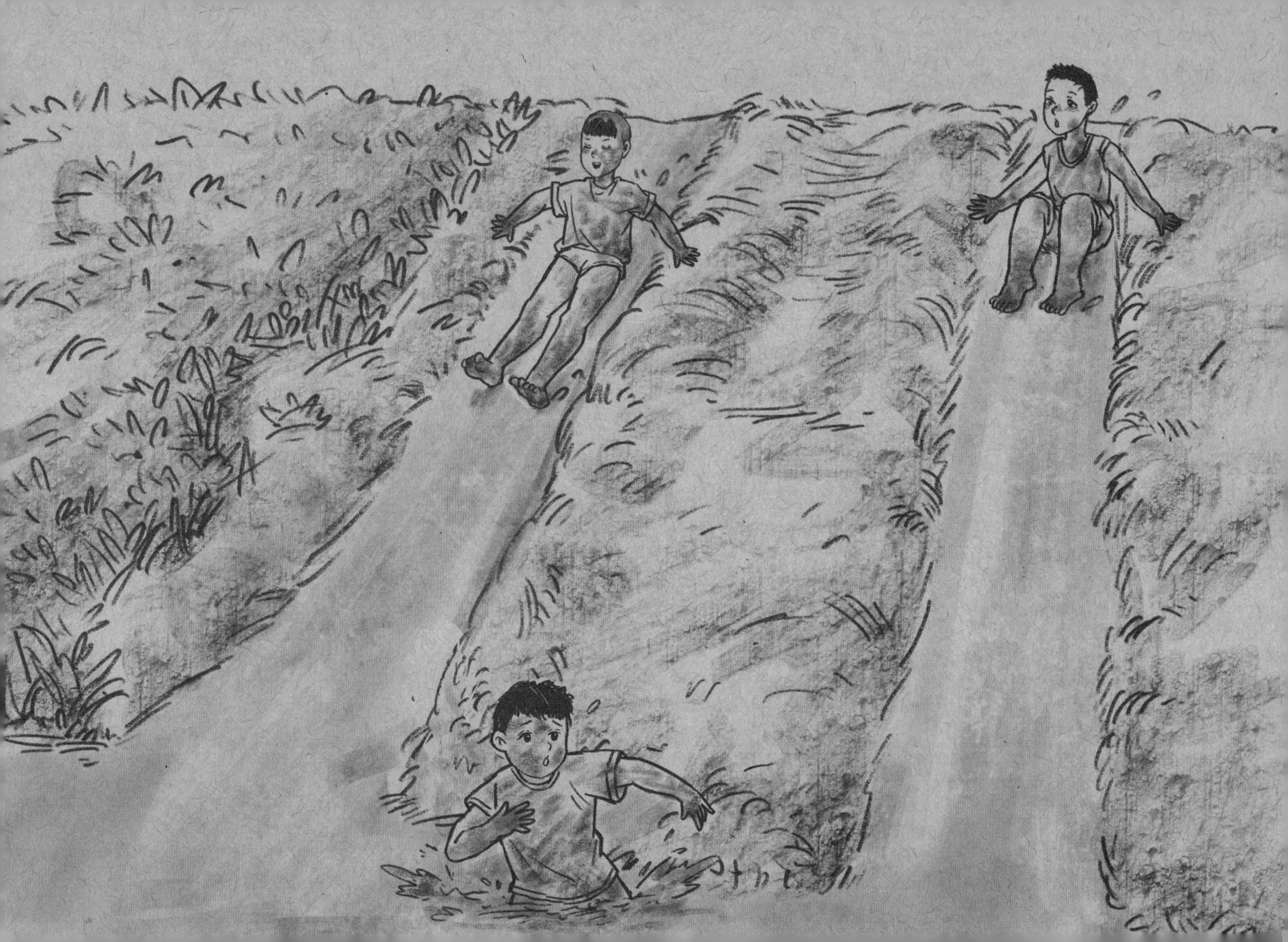

们除了笑还是笑，我们将自己的身体当作玩具完全交给了泥土。我们的母亲在怀胎十月时，绝对不会想到他们的娃儿会变成泥人。

## 4

乐极生悲的事不是没有，有时危险会在忘我的快乐中降临。

寨前河堤的泥土里，经历千百年的堆积风化和垃圾沉淀，难免有一些尖锐的石块瓦片，甚至是废铜烂铁。经过一次次洪水的冲刷，那些尖锐的杂物就会裸露出一些边边角角，却因为泥浆的覆盖很难被发现。

有一次，我跟伙伴们去滑溜溜，突然被一石片刮破脚板，擦掉一块皮肉，鲜血直流，一时只感觉痛和辣，却不知如何止血，只能哇哇哭叫。所幸被路过的大人听见，及时将我背回寨上，去四公家里进行包扎处理。

滑溜溜的泥沟凹凸不平、起伏不定，滑行起来像坐过山车。有的伙伴屁股被摩擦疼了，干脆拿凉鞋垫底，也拿木板做垫子，学着人家北方人滑雪的样子。阿江胆子大，曾经尝试用小板凳做垫子，凳脚朝天，身子卡在四只凳脚里，希望能张开双手飞向河里。可惜这样一来，整个人的身体失去了灵活性，凳子的行进方向不好掌控，滑到一半时遇到障碍，旋转起来，人被甩到了旁边的树根上。

最近二三十年，林溪河的水位明显下降。我们这代人早已远离河岸，当年那些滑溜溜的场地崩塌的崩塌、荒废的荒废，有的成为焚烧垃圾的场所，有的种上了茶树和果树。五六年前，为防范洪水，人们还修建了河堤。

水泥做的河堤高约三米，很适合放竿垂钓，但客观上阻隔了水陆生态联系。新一代的孩子们不再有机会随处亲近河水。在水边泥坡上滑溜溜的游戏，只有在交通不便的更偏远的山区，才偶有孩子玩。

# 1 浪波冲逐

我的肩膀至今仍留存有一块小伤疤，是林溪河送给我的童年礼物，这样的礼物，文墩寨的很多孩子都收到过。

二十世纪八九十年代，林溪河的文村江河段，水量充沛、干净清澈，人们日常生活、从事生产，在很大程度上都需要依赖她。据民国版县志记载，更早以前的明清史料《光辉十景》中提到"文溪春涨"一景，条目下解释说："文溪即文村江，每遇春涨，两岸渔荛往来于垂柳间，亦胜景也。"可见自古以来，林溪河风景秀美、人气旺盛。

但林溪河谈不上是我们的母亲河，因为我们没有把她当作母亲，而是看作守望相助、互相依存的朋友。我们爱她，也"欺负"她，就像她爱我们又时不时"欺负"我们一样。这个朋友从大山深处走来，又向山外的世界走去，在百里行程中，每隔一二里都会拐个弯，在拐弯的地方留下一个深水潭，随即放慢自己的脚步，又形成一个适合鱼类繁衍的湖泊。

文村江河段，在寨头的上游、寨前的中游和寨尾的下游各有一个水深一两丈的湖泊。每个湖泊的出口处，均有一片长两三百米的沙洲，河水被沙洲分流，两侧河道突然变窄，水流直冲向前，就形成左右两道急流。

167

水流冲击乱石形成旋转激越的浪花。我们年少时下河游泳,非常喜欢到沙洲旁边逐浪,乡人将这种游戏称为冲浪。

## Z

文村江流域的三个沙洲,按上下顺序排列,分别为大坪寨洲、文塅寨尾洲和引木洲。

因大坪寨洲距离文大中心小学不到两百米,寨尾洲近在咫尺,所以这两处沙洲水滩,在夏天时就成为我们经常光顾的水上乐园。

每年清明前后,天气乍暖还寒,孩子们以为夏天真到了,就"第一个吃螃蟹",急不可耐去河里玩水。

我们光着脚丫来到寨尾沙洲,在浅水滩翻石块。石块下面往往藏有一种长着许多脚的甲虫,模样很像岸上的蜈蚣,叫水蜈蚣,是大人们下酒的美味。我们翻开一块块拳头大或西瓜大的鹅卵石,在石洼里寻找水蜈蚣,把它捡起来放进玻璃瓶或者竹篓里。水蜈蚣头部戴着硬壳盔甲,嘴巴前两个钳子会夹人的手指,扁长的身躯又肥又软,光想着就叫人流口水。我们要么就地生火搞烧烤,要么带回家给大人当作晚饭的一道佳肴。

春末夏初的太阳虽没有七八月间那么猛烈,但是一点也不温柔,晒得我们浑身发痒出汗。大家索性脱去衣服，跳进水滩，开始玩冲浪游戏。

我们有个约定俗成的标准：评价一个男孩子是否勇敢，重要指标之一就是看他是否敢去冲浪。掌握了游泳的技能而不敢去冲浪，就会被认为是胆小鬼。

冲浪有两种方式。

第一种为徒手冲浪。我们从洲头开始下水，深吸一口气让肚子鼓起来，直接趴或躺在水面上，把自己当成一块木头，让身体跟随水流自然地向下游飘去，享受在水中自由前进、随意翻滚的乐趣。当我们漂流到沙洲尽头，双脚已经难以触碰河床之时，就赶紧缩卷身体，游到岸边，迅速爬上沙洲尾，步行回到洲头，继续下一次。我们往往是几个人一起下水同时冲浪，有时并排手牵手，有时前后排列，鱼贯而下，在此过程中，大家互相提醒避开岸边石块、暗礁和隐藏水底的树枝。

脸朝下趴着冲浪，好处是漂流时一旦遇到危险，可以随机应变游泳逃避。而另一种姿势虽更危险但更惬意，就是躺在水面，放松四肢，让背部和肩膀充分感受水流的速度和方向，把双眼从水中解放出来，尽情欣赏岸边的美景变化和天上流转的云朵。

# 3

夏天雨季，林溪河又是另外一番景象。山谷溪流汇聚的水漫灌林溪河，水位增高，泥沙俱下，把整条河染成浑浊的棕红色。

我们去河里冲浪的欲望又来了，于是只穿一条短裤，相约走到上游的大坪寨洲，像运动员一样跳进水里，跟随水浪漂到寨尾洲。

在雨季冲浪存在一定危险，需要具备很强的水性。艺高胆大的伙伴可以游到河流中央，谨慎的伙伴只挨着河岸往下冲。急流冲撞河岸产生回荡的浪花和漩涡，有时会把我们卷进枝叶伸出水面的竹丛里去。因此我们知道，一定不能单独行动，大家必须前后互相照应着前进。也只有乡下的野孩子，自幼熟悉水性才敢这么玩。

到了水流缓慢的地点，我们就停下来玩水中捉迷藏。

大家浮在水面伸手石头剪子布，选出一人扮警察，其余伙伴扮逃犯，利用浑浊的河水做掩护，警察只要碰到某个逃犯的身体就算赢，可立即交换身份。

"开始来啦！"警察一喊，逃犯们瞬间像鸬鹚一样把头埋进水里，咻溜溜潜入水中，谁也看不见谁。留在水面的警察无可奈何，只能手脚乱舞一通，再静静观察周边水流的动态，紧盯最早冒头的逃犯。

约莫半分钟，或者一分钟，所有的逃犯从不同的位置浮出水面，伴以哈哈大笑。警察则奋力出击，像水鸟捕鱼一样冲向距离最近的逃犯，对方则再度潜水消失，速度慢的警察往往无功而返。这时，他要么守株待兔，不出任何动静，等待游来游去的逃犯撞上门来，要么主动出击，也跟逃犯一样潜入水中，说不定能撞上对方的"一鳞半爪"。

水中捉迷藏游戏是冲浪过程中的插曲，趣味十足，能够全方位锻炼我们的水性，但也会在短时间内大量消耗我们的体力。

# 4

在冲浪过程中，有的小伙伴被迎面打来的浪花呛住了，难免喝下一些河水。清水倒无所谓，有泥沙的浑水下肚，则叫人觉得倒霉。

为增加游戏的安全性，大家也会借助一些轻便之物做自我保护，这是冲浪的第二种方式。盛夏雨季来临时，正值早稻收割，我们会找来一捆稻草扎成稻草人，直接骑在稻草人身上进行冲浪。有时我们几个伙伴甚至找来一大堆稻草，铺成一张大床的宽度，一起爬上去集体漂流。

尤其是秋天来了，我们和父母一起步行去山里参加双抢，中午时分，太阳火辣，身体被脱粒机喷出来的稻芒弄得四处发痒，我们就申请

171

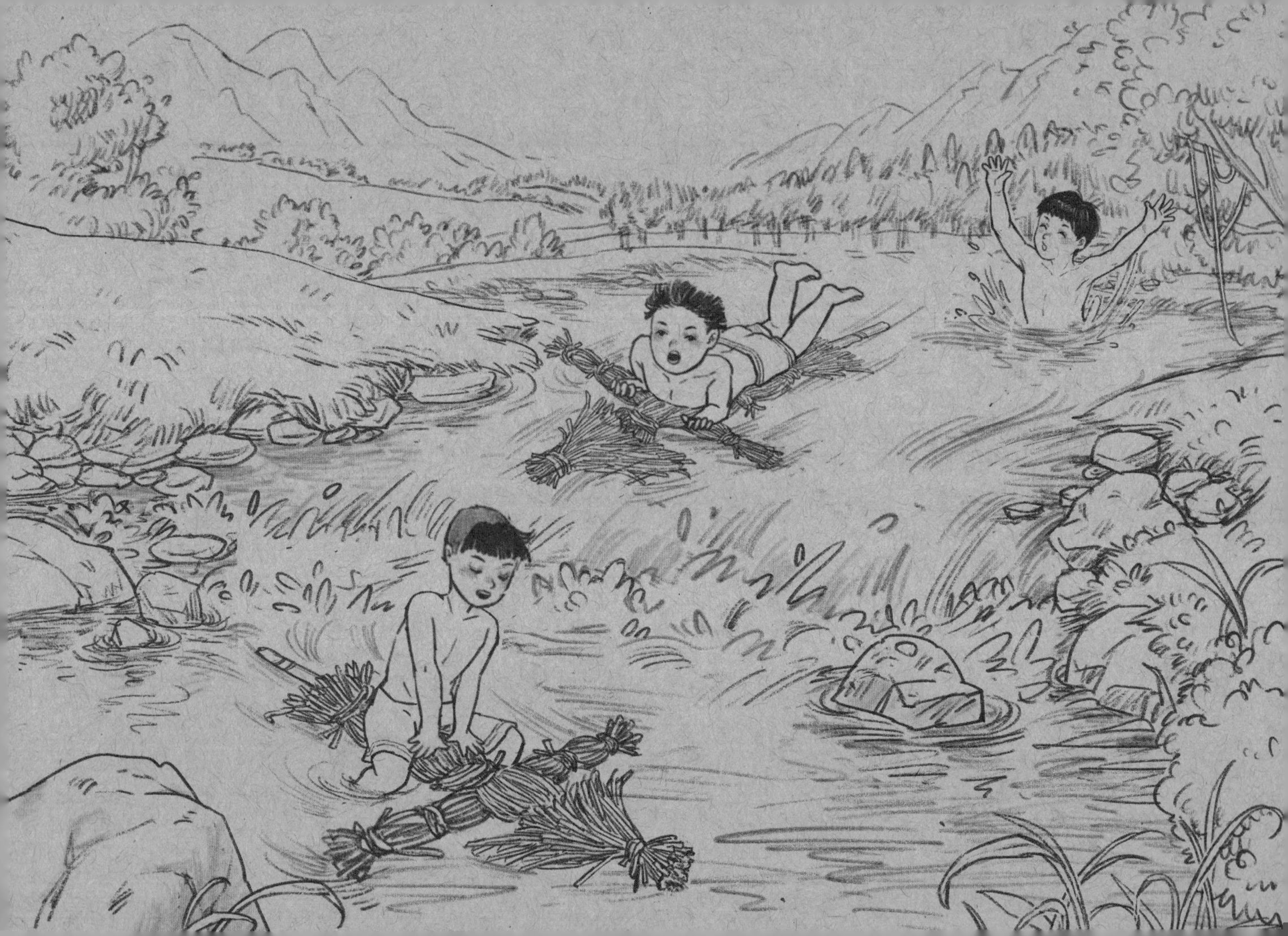

去小溪里游泳，抓起一捆稻草，像青蛙一样趴在溪流上冲浪。因为溪流险滩尖锐的石块、树枝较多，甚至有毒蛇出没，这时稻草就起到保护肚皮的作用。

如若在寨子附近双抢，往返两刻钟，不用打包饭菜去地里。当劳动告一段落，餐点到了，父母说可以回家吃饭了，我们不想步行，就抱着两捆稻草下水，一路冲浪漂流回到寨口的水埠头，提着稻草回家喂牛，顺便吃午饭，游玩和洗澡一举两得。

冲浪不宜使用木头或者竹子作为辅助，因为浪花乱滚，硬物极易反过来打中身体。

伙伴阿忠有一个年龄相仿的表弟家在县城，有一年阿忠去走亲戚，从他老表那里弄回来一个黑色的拖拉机内胎。那轮胎充足气，就是一个非常结实耐用的游泳圈。我们带着轮胎泳圈去冲浪，几个孩子紧紧抓住轮胎围成一圈，可以一直冲到很远的地方而不感觉疲倦。

夏初的洪水退去，河面重新变得干净和安静，我和阿忠、阿江等人去河里潜水打鱼，用根细绳将轮胎系在河中礁石上方作为集合点，累了困了，就躺在轮胎上休息。如果去上游抓鱼，收工时，还可以骑着轮胎漂流回家；如在下游，我们就轮流滚着轮胎返回。有一阵子，河边田埂上的人们可以看见一群孩子在一个轮胎的"带领"下，唱歌前进。那群唱歌的人，是收获了鱼儿的我们。

　　但阿忠的轮胎泳圈用久了，有时也会漏气。为了拯救轮胎，我们在童年时代就学会了使用锉刀和胶水补胎的技术。大的划口容易发现，细小的漏气砂眼却难以发现，但聪明的我们学会了用肥皂水冒泡的原理来寻找砂眼。然而在一次冲浪时，轮胎遭遇猛烈撞击，突然爆裂，最终变成一张废皮。多年以后我每每在游泳馆看到泡沫泳圈，总会想起儿时的那个漏气的轮胎，感叹一代人的老去。

# 1 扳手腕

农闲时节,山寨里的大人没什么事可干,酒足饭饱,要么翻翻牌下下棋,要么在木头和石头上闲坐无聊。这时如果突然冒出一个醉鬼拿陈年旧账和鸡毛蒜皮来说事,当事人表示不服,回了一嘴,那么事态就会升级变成吵架,吵来吵去就要打架。然后,德高望重的老人,或者爱出头的年轻人站出来说,大家都是抬头不见低头见的叔侄兄弟老表之类,动手动脚不仅伤和气,还吓着孩子,不如找张桌子来,你们两个谁说自己狠,扳杠看看,哪个输了就回家睡觉。

"行!输了我明天戒酒。"

"输了所有的事一笔勾销!"

还有另外一种情况。一群闲汉在谈论劳动的时候提重物,有人吹牛说他能够扛很重的东西,他的个子看起来却很小,另外一个长得高大威猛的人则不相信,还伸出手臂来证明。旁边的好事者于是煽风点火说,饲料鸡哪能跟土鸡比,大水牛也有跑不过小黄牛的,你们俩有没有本事,大家没亲眼见过,现在试试就知道。

"怎么试?"

"扳杠!"

扳杠是家乡方言，实为扳手杠，又称扳手腕、掰手腕。

"行！扳输了以后我就当哑巴。"

……

无论是承诺戒酒，还是宣称当哑巴，大家都知道，那只是过过嘴瘾，在大战之前虚张声势。实际情况是，桌子搬来了，双方卷起袖子、亮出手臂，在桌面上"短兵相接"，没有谁敢掉以轻心。

一旁围观的人火上浇油，等着看一场好戏。

当事者憋住气，心跳加速，全神贯注，不断微调双脚双手的姿势，只等裁判一声令下开始发力。

有时，千钧一发之际，其中一人因为用劲过猛，忍不住放了个响屁，将严肃的氛围瞬间消解，剑拔弩张的双方泄了气，比赛提前结束。另外一个泄气的原因是幡然醒悟之后的发笑。角力双方在对峙时，四目对视，忽然发现自己竟然糊里糊涂被卷入始料未及的局面，被观众怂恿当猴耍了，于是"噗嗤"一笑松了手，站直身体双方握手言和。

像这样的比赛场景和情节，孩童时的我们看到不少。大人们嬉笑怒骂的那一套，我们只当是故事、笑话和传说，唯有扳手腕游戏被我们继承了下来。

扳手腕是一项双人徒手对抗游戏。

我们通过扳手腕，比试臂力、腕力和耐力。比试赢了，就像小男子汉一样骄傲地秀出鼓鼓的肱二头肌；若是输了，回家偷偷照镜子，抚摸自己瘦如干柴的手臂，暗下决心不挑食、多吃饭菜。

扳手腕游戏对活动场地没有特殊限制，只要一个人提出挑战，有人应战，随时随地都可以进行。

一般的做法，是选择一张稳固的桌子，在桌面进行比赛。两个人面对面伸出手臂，将肘关节放到桌面，小臂斜着伸向对方，紧握拳头，互相架上手腕，形成一个与桌面垂直的"x"形，由裁判或者比赛双方自行下令开始。

上学时，我们男同学经常利用课间十分钟的间隙，凑在一起玩扳手腕。每个同学都有机会，往往是一个人提出挑战，其他人轮番上阵，赢者继续，输者淘汰，旁边围观的同学喊加油。比赛的规则，以压倒对方小臂，让对方的手背触碰到桌面为赢；或者虽然一方的手背没有明显触碰桌面，但已明显处于劣势，再坚持下去没多大意义，则由裁判倒计时，倒计时结束还没有反超迹象，占据优势者获胜。

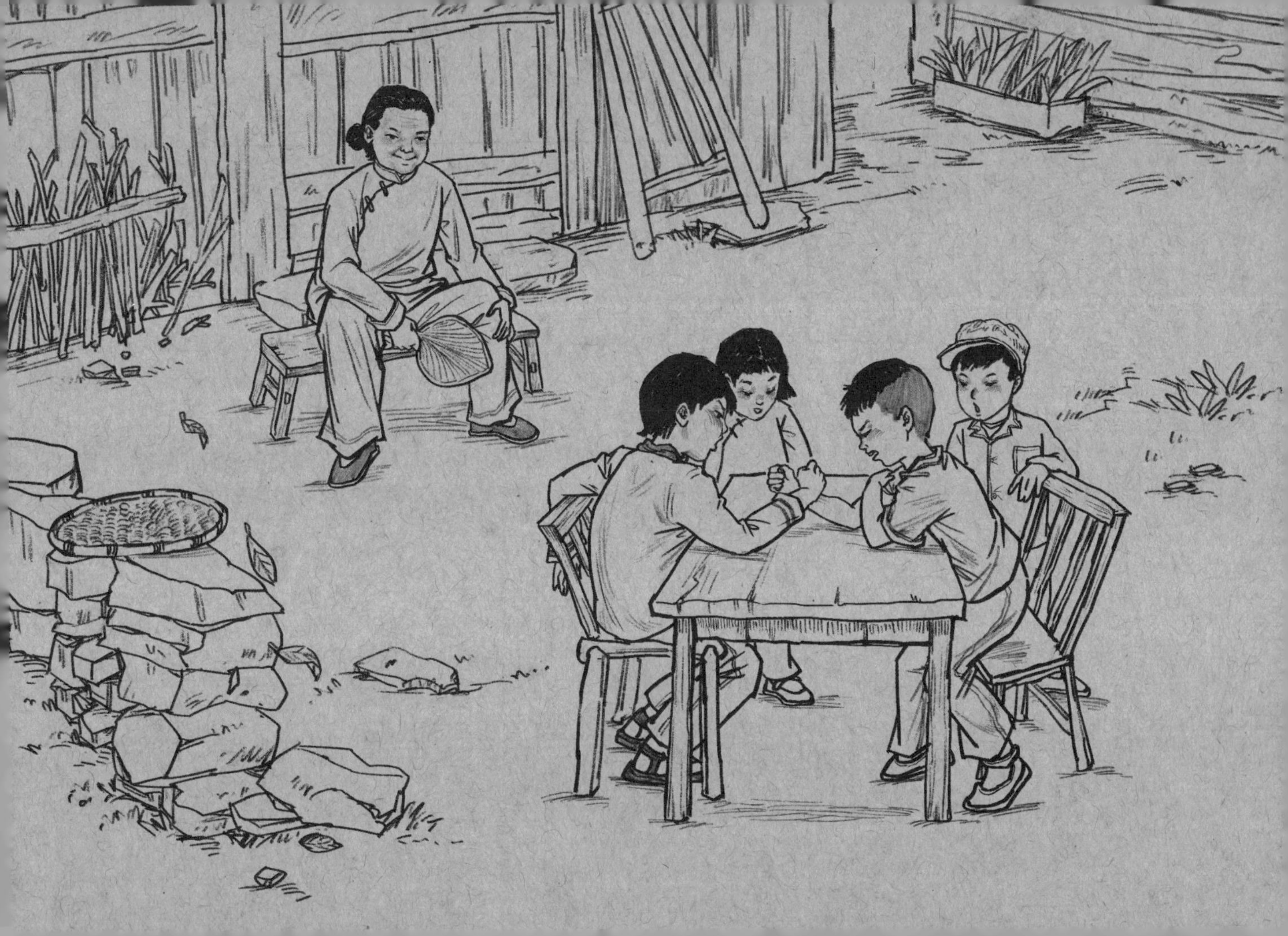

如果出现势均力敌、僵持不下、反反复复的情况，两个人可以主动结束比赛宣布平局。但如果一方不承认平局，另一方又不想耗下去，可宣布收手投降。

　　在激烈的对抗过程中，获胜者固然值得自豪，值得大家敬佩和尊重，但力量稍弱者能够坦然认输，也需要很大的勇气。所以扳手腕游戏不仅锻炼了我们的气力，还强化了我们的心理素质，让我们知道拿得起放得下乃真英雄。

# 3

　　在桌面进行，紧握拳头仅让腕关节内侧接触直接硬抗，是扳手腕游戏的最基本玩法，此外还有三种升级玩法。

　　第一种是把拳头松开，两个人互相握手，规则不变，按照基本姿势进行较量。这样更全面考验手劲、腕力、臂力，以及腰部、腿部力量。

　　第二种是既不用握拳头，也不用握手掌，而是用手指。由比赛双方共同约定，选择大拇指以外的任意一根手指，两个人伸出同样的指头互相勾起来在桌面完成比赛。此种方法不仅考验手劲，更考验到指关节的力量。

根据每个人的情况和需求,"指头扳手腕"里面,又可分化出几种选择。有的力强者提出用他的小指跟对方的食指比赛,或者力弱者提出使用整个手掌跟对方的两三根手指比赛。这种不完全对等的情况于力强者而言颇有挑衅的意味,反过来看,也有谦让的意思。

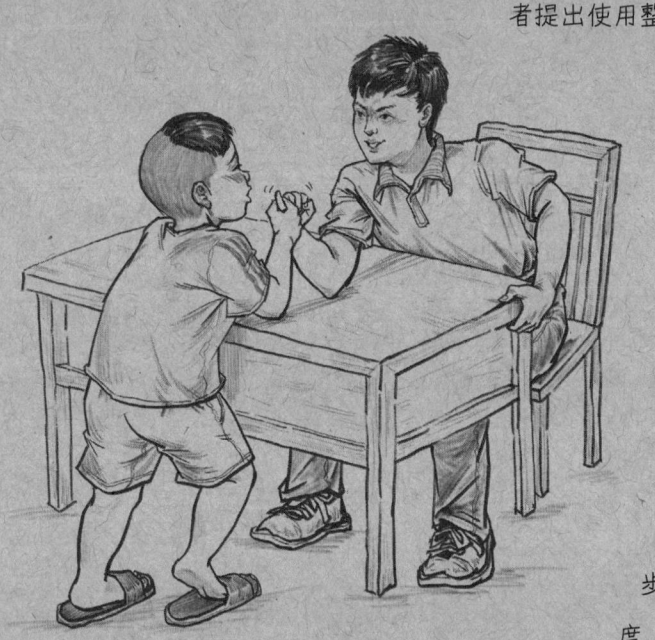

第三种需要用到辅助工具。找来一根四五寸长的木棍,或者一根筷子或铅笔,双方用手各拿住一端,水平放置于两个人鼻梁之间,一声令下开始反方向用力,胜负规则与其他方式无异。

假如没有桌面平台做支撑,我们也可以开展游戏。无论在操场、路边还是田野上,两个人来劲了,找个地方面对面站定,扎好马步,伸出手来互相握住,大小臂在胸前弯曲成90度,保持肘关节在同一水平线。"一二三,开始!"围观者做裁判,以一方脚步发生挪动,或者身体趔趄侧翻为输。

就游戏本身而言,扳手腕和其他对抗比赛一样,讲究君子协定,不能作弊。两个玩家在众目睽睽之下,把自己的力气摆到桌面上来较量,行就是行，不行就不行。耍赖会失去朋友，逞能也没有用，因为强中自有强中手。

所谓人不可貌相，有的人看似个头矮小，手臂细小，但是骨头硬，身体肌肉结实，全身爆发力非常强，可以瞬间将对方手臂压倒。有的人块头大，手臂粗壮看似吓人，但是韧劲耐力不足，对抗了一两分钟便败下阵来。

有的人用手腕或手掌硬碰硬不行，换了手指头却所向披靡；大多数人右手的整体力量大于左手，在校园里打遍天下无敌手，可是有人提出用左手比赛，他就不敢吭声了。

平时我们极少看到女孩子参加扳手腕游戏，不过被惹急了，她们也会大胆上场，亮一亮肌肉。因为俗话说，老虎不发威，你当是病猫。

# 踢飞脚

## 1

我的左边大腿外侧，有一小片黑色疤痕，是野性少年时代赢得的勋章。每次凝视它，我脑海里总会浮现一群小学同学的面容，包括文村寨的吴恒、曹秋成、曹有明、曹继春、马老二，木棉寨的荣五七、荣小明、荣庆平、荣明忠、吴飞，大坪寨的侯新元、侯永义，引木寨的侯记全、侯祖兵、侯爱民，当然也会想起我们文墩寨尾的伙伴阿忠、阿安、阿荣、阿江、阿保、阿一、小鸣，以及寨头的伙伴祖生祖贵、祖雄祖明、祖金祖保等几兄弟。

列举这么多名字，是因为这些人都曾经参与过我们的童年之战——踢飞脚，并在游戏中或多或少受过伤。那些磕磕碰碰、小伤小痛，比起漫长的一生而言，实在不足挂齿，却十分有意义。我们即使年近不惑，在为家乡一位共同认识的老人抬棺送葬时，还是那么地齐心协力、默契有加。

## 2

林溪河中下游地区，以文大村中心小学为圆点，五千米范围内分布有五个山寨，分别是北岸的文村、文墩两寨，南岸的木棉、大坪和引木三寨，各寨间距五百至一千米不等，其中文村与木棉，文墩与大坪同祖同宗，隔河相望、鸡犬相闻。

平日里，我们步行上学，专心走去只需十多分钟，但男孩子们一定是不够专心的，总想延宕时间多玩一会儿。尤其是每天傍晚放学，大家离开校门时明明走的大路，却总是从小路回到家。在这一大一小之间，是田埂，是河岸，是山坡果园、山脚菜地，甚至是浅水滩。寨里的大人们发现女娃早已到家，男娃却没见影儿。这些野崽子到底在路上磨蹭些什么呐？

女娃于是大声举报说："他们啊！他们还在玩踢飞脚！有人哭了，还有人流鼻血！"

那些女同学真是大惊小怪，我们何曾哭过？何曾流鼻血？明明是哭完就笑了嘛，哪个摔疼了不叫喊一下？至于流一点鼻血，擦破一点皮，我们自会去拔茅草芽和雷公根嚼碎了止血。

"看你还嘴硬，以后自己去洗衣服！搞得全身是泥，到处脚印，整天玩凶险的游戏不好好读书，有什么用？我看你大了以后只能去放牛，看牛屁股！"

夜幕降临回到家时，我们照例招来母亲一顿臭骂，有时她们还拿

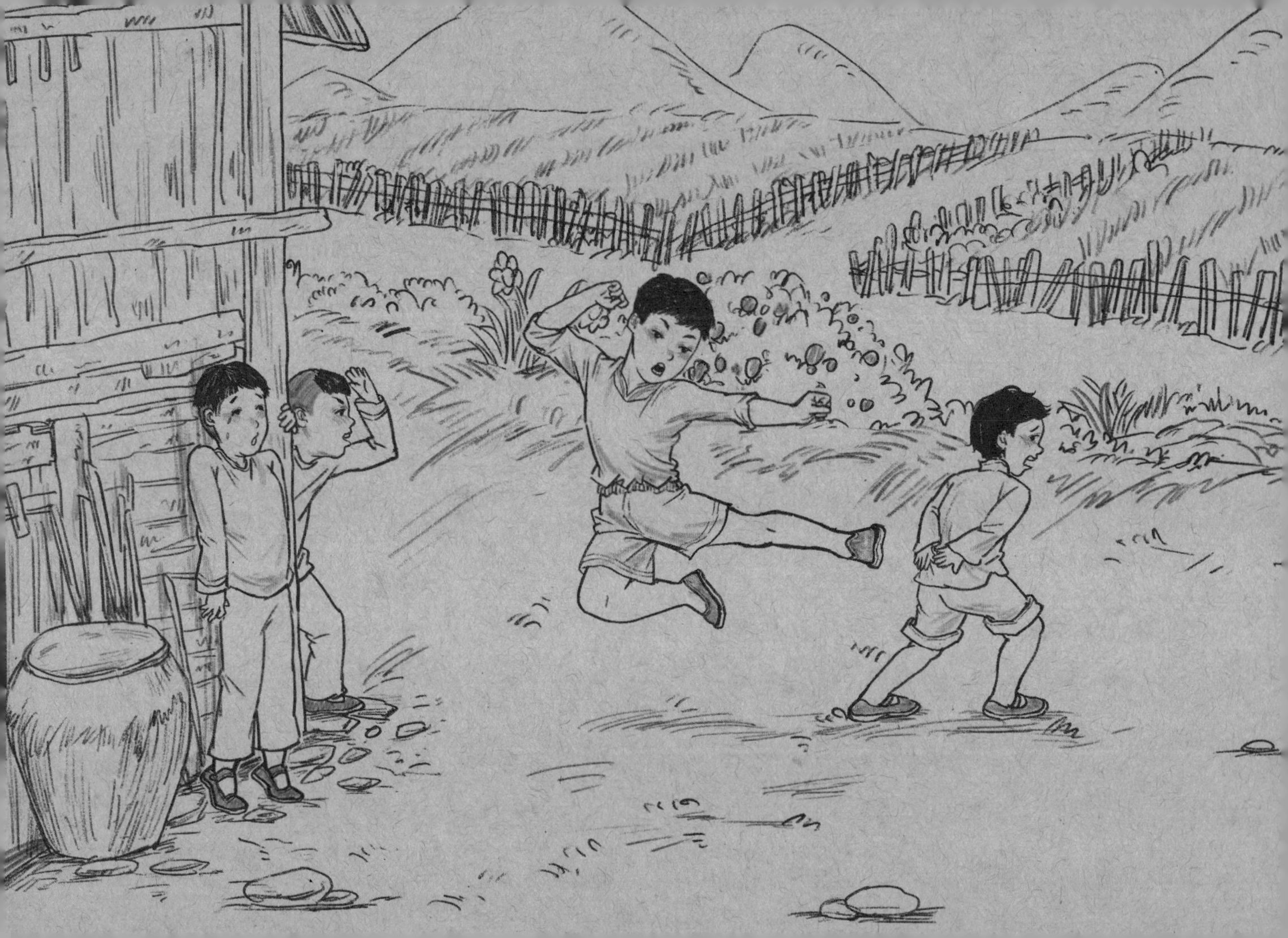

起竹枝或扫帚来象征性地抽打我们屁股。不过我们在踢飞脚时早已练就"金刚不坏"之身，哪里会怕母亲送来的小鞭子呢。

第二天、第三天，继续呼朋引伴乐此不疲地组队战斗，生怕浪费一点"报仇雪恨"或自由玩乐的时间。

# 3

文大中心小学坐落在一座圆形小山丘北面半坡，有一栋六层的钢筋水泥教学楼和一栋两层的教师办公楼，是八十年代末九十年代初这一片区最先进的建筑。两楼东西走向，间隔一块长方形操场，与北面三百米外的林溪河、南面一百米外的公路平行。

教学楼背靠的山坡种满油茶树，办公楼背后的斜坡种满青菜，学校出口朝东南方向，空气作为大门，在附近吃草的耕牛随便进出校园。操场东西两头为陡峭的斜坡，因为东坡全部被古老的坟堆和墓碑占领，男女厕所只能建在西坡。整个校园的围墙，由十几棵高大的苦楝树代替，我们经常从树下溜出旷课。

那时偌大的操场除了篮球架以内铺设水泥硬化，其余部分全是裸露的红土地，下雨时泥泞不堪，天气好时尘土飞扬。好在我们这些孩子生命力旺盛，只要下课铃声一响，就冲出教室快乐地奔跑嬉戏，用自己的小解放鞋把那些灰尘踩得无影无踪。有些灰尘跑进教室，因此我们学会在每天放学打扫卫生时，"噗噗"地用嘴巴往地上喷洒水雾。

水是不会自来的，需要我们走到学校东面七八十米外的泉水那里抬水。那口泉水供应着全校师生的日用，每个人都有义务保护它。

就是这样一所普通的乡村小学，十多位亦师亦农，说不定还互为亲戚的乡村教师，庇护我们成长，教会我们最初的做人道理，引领我们走向知识的殿堂。最难得的是，母校没有剥夺我们的天性。

我们的天性就是玩。除了两栋楼房的楼顶被大铁门锁住，校园内外任何一个角落都有我们的足迹，哪怕楼道天花板也可看见小小的脚印。

由于学校没有围墙，下课之后，我们男同学纷纷跑到油茶林里爬树。树木有大有小，树枝有长有短，我们喜欢占领高大的油茶树，爬到长长的树枝末端像猴子一样荡来荡去。可是僧多粥少，大家又喜欢扎堆热闹，顽皮的同学们只能争抢"黄金树段"。

不知事态是何时发生变化，全班十几二十个男同学自然而然地以寨子为单位，逐渐分成几个战队，目标则是抢夺树木、占领高地。

有人负责摇树、有人负责呐喊，有人负责进攻、有人负责防守，又跳又踢、又冲又撞，就像古代打仗中的攻城拔寨，更像一群野猴子在抢夺地盘。因为我们的双手要抓住树枝，所以最后竟然衍生出一个不成文的规矩：只能用腿来踢对方，不能用手打。后来又加上一个附加规则，不能踢裆部和头。

这就是踢飞脚游戏的雏形。

# 4

一项游戏的创立和成熟，与气候变化息息相关。我们离开油茶地，将踢飞脚游戏搬到广阔的天地中发展，完全是因为寒冷的冬天来了。

二十世纪八九十年代，桂北山区每年冬天都会降雪。秋冬季节的雨雪风霜，冻住了我们的双手，更冻住了外面那些没有教室的草木。山坡上的油茶树枝冷冰冰，被累累硕果压弯，我们谁也不敢去争抢摇晃，不敢去糟蹋预想得到的丰收。大家只好躲在教室里，爬上铁窗、躲进门背后，或钻进书桌底下，只要不在老师的眼皮底下，就能继续踢来踢去。

奔跑追逐过程中难免撞到正在写作业的同学，他们必然给老师打小报告。班主任查明事实之后，必然会来提我们的耳朵，或者用他的手指关节轻轻敲我们的脑瓜。

"又想'吃螺蛳'了是吗?打打闹闹成什么样!当年你阿爷做我学生时都没这样调皮过!不认真读书,就回家种红薯去咯!"

被老师用指关节敲脑瓜,我们叫"吃螺蛳"。吃过了"螺蛳",还少不了到门口罚站。但当时我们都觉得罚站是一种奖赏,因为不用呆坐在教室里静静地上课,只要我们竖起耳朵,照样可以听见老师在讲台上的声音。一旦下课铃声响,还能第一个冲进操场。

但是,慢慢地,我们发现自己作为捣蛋鬼实在有些不像话,在上面的五、六年级有我们同寨的哥姐叔侄,在下面的一、二年级有我们的弟弟妹妹,哪里好意思整天在他们面前丢丑,于是考虑转移战场。

在学校南面的半山腰,有一户人家正在起新房。所有木头梁柱框架均已搭好,却突然停工,久久没有镶木板。渐渐地,原本新鲜的地基长出了杂草。我们听说那户人家外出务工了,一时半会回不来。好家伙,这不是现成的场地吗?因此在每天中午放学后,我们就结伴跑去那里爬房梁。

悬空的房梁距离地面约一丈,连接十多根立柱,纵横交错,成为我们的空中轨道。起先,我们模仿杂技运动员走钢丝那般亦步亦趋,摸熟以后就可以像小猫一样来去自如。最后,踢飞脚游戏上场。

我们像一群猴子在木屋的骨架上飞檐走壁,以全面占领房梁为目标，千方百计把对方踢下地面。说来奇怪，在当时的争夺游戏中，我们经常从房梁上坠落，居然没有听说一个人骨折或者受伤。

又过了一个学期，房屋的主人回来了，开学时我们发现，那栋木屋已经镶好木板住人了。游戏的战场不得不再度转移。

## 5

新的战场是稻田、菜地、沙洲、桥梁，甚至在河里游泳时，我们都要抱着一块大石头憋气行走在水下玩踢飞脚。

比赛有单人作战和团队作战。

放学以后，各年级的同学鱼贯离开校园，战斗即悄然打响。我们在人群中走着走着，冷不丁就被别人踢一脚，抬头一看，原来是昨天的死对头，然后大叫一声追逐反击。其他伙伴闻讯赶来，迅速形成战斗队列，物色敌方目标，组织包抄进攻。

对方当然不笨，也很快占领各处"高地"和"防御工事"，如路边的大树，田边的水沟，有落差的田埂，工人修马路的碎石堆。

我们也有自己的战术，要么选定对方一个目标，群起而攻之，要么化整为零分散开去，各个击破。前提是了解对方、分配好任务，大个子

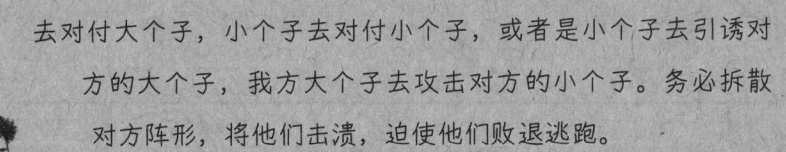

去对付大个子,小个子去对付小个子,或者是小个子去引诱对方的大个子,我方大个子去攻击对方的小个子。务必拆散对方阵形,将他们击溃,迫使他们败退逃跑。

一对一短兵相接正面对抗时,我们使用到了正踢腿、侧踢腿、腾空踢腿、扫堂腿、后踢腿。有的同学发明了"无影腿",结果扑空,白白把自己的屁股送给对方踢一脚。

在进攻时我们学会了先发制人、偷袭伏击、协同作战,学会了诱敌深入和回马枪。

在防守时,我们学会了居高临下、以逸待劳、以虚待实、瞒天过海、暗度陈仓,甚至苦肉计。

大家踢来踢去,受伤是免不了的事。脚板、小腿骨、膝盖和大腿、屁股,甚至肩膀、脖子,都会受到对方飞腿的攻击,当然对方也付出了同样的代价。

在日复一日的踢飞脚游戏中，每个同学心里都有了一杆秤，知道对方的体重力量、性格习惯。同时在治疗小伤小痛过程中，我们学会了如何使用草药和药酒，知道了怎样趋利避害，知道了自己身体的弱点，以及如何去增强某方面的能力。

人生于世，总会遇到各种困难，面临各种各样的危险。我庆幸自己在农村长大，是土里土气、野里野气的农村娃，养成了百折不挠的品格。我和伙伴们玩踢飞脚游戏，其实也是在模仿成人社会的竞争，我们知道自己能做的，就是鼓起勇气，防御、化解和反击。

热衷踢飞脚游戏运动时，我们正值小学三四年级，在八九岁的年龄区间。过了十岁，我们略微懂事了，明白身体发肤受之父母，需要倍加爱惜，就再也不去玩了。九十年代末至今，已难看见桂北乡间儿童尚武习武了。

我不知道踢飞脚游戏的出现，与《少林寺》《黄飞鸿》等武打电影的流行有多大关系，反正我自己是那个年纪爱上武术的。

小学即将毕业那一年，我和同学吴恒决定自学武功。一是每天中午结伴跑到学校附近的河边沙洲去练功，在水中沙地练习前空翻、后空翻和鲤鱼打挺；二是回家剪断旧裤管填装沙子，绑在小腿上跳楼梯练轻功。我们俩经过一个多月的努力，居然感觉似有神功附体。小学毕业集体合影，我们俩单独照了一张功夫照，那花拳绣腿的模样，稚嫩而天真。

多年以后，当职业卡车司机吴恒跟我视频联系时，我还在书斋里做着遥远的少年英雄梦呢。

# 1 打泥仗

土块大概是人类史上的第一种远程进攻或防卫武器,这也许跟远古时期人类的生存本能和劳动需求有关。我国最早的二言诗《弹歌》记载了断竹、续竹、飞土、逐肉的过程,说的是远古时期的人们,使用竹子制作弹弓,射出泥丸进行捕猎。后来武器进步了,土块就退出了历史舞台。纪昀《阅微草堂笔记》说:"夫飞土逐肉,儿戏之常。"可见在古代社会,在刀光剑影和大型投掷器械之外,人们用泥巴丸子攻击小动物,仍然是一种很常见的活动,只不过随着时间的推移,"飞土"已演变为孩童游戏。

孩童游戏既是成人社会活动的投影,同时也携带着历史深处的讯息和细节。乡野孩子玩过家家,淋湿泥土,然后将其捏成团,压成片,塑成拇指大的小碗、汤勺、小人儿之类,便是原始社会人们制作陶器的第一道工序的重现,也符合女娲抟土造人这一类神话传说的审美心理。至于大一点的顽皮男孩,喜欢随地捡起土块互相投掷,俗称打泥巴仗,所反映的历史内容,或许是原始部落间互相争斗的图景吧。

不难发现,无论城里还是乡下,对于水和泥土的热爱,是孩子们天生就有的心理和感情。他们不在乎雨水淋湿衣服身子,不在乎鞋子是否需要保持干燥，总喜欢跑进雨中体验被淋湿的愉悦，喜欢踩进水洼寻找乐趣。当然，他们不知道大人洗衣服的辛苦，也不知道双手是否会感染细菌，只要遇见沙堆或者裸土，就会情不自禁地蹦过去，玩得废寝忘食。

人从土地汲取能量，最终又回到土地中。土地的神奇，在于她所呈现的丰富生命体，在于她的厚德载物。回想起来，在农村度过童年时期的一代人与土地亲密接触，是多么幸福，而这无关贫富，无关疾苦，只关乎想象力的发育和自然心智的成长——这是土地给予我们的礼物。

## 乙

"轰隆隆，轰隆隆"，春雷在天庭滚动，把沉睡在泥土中的"娃神"给吵醒了。等待了一个冬天的村民，鼓足了劲，听从雷公的召唤，扛着打磨得锋利无比的农具，纷纷牵牛出门春耕。大人们用锄头或者铁犁，把稻田里封冻得僵硬的泥土，一寸寸翻松，一畦畦犁开，放眼望去，仿佛大鱼背上的鳞片全都竖了起来。大地再一次张开了无数个小嘴巴，等待农人播撒种子与禾苗。在谷雨来临之前，人们还没有放水耙田，翻耕好的新鲜泥土，一团团裸露在空气中，那可是我们取之不尽的玩具。

林溪河流到文大村附近弯成一个"S"形，在上下游两岸形成两处河湾台地，那是人们世代耕种水稻的沃野。有一条沿河公路蜿蜒穿越山区，向北伸向湖南省。公路两旁坐落着几个自然屯，好比一根藤蔓上长着几片对称的叶片。文大中心小学是挂在叶片之间的果实，与我们文墩寨隔河相望。

　　每天傍晚，我们一群野孩子从学校放学回家，放着顺溜的公路不走，偏偏要踩过一垄又一垄翻耕过的田野，把鞋子踩脏了，被毒蛇惊着了，也在所不惜——大家都是为了能够打一场酣畅淋漓的泥巴仗。

　　十几个同学，一般分成两个阵营，按村头寨尾的原则迅速组合。有时外村的同学也会加入，形成三方作战格局，不过那比较少见，因为大家回家的路途不一致。队伍分配好之后，随便哪个伙伴都可以发出作战信号："开始啦！"一瞬间，所有人一哄而散，各自寻找有利地形准备发起攻击。动作神速的同学，早已抓起泥块或土疙瘩，向敌方最明显的人飞掷出去。只听见"啊"的一声惨叫，我们就知道有人中弹了，自己也下意识举手作防卫头部的动作。

　　战斗的激情往往需要一方强烈反攻，才能充分燃烧起来。那时我们年纪尚小，也就是小学二三年级的样子，却很快学会了声东击西、左右兼顾、以攻为守、趁火打劫、围魏救赵之类的计谋。

# 3

  打泥巴仗游戏有两种形式，一种为阵地战，另一种是游击战。阵地战一般是两边人马约定好，选择两块足够大的相邻稻田，各自占据其中一块，以横在中间的田埂为界限，互相扔泥巴砸向对方，其布局与乒乓球台相似。双方做好准备以后，也没个带头的人发号施令，就冷不丁地从角落里飞来泥块，有人应声破口大骂，战斗随即打响。

  如果选择阵地战，那么两边人员是不能离开各自阵地边界的，也没有规定的时间限制，想要结束战斗，非得等一方主动表示投降为止。这种正面强硬对抗的游戏，考验的是手臂力量、灵活度，以及身体、心理的双重耐力。

  被翻耕过的稻田，坑坑洼洼的，我们一方面要时刻注视对方的阵形变化、攻击方向，另一方面要后退、弯腰、捡拾泥块、起身前进、瞄准目标、掩护队友、连续射击、迅速躲闪……稍微不慎，就会被脚下的坑洼绊倒，或者与队友冲撞，乃至被对方飞来的"炮弹"击中。

  投掷泥块的姿势，与士兵扔手榴弹的动作十分相似。有时候我们这一方忽然喊口号，大家齐刷刷地瞄准对方某个人或某个正在逼近的投掷点，实施饱和打击。顿时万土齐发、泥块如雨，声势凶猛，给对方以

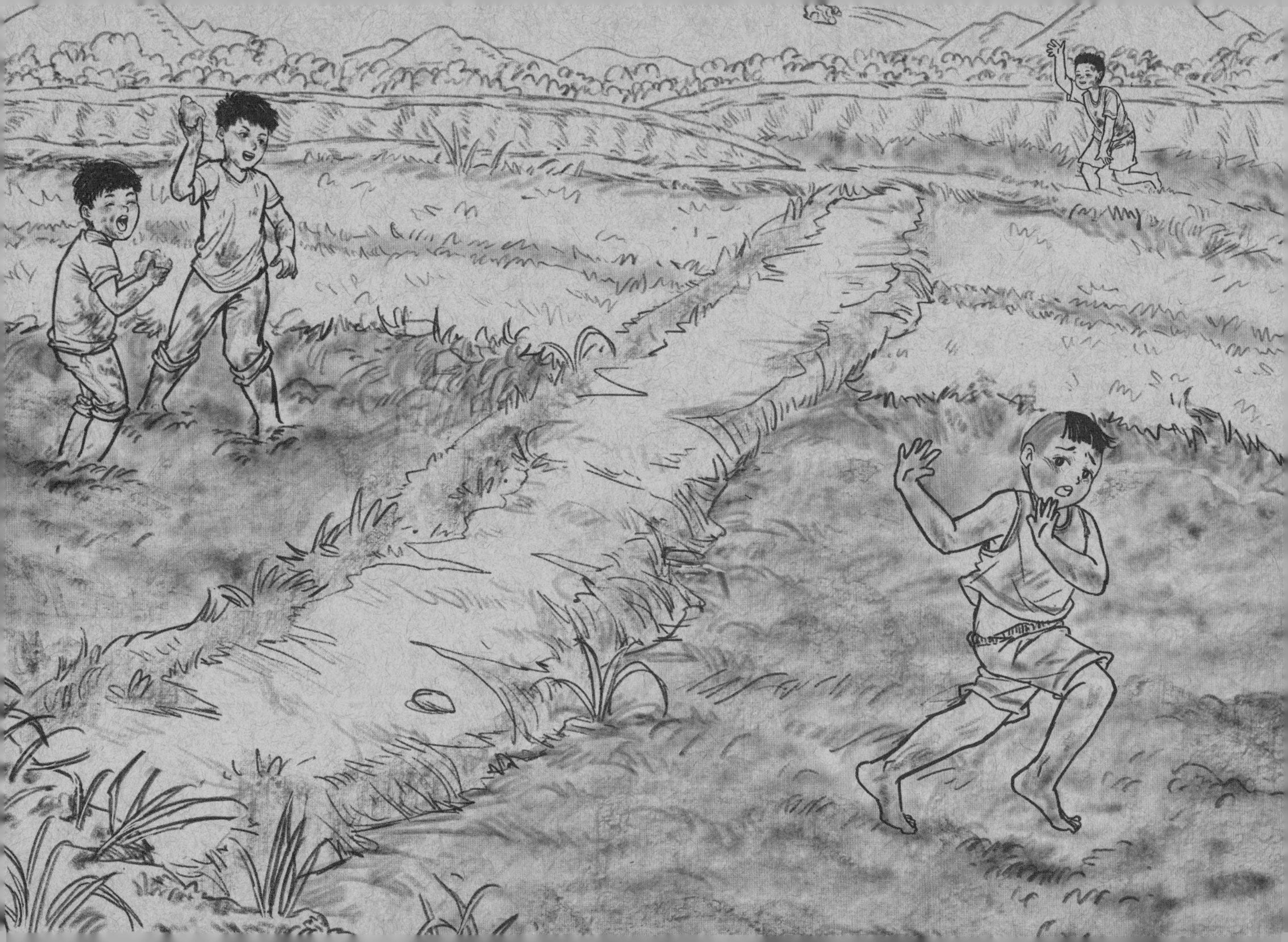

极大震慑，有时我们也受到对方的集中火力阻截，躲不过、逃不掉，疼得哇哇叫。这种饱和打击的方式，主要看速度与配合，一般是每个人双手拿两块泥巴，掷出去一块，接着再掷一块，多个人连续集中轰炸一个点，敌方最凶猛或最弱小的人都逃不掉。有时我们也会根据对方火力发射的规律，不讲集体配合，而是灵活反击，各自盯住对方某个人攻击，让他自顾不暇。

在防御方面，首先要看自己弯腰和躲闪的速度，因为手上的泥块打完之后，马上要取新的上来，不然在弯腰那一瞬间，对方的飞弹就会乘虚而入了。其次要看己方人员互相掩护的默契度，当一人弯腰装弹时，战友需要立即补上火力掩护，防止对方打冷枪。然而这一切的配合，都不需要言语沟通，因为经过长期的实战，大家已经心照不宣。

一些力气大的孩子，可以抓起比较大块的泥土——像西瓜那么大的一坨，作为超级重型武器轰炸对方。这是我们最快乐的场景之一。那个能够掌控重型炸弹伙伴，会得到大家的热烈欢呼。欢呼声中，谁要是被砸中了，所有人都会笑到肚子抽筋，被砸中的孩子则满身碎泥自认倒霉。重型炸弹的缺点是射程比较短，而想要瞄准对方火力比较活跃、躲得比较远的人，则可以拿鸡蛋大的泥块进行远程射击。

不过，有时候大人们很讨厌我们搞阵地战，不仅因为我们作战时跑来跑去，必将他们辛苦翻耕好的田地踩踏回原形，还因为我们长时间互相抛掷土块，扰乱了稻田的泥土构成。比如说，甲方所在阵地，是东家的田地，东家媳妇很勤快，经常挑一担担牛粪来倒进田里，日积月累，她家稻田的泥土就变得黝黑肥沃，稻谷产量很高；而乙方所在阵地，是西家田地，西家人管理无方，稻田的基土干巴巴，颜色灰白，比较贫瘠。可我们这群野孩子才不管这些，开战时，把东家田地的大量泥土，甚至牛粪一股脑抛掷到西家，乙方则用西家田地比较贫瘠的泥土悉数折腾过来，一来二去，东家媳妇等于无形中为西家干活，西家人则平白无故占了便宜。这样的结局，大人们肯定不愿意看到。

游击战方面，是甲乙双方两个纵队流动作战，有时候我们一方集中防御，集中打击，有时候分散包抄，乘胜追击。这种战术既考验个人能力，也考验集体的战略。一些不够沉着冷静的小伙伴，往往会被敌方打得很惨，措手不及之间已经遭受对方伏击小队"泥土雨"伺候。

由于没有场地界限的限制，我们有时候可以跑离战斗地点很远，让对方打不到自己，然后趁对方不注意又去发动奇袭和偷袭。游击战也是运动战，大家一边跑回家，一边攻城略地袭击对方，从学校一路打到家，往往沾上一身泥土。好在清澈的林溪河从我们村口流过，我们结束战斗之后，一伙人冲进河里，一边清洗衣服和书包，一边继续打水仗。

　　有的同学头发全部被搞脏了，有的同学鞋子也跑烂了。那时候农村普遍比较贫困，烂了鞋子，不容易换新的，所以不少家长反对我们这群野孩子打泥巴仗。他们心底里是出于经济上的考虑，孩子们的小伤小闹，他们并不在意——"摔摔打打，快长快大"，是一句古训。

　　当然，我们小伙伴队伍中也有一些不太老实的家伙，在打泥巴仗过程中违规使用石头。这是最为恐怖的事情，有时人被打伤，就会流血，甚至被送去医院。这样的话麻烦就大了，受伤总不是好事。所以我们在打仗前，一般会商量好规矩，诸如不能用石头、牛粪，不能跑进菜园之类，如果谁破坏了规矩，那么下次玩游戏时就不会让他参加了。

# 1 草弩苇枪

林溪河两岸，山野斜坡，长满了一簇簇、一丛丛、一片片茅草和蒲苇，像秦时戈戟，汉时旌旗，像千军万马冲向高地。

我每次回到家乡，看见这些迎风招展的野草队列，总会想起儿童时代用过的草弩和苇枪。那是自然界送给我们的第一批"武器"，是山村小孩学习狩猎的第一份"教材"。

幼年时我们的手脚无力，尚未掌握劳动工具的使用方法，随父母上山做农活，既帮不上什么忙，又不能碍手碍脚，只能待在树荫下、小溪边独自玩耍。

可吃的零食无非是蓝色的"蛇倒退"、黑紫色的地菍果、粉红色的五指毛桃、金黄色的金樱子、鲜红色的荚蒾，以及一些酸涩的植物茎块，如酢浆草、鱼腥草、野荸荠之类；可玩的东西只有草木枝叶和小石子。

待肚子吃寡了，小石子玩腻了，我就嚷嚷着闹回家。然而太阳还远远没有落山，父母哪能听孩子指挥？这时母亲便放下手中农具，扯一张野芋叶或野蕉叶，到山沟里去捧一包溪边泉水回来给我解渴。趁母亲去来的间歇，父亲走到我身边休息，摘下草帽给我扇风，顺手折断一根茅

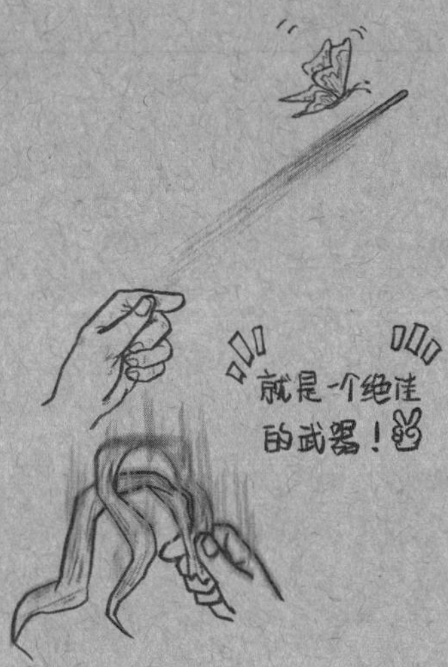

草给我做玩具。

　　茅草大概两指宽，长约两三尺，形如一把利剑。父亲将"利剑"掐头去尾，得到一尺多长的草段。

　　"你要给我做什么？"

　　"给你做一把弓箭，我们来打虫子。"父亲说。

　　白色的草梗硬挺挺，父亲从草段的一端开始，把草梗两边的青叶轻轻撕下，露出寸余草梗。他把撕下的青叶折弯，穿过虎口放入手心，让叶梗架在拇指和食指上，然后右手捏住手心下方的青叶，对我说：

　　"你看好啵，就是这样打出去。"

　　只见父亲抬手至胸前，与鼻梁形成一条线，眯着眼睛，瞄准前方草尖上的一只蝴蝶，右手迅速地往下一拉，架在左手上的叶梗便像一支箭那样飞速射出去。

　　当然打不中。蝴蝶受到惊吓飞走了。

　　后来稍微长大，再跟父母去山上干活时，我已可以独立行动，去草坡放牛，挖泥鳅，寻找野果子吃，躺在大石板上休息。闲来无事，想起父亲曾经做的草弩，自己便也去折来草叶如法炮制，用草梗去射蚂蚁、瓢虫、蚂蚱和蜻蜓之类的昆虫。

　　回到寨上，当我以为只有自己掌握这一独门绝技时，却发现其他小伙伴们居然也都在玩耍。他们到河边割来许多茅草、青竹叶，甚至是玉米叶，来动手制作草弩，然后把略做加工的草片装进竹筒里背起来，像全副武装的猎人一样，到处去寻觅游走在村寨的鸡鸭猪狗、停歇的麻雀蜻蜓，朝它们射击，提前体验捕猎的乐趣。

---

**Z**

　　丘陵山地草木繁盛，一些纤维含量少、质地绵软的多汁草叶，只适合被牛羊吃掉，无法加工成玩具或武器。

　　发射草弩的原理，其实很简单：利用植物纤维本身的弹性，改变自然材料的形态，得到弹射的力量。在动手制作草弩的过程中，我们学会了如何选材，懂得了就地取材为我所用。

　　这是山地居民世代传承的生存经验。

　　古时广西山区猛兽横行、匪患颇多，加之时有征战，行路并不太平。山民们出于生存需要，发明了一些巧妙的机关和武器，例如竹签陷阱、草结索套、药箭毒镖之类，在捕猎和战斗中屡屡发挥奇效。

举草结为例。这原本是古代山地居民在狩猎或打仗时，为预防走兽追击，或拦截飞速奔跑的敌人，而利用贴地爬行、韧性十足的藤藤草草提前在路上设置的绊脚障碍，因就地取材，隐蔽性极强，走兽和敌人未能预判，在急速行进过程中往往会摔倒栽跟头。

后来，草结竟然演变成了民间巫师用于"拦截鬼神"的道具。

再后来，打草结又演变成了我们小孩子之间的恶作剧。我们在放学回家的路上，专门跑去一些同学必经的田间小路打草结，然后就近躲在暗处埋伏观察，等待后面路过的同学出洋相。

至于药箭毒镖，宋人周去非在他的《岭外代答》里有过记述："溪峒弩箭皆有药，唯南丹为最酷。南丹地产毒虺，其种不一，人乃合集酝酿以成药，以之傅矢，藏之竹筒，矢镞皆重缩。是矢也，度必中而后发，苟中血缕必死。……邕州溪峒以桄榔木为箭镞，桄榔遇血悉裂，故其矢亦能害人。"还有另一个在广西工作过的宋人范成大，在其《桂海虞衡志》中说得更简洁："药箭，化外诸蛮所用，弩虽小弱，而以毒药濡箭锋，中者立死。药以蛇毒草为之。"

可见百越之地自古民风彪悍，名不虚传。千年以前人们尚且如此精通兵器装备，后世山村少年儿童所拿的玩具，隐约存有先民形影，也就不足为奇了。

# 3

　　家乡的人们还善于利用植物纤维编织日用器具，如草茎做的草鞋草帽、草席草垫、草扇草绳、竹篾竹叶，以及棕叶、棕丝、藤条、蕨芯做的蓑衣蓑笠、箩筐簸箕、背篓提篮等，精巧美观，自然环保。

　　但是岁月如流，传统的手工艺在现代工业技术的挤占下，已经慢慢地失去市场优势，变成了七零八落的非物质文化遗产，除了少量爱好者在薪火相传，已没有多少人能够掌握了。

　　我的大叔公先天跛足，无法像常人那样生龙活虎干重活，年轻时在生产队挣工分，颇为吃亏，幸亏拿得一手好刀，掌握一门竹编绝活，与叔婆一起辛苦养成五个子女。

　　小时候，我经常见他坐在地上，膝盖铺一张皮毡，手拿一把利刃，一根两丈长、牛腿粗的楠竹从他胸前横过，被他一分为四，四分为八，八分为一捆竹片，"哗啦"铺到地上。他用手捡起一根竹片，再次从左横到右，于是，拇指粗的竹片变为筷子大的竹签，筷子大的竹签又变为鞋带宽的竹篾。最后，我不耐烦了，跑出去玩耍，日暮时分，我回来看他时，两个大大的竹箩筐已经摆在眼前。

　　遗憾的是，他只叮嘱我要好好读书，没让我跟他学拿刀。十五年前,他和他的刀与世长辞,而后世子孙还在用着他做的竹器。

我母亲年轻时碍于听力不好,不便与人合作出工,外公就让她跟老师傅学习藤编和草编,以便独立工作。她也学得不赖,出手的藤篮子闻名乡里,但是嫁给我父亲后,种田锄地,忙于家务,养儿育女,没有闲暇,那门手艺就随着岁月一起流逝了。我曾问过她,为何不用手艺挣钱?她说:"噫,那个时候已经不兴了。"

那个时候,指的是二十世纪八十年代中后期。

但在那个传统手艺式微之时,五六岁的我们还能抓到一根时代牛尾巴的细毛。

## 4

长辈们在编织生活器具时,孩子们在一旁乖乖玩耍。待正事办完,尚有余料,他们就顺便帮孩子做个小物件,作为奖赏。

他们会问:"过来一下,你想要什么玩具呀?"

孩子脱口而出:"我想要一把枪。"

"什么枪?"

"电视里的手枪。"

"哦——等一等，我想想怎么做。"

长辈们干了一辈子手工活，不断重复做一些老物件，现在要弄个新玩意，孩子不说，他们还真不知道从何做起。不过手艺毕竟是手艺，想法是一端，拿捏材料是一端，只要脑子有想法，手上有绝技，都可以化腐朽为神奇。

有道是"没吃过猪肉，也见过猪跑"，一两根又细又长的草秆，在长辈的手上三下五除二，逐渐缩短，交缠，长出棱棱角角，最后就像变魔术一般，变成了一把"驳壳枪"。

我没有经历过上述情形，这只是我对最初那个技艺传承场景的一种想象还原。

但我们小时候确实盛行编织草秆枪，每个小孩几乎人手一把。起初只有大人会做，后来有的伙伴学会了，一个传一个，以至每个男孩子都会亲手制作。我们一本正经地拿这些"枪"四处游荡，扮演八路军打日本鬼子，扮演解放军打土匪，游戏场面与"乒乓筒"类似。

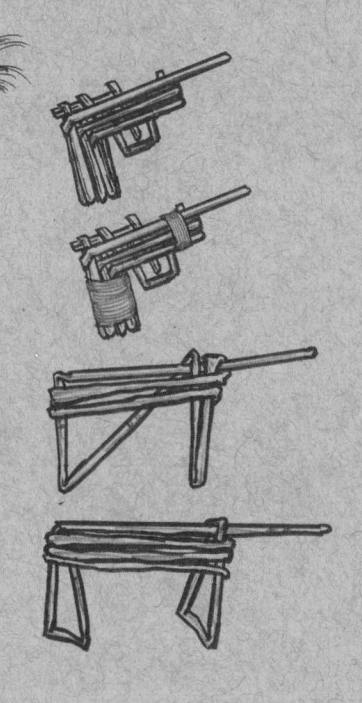

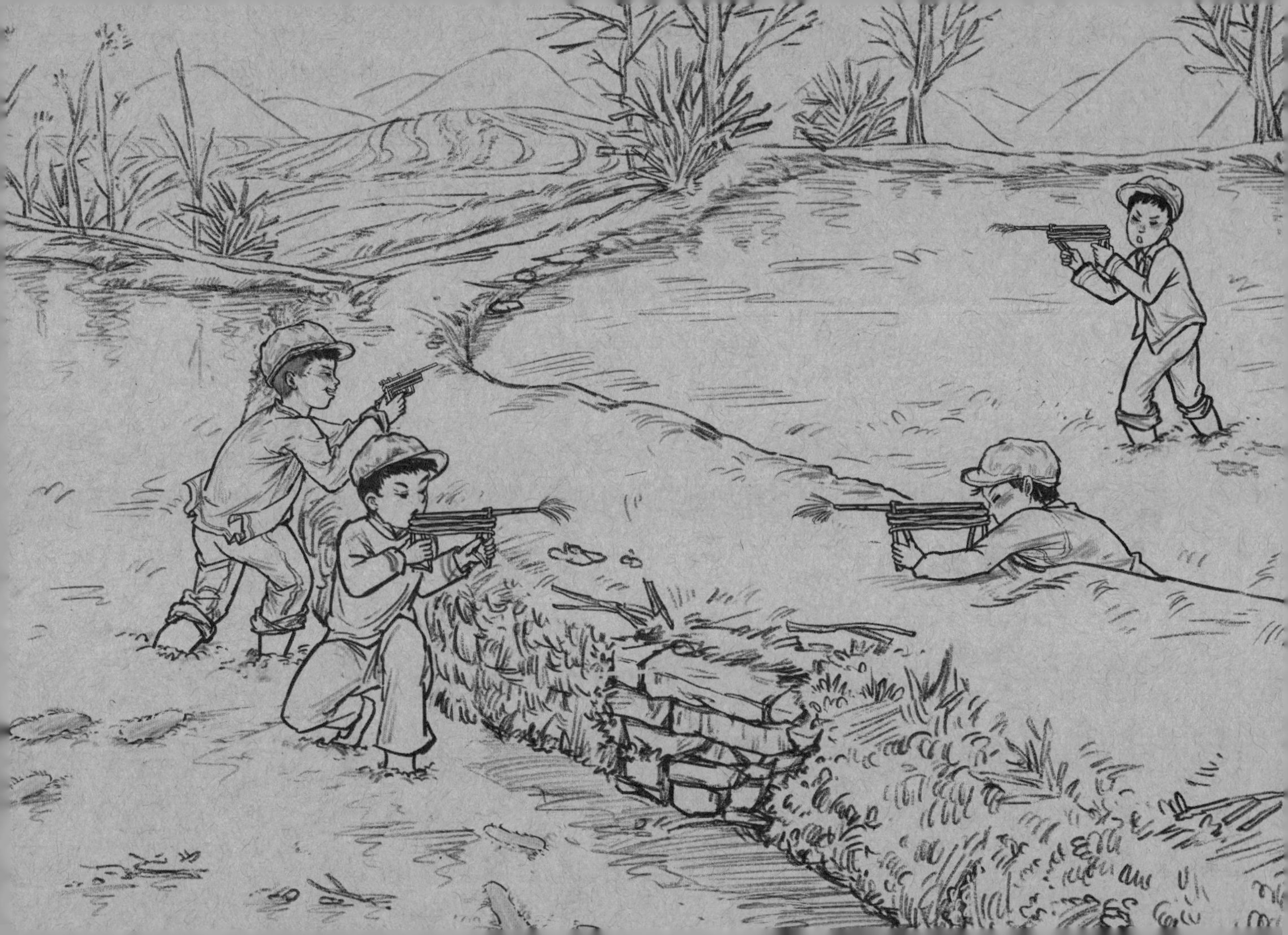

一直以来，我和伙伴们对编织草秆枪所使用的材料——老家话叫作"苞萌"的植物——到底叫什么名字不甚了了。以至于我跟小读者描述这种玩具时，总是遇到表达的障碍。

　　直到八年前，我去广西各地探访国家级湿地公园，在一处公路边看到迎风招展的"苞萌"，决心停下车去弄个究竟，用识别软件一查，才知道多年心心念念的东西叫作蒲苇。

　　"蒹葭苍苍，白露为霜。"诗经里的蒹、葭，指的就是生长在山水间的蒲苇、荻花一类植物。然而在我们桂北方言里只有"苞萌""茅草"这一包打天下、十分笼统，泛称所有禾科苇属植物的词语。

　　读过一点书的人，莫不知道"芦苇荡"及其含义，但是没有几个人知道芦苇和蒲苇的细微差别，因为它们的外观实在太像了。经过查证，我们小时候采集的是蒲苇——编织的玩具自然叫蒲苇枪。

　　蒲苇是一种多年生大型禾本植物，四季常青，夏季生长旺盛，六七月间花序孕育之时，我们经常去扒开它的嫩叶，取出穗来充饥。可是蒲苇的老叶又长又利，叶缘的锯齿经常割伤我们的双手——我们只好吐出嚼碎的穗敷上伤口止血。

秋高气爽之时，繁花高举的蒲苇最为耀眼。蒲苇的禾秆粗者如铅笔，细者如竹筷，挺直修长高过人头，秆梢的花穗雪白浓密，酷似马的鬃毛、狐狸的尾巴。连片的蒲苇随风摆动，远远望去，就像队列严整的古代骑兵举着旌旗飞速前进。

我们跑去河岸和沙洲抽取苇秆，用小刀从头到尾破开，秆梢和穗原封不动留待充当开火状态的枪管，然后折叠、编织破开的苇秆，做成一把把手枪或者冲锋枪——蒲苇枪，如今似乎已经绝迹。

多年以后我问过许多在乡村生活过的同龄人，他们都表示自己在童年时代曾经玩过蒲苇枪，但是现在即使拿到一根蒲苇，也不知道怎么做了。童年以及传统草编手艺，就这样与我们擦肩而过，渐行渐远。

# 1 竹木弓箭

乡下孩子可自由活动的范围，相较城里的孩子要广阔得多。也许因为在骨子里我们还保存着远古先民狩猎文化的基因，因此当看见飞鸟走兽，总是忍不住想要收入囊中。

对于武器类玩具，男孩体内有一种天生的热情。要说年少时我们玩过射程最远的武器，除了泥巴和石块，就是竹木弓箭了。

最适宜制作弓箭的季节在秋天。秋天到了，该有的材料都有，家家户户的柴房里、屋檐下，堆满了白花花的黄麻秆，我们不必"草船借箭"，只需花十来分钟时间，就能够找到十几根质地坚硬、笔直轻盈的箭杆。

但我们并不急于制作箭杆——要是没有弓，再多的箭也射不出去。我们首先要得到一把称手的强弓。

在文墩寨，我们做弓，一般有两类材料、三种规格。

第一种是大人做来哄小孩的玩意。他们直接找来一根长如手臂的小树枝，掐头去尾压弯后绑上一根绳子，大体就成了。这种弓软绵绵的，不仅射程短，而且力度小，打到公鸡身上，鸡毛都不会掉下来。我和阿忠、阿安他们在六七岁的时候，就被大人拿这种弓来糊弄、敷衍过。

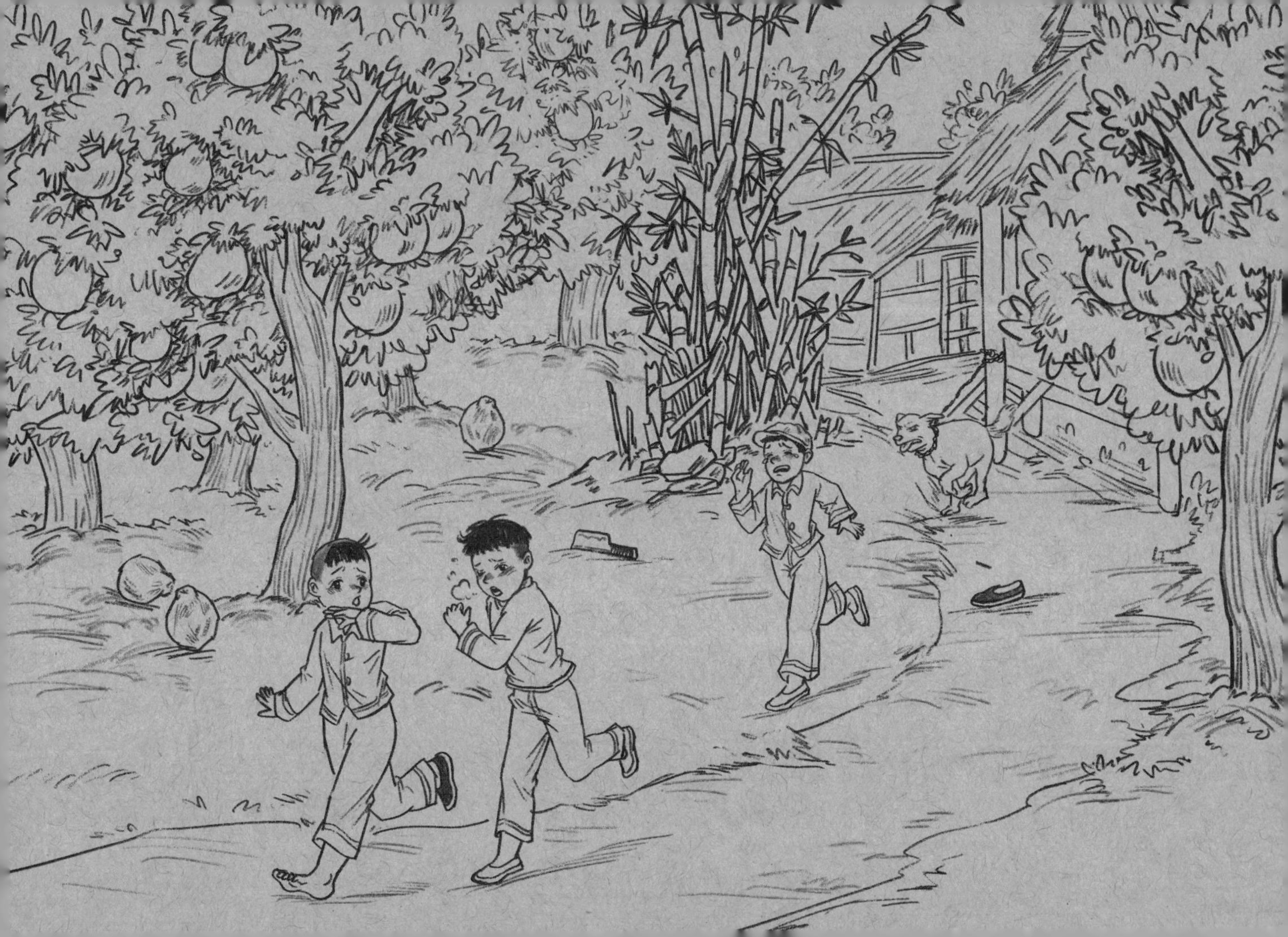

到了八岁那一年，也就是小学二年级时，我们已经学会了怎样使用柴刀——学校放寒假，老师让我们勤工俭学，去山里砍一担柴火，春节过后开学时挑去学校注册报名。也就是在寒假砍柴期间，我们发现后山有一个地方长有几根高大的楠竹，位于女同学阿香他们家的柚子园。

阿忠提出："我们去把那根楠竹砍回来做弓箭吧。"

阿忠的建议正中我们下怀，于是在一个周末夜晚的掩护下，我们三人结伴偷摸到那个柚子园前方的田埂。经过侦查，我们发现园里的草棚没有人说话，就大胆钻过篱笆墙的缝隙，摸到楠竹位置，拿出柴刀砍竹子。

然而我们才砍下第二刀，就听到了一连串疯狂的狗叫声——被阿香爸爸拴在果园里的老公狗发现了。对于这只劣迹斑斑的凶恶的公狗，我们早有耳闻。为了活命，我们三个"月下刀客"拔腿就逃。结果非常倒霉，不仅阿忠丢落下了一只鞋子，阿安家的菜刀也掉在了园内。

---

有道是，做贼心虚，关于昨晚之事，我们谁也不敢声张。第二天装作若无其事的样子去上学，阿忠也换了一双鞋。傍晚放学回到家，我们碰头商量，决定晚饭后再次进山去营救柴刀和鞋子。

可是当我们转过身，就遇见了迎面而来的阿香。在阿香的身后是她爸爸弟桥大爷，弟桥大爷的身后，是那只满口獠牙的老公狗。

"昨晚是不是你们几个小兔崽子去偷竹子？"

"是……"

"不是……"

"是，但也不是……"

"嗨呀！小孩子要老实，说哄人的话要被雷劈的！"弟桥大爷威胁说。

"哼——这是哪个的鞋？这又是谁家的刀？我一看就知道了。"阿香补了一刀。

"别装糊涂了，快回去叫你阿爷出来，不然的话我就叫学校的老师把你们仨给开除了。信不信？"弟桥大爷笑里藏针，把我们吓得瑟瑟发抖。

我们三个只好认怂，全招了，心里准备着把屁股交给父母抽一顿，鼻子里连药酒的味道都闻见了。

然而当天晚上，当我们吃饱喝足，去晒谷坪抓萤火虫的时候，并没有人来惩罚我们。而且我们发现，弟桥大爷正在跟我们的爸爸一起称兄道弟地喝酒，一直喝到我们玩困了想回家睡，他们都还没有停下的意思。

当时我们寨上流行几个小伙伴一起串门挤着睡，女孩子如此，男孩子也如此。

我们蹑手蹑脚走进屋里，准备进卧室时，突然被喝酒的大人叫住。

"站住，别动。去哪里回来？"

"捉萤火虫。"

"萤火虫呢？"

"放飞走了。"

"不老实，看我明天怎么收拾你们！说，你们到底是想吃柚子还是吃竹笋？砍那些竹子干什么？"阿安的爸爸说。

"做老鼠夹去装老鼠。"我们说。

"扯卵蛋（瞎说）！你们不是都已经有老鼠夹了吗？"阿忠的爸爸说。

"你们那点心思瞒得过谁？我看是屁股发痒了吧！"我爸爸说着，顺手从火塘边抽出了一根柴火，准备要动粗的样子。

我们仨吓得尿都快出来了，只好老实交代说我们其实只想做一把弓来射箭打麻雀，但到处都找不到合适的竹子。

弟桥大爷于是胸有成竹地解围说道："用楠竹做弓最好是用晒干的大竹片，弹性好，生竹子压弯以后弹不回来，不合适。而且园子里那几棵楠竹我是要等明年长竹笋来卖的，我自己都不舍得砍。你们想要竹料，我家里刚好有一捆开好的，原本计划做老鼠夹，明天你们找阿香去选两片出来就得了。"

于是在偷竹后第三天，我们终于有了自己的楠竹弓。

这是第二种规格的竹弓，由我们亲手打造，长约两尺，厚度一分，竹皮在外，竹肉向内，宛如半月。

竹弓还有另外一种规格，须选用整根的老金竹火烤杀青制作，做好后光滑耐用，弯似月牙，弓力强劲。那样上等的材料，山寨附近没有，必须跑到锣鼓顶附近去找。

后来有一天，我们几个伙伴打包好饭菜向锣鼓岭进发，走了一个上午终于抵达山顶。那儿杂草丛生、荆棘密布、乱石堆积，很难行走。不过我们透过树林，远远看见了金灿灿的竹丛，那明晃晃圆滚滚的竹子，像一根根金条拔地而起。我们披荆斩棘越过杂木林，去把老金竹从根部砍下来，除了满足制作竹弓的需要，我们各自还顺带砍出一根又长又直的钓鱼竿。等我们兴高采烈回到家时，太阳已经落山了。

# 3

既然有了好弓，得配上一根好弦。

我们做弓弦使用的绳索，可以是葛藤，可以是喇叭树皮，可以是黄麻皮，也可以是棉绳裤腰带。葛藤最差劲，不仅太粗，还易变硬，喇叭树皮和黄麻皮用一天可以，用两天就会绷断，鸡肠裤腰带做弓弦带劲是带劲，但是它吃风，射击时声音太大会吓跑麻雀。最好是大人装套索吊野鸡、斑鸠用的特制棕色尼龙绳，结实紧致，粗细合适，不会松弛或绷断，拉弓放箭时无声无息。

但是棕色尼龙绳只有县城有卖，县城那么远，我们还不敢为了一根绳子步行去，只好作罢，将就使用黄麻皮。晒干的黄麻皮搓成细绳，可以多用几天。

接下来就轮到做箭了。

我们找来一捆细直的黄麻秆，均匀截成半米长做箭杆，然后找来几根无名指一般大的小青竹，砍成一段段约有寸长的小竹管，套进箭杆的一头作为箭镞。因黄麻秆实心无孔，尾部插不了鸡毛，想要做有羽箭，得去山中寻找合适的小箭竹，晒干才能使用，但那样实在太麻烦了，而且万一射到河里，有去无回成本太高。

万事俱备，只欠东风。秋天的田野，稻谷收割完毕，天地突然变得广阔起来，在干燥的田间

觅食的鸟雀到处都有。浑身漆黑的乌鸦站在牛背上或者电线杆上，尤其显眼，是我们射箭的首选目标。在野外电线上一溜排开的小麻雀也非常诱人。

我们带着全新的弓箭去射鸟雀。鸟雀被吓走以后，有大雁飞过天空，我们于是又朝着天空射击，想象着课本上的那只惊弓之鸟突然落下来，给我们美餐一顿。然而大雁遥不可及，根本不理睬我们这些地面上的野孩子。

无鸟可打时，我们就进行射击比赛。

比赛分三个项目，第一个是后羿射日，即垂直朝向天空射箭，看谁射得高。第二是李广拉弓，平直发箭，看谁射得远。第三是百步穿杨，比赛者约定一个目标，比如挂在篱笆上的铁皮锅盖，摆在远处墙头的酒瓶、柚子等，或者用粉笔直接在泥墙上画一个圆圈，然后看谁射得准。

当我们感觉自己的技艺已经练得收放自如时，就可以"为所欲为"了，河边大树上清脆滚圆的薜荔果，别人家菜园树上红通通的柿子，只要是够不着、拿不到又非常想要的东西，我们就拉弓射箭，取物于一二十米之外——山里娃做的竹木弓箭，只要超过三十米射程，基本上百发不中。

# 4

  人类因为有了弓箭，手臂的长度、肌肉的力量，得到了延长和增强，捕猎的范围和速度、效率也得到了极大的提升。

  虽然说我们做的是玩具弓箭，但本质上是一种武器，具备一定的杀伤力。在山寨里玩一玩，远远地射跑鸡鸭、猪牛尚可，绝对不能拿来打人，箭头对人是犯大忌。家狗有主人也不能打，况且万一打中了狗崽子，它们发起狠来会不顾一切追咬我们。

  族弟阿江就不怕死，曾经用他的弓箭射中过一只老母狗，原因是老母狗在叼他们家的鸡仔。结果阿江被那条狗绕着山寨内外追击十几圈。若不是阿江急中生智跑到祖芳家门前的水埠头，跳进小木船，逃到河水中央，他就遭殃了。

  少年时代的我们，自制并练习使用简易的竹弓木箭，既锻炼了臂力和观察力，还能培养创造力，这也许就是山地民族的古风民俗在子孙后辈身上的显现。

  范成大所著《桂海虞衡志》"志器"一章，提及宋代西南边地人民使用弓弩的情况："竹弓，以熏竹为之。""黎弓……以藤为弦，箭长三尺。""无羽，镞长五寸，如茨菰叶，以无羽，故射不远三四丈，然中者必死。"

  周去非的《岭外代答》对西南诸族的武器分类与《桂海虞衡志》大体一致，这在一定程度上也说明，我们文墩寨的孩子们热衷弓箭游戏，在行为上有着深厚的历史渊源。

# 1 刀木竹剑

## 一

与弓弩的使用一样，带刀，也是古代西南山民的普遍习俗，《桂海虞衡志》提到，"两江州峒及诸外蛮无不带刀者"。古人带刀，行走山野可以对付荆棘、野兽，行走江湖可以防身。

但在现代文明社会，人们已无带刀出门的必要。除了日常生活使用的刀具，如菜刀、水果刀、杀猪刀之类，普通人收藏具有武器形制特制的刀具，其诉求更多体现在文化审美价值之上。无论是中国古代刀剑，还是西洋东洋刀剑，在热兵器科技高速发展的今天，只是一种精神和意志的象征而已。我小时候，通过刀剑游戏，模拟体验了一回回侠客梦。

"军——快出来拼剑啦！"

"守趟（等一下），没吃饱呢！穿鞋先！"

日头的光芒，刚拨开东山上的云雾，大人们早已荷锄下地，牵牛进山。是伙伴阿忠，或是阿安，在门口唤我，可能阿江他们一众人马也已经全副武装出来了。

就在昨天傍晚，我们寨尾几个伙伴和寨头的祖生几兄弟，四处周旋、上下拼杀，激烈地打过一仗，结果不分胜负。大家回去晚餐前，刀剑入鞘，郑重相约，今天早餐后继续。

这是二十世纪九十年代中期，我们文墩寨常见的情景。

家长们忙于劳作，忙于应酬，忙于奔波，并无闲暇留意孩子们的世界正在上演的"战争"。但我们从不把游戏当儿戏，而是非常认真地对待每场事关输赢的"战役"，迎接每个"战斗日"的到来。

腰间插一把木头做的刀，手中提一根竹片做的剑，让我们瞬间感到战斗力爆表，俨然《雪山飞狐》里的胡斐，《包青天》中的展昭，《白眉大侠》里的徐良，《书剑恩仇录》里的陈家洛，《莲花争霸》里的沈冲和《甘十九妹里》的尹剑平。而寨子里的巷道，木屋里的门柱，菜园的篱笆，稻田的角落，无不成为我们追逐"厮杀"的战场。

我们童年之战，照例分单打独斗和集团作战两种方式。

第一种是两个孩子一对一比拼刀剑技巧。我们赛前定下规矩，首先是双方所使用的武器道具要对等，刀对刀，剑对剑，且刀剑长度必须相当，不能让对方吃亏。其次是兵器相接时，只要一方被对方点中身体的任何一个部位一次，就算输一局，连续三次算"阵亡"。比赛时随机指定一个主持人，其他小伙伴在近旁围观，如比拼的选手不服，主持人就站出来指出点数裁定胜负。

单挑比武的场地，一般选在晒谷坪等开阔地带，又有固定式和自由式之分。第一局为固定式，由主持人先在地上画一条分界线，两位选手各站一边，宣布开始后，双方手持刀剑任意拼杀，唯独不能越线，一旦越线，则判犯规，败下一局。

第二局仍是固定式，只是双方选手交换场地。

第三局为自由式，取消分界限定，比赛双方除了不能故意伤害对方身体，不能碰对方从额头到裤裆的人身正面任一位置之外，可以上天入地自由发挥，以击中其他身体部位取胜。

自由式其实比拼的是进攻与防守的灵活度。闪转腾挪、格挡压推、砍削批刺，每一个招式都要技术。眼观六路耳听八方，欲攻其上必先攻其下，欲擒故纵回马枪……通过实战，我们学会许多战斗的理论和技巧。阿江则将这些技巧运用自如，一把竹剑在他手上，可以做到虚实相间、刚柔并济，加上阿江比常人高出一头，手脚修长，可以使用身

体姿态的假动作骗过对方，然后擢、挑、拖、扫各种动作结合，出奇制胜。谁若与阿江对峙争锋，往往输得一塌糊涂。

因此阿江在集团作战中人气最旺，大家恨不得将他"劈作两半"，否则两个队伍力量太过悬殊。我们寨尾的伙伴也正因有阿江，才敢和寨头的兄弟们叫板。寨头的祖雄，个子与阿江一样高，擅长大刀，力道快准狠，我们见了都怕，他遇上阿江，就有得一拼。

# 2

集团作战比赛，又分为内战和外战。内战一般是寨头和寨尾的小伙伴们各自内部组织人员分边比赛，侧重于技术训练。但分边的程序有些复杂。

我们寨尾有十几个年纪相仿的伙伴。大家集中于某处稻田，以田埂为界分为两方。第一种选边方式，为众人推选出的两个队长各站田埂一边，其他人根据个人意愿选择站队。第二种是推选出队长后，由队长点将挑人。第三种是轮流坐庄，凡是近期没有做过队长的人都可以自荐做领队，然后让大家选边站。第四种最为随机，也可以说是"去中心化"：十几个人围成一圈，同时伸出右手的手掌，手心朝上者一边，手背朝上者一边。双方分完了边，如果出现高矮胖瘦分布不均匀的情况，实力实在悬殊，也可以由不满意者提出来，略作调整。

队伍固定之后，大家就碰头商量战术，哪个人负责盯住哪个人，哪个人负责防守和进攻，等等。排兵布阵有点像今天的足球、篮球比赛，只不过我们没有教练员。

当一切准备就绪，双方立即宣布开战。

能够参加战斗，每个人都兴奋无比，大家牢记规矩，"乒乒乓乓"拼起剑来，场面就像古装电视剧中的混战。我们在潜意识里向电视剧学习，明明知道是在演戏，也要努力当真。我们气喘吁吁地奔跑，既流汗，也有可能会流泪，还可以随时退出战斗，跑回家，但是又担心失去下一次参加游戏的机会，可谓心情复杂，好一个"戏里戏外，难辨真假"。

在混战中，如果有人被对方的兵器点到了合法部位，就自觉按规矩站定不动，表示已经阵亡。当然有复活的机会，就是某一方比到最后兵力不足了，由队长向对方提出借人。但借了人也不是白借，等到下次分边站队时，就相应要扣一个人出来。关于这一点，谁也不会因为睡一觉起来就忘记。

更多的情况是大家都想当英雄，宁愿战到只剩一人也不会随便提出借人。这无形中激发了对方的斗志。你不是想当英雄吗？那就当吧。明显占据人员优势的那方，迅速调整阵势，组织人员实施包围，把对方的"项羽"逼到角落，最后放慢进攻的节奏，停下来谈判，要么对方投降，要么直接"剿灭"收工。

外战主要指寨头和寨尾两个大"集团军"进行对抗比赛。武器方面只允许使用规定长度的木刀和竹剑，不能使用棍棒和弓箭，起始场地以贯穿文墩寨的寨门中轴线为界。于某个时辰宣战以后，双方各显神通，要么集体冲锋包抄扫荡，要么四下散开自由作战，相约在某个地方会合。

日复一日的游戏对抗，让我们不知不觉学会了一些简单的战略战术。有的伙伴负责伏击和偷袭，有的负责做诱饵，有的负责打掩护，力气大、技术好的负责正面主攻。

偷袭的地方往往在菜园的某个角落，或者柴房、厕所等视线不是很好但容易进出的地方。个子瘦小的阿荣喜欢躲在门背后，我喜欢沿着臭水沟行走，阿忠擅长大摇大摆走在宽阔的地方吸引注意力，阿安善于机动跑位吹哨子迷惑敌人，阿江则经常爬到人家房梁、屋檐和路旁的果树上埋伏，出其不意地进攻。

但是寨头那帮兄弟也不弱，他们也有他们的战略战术。有时我们一群人潜入寨头，逛了大半个寨子，挨家挨户寻找都找不到"敌人"的影

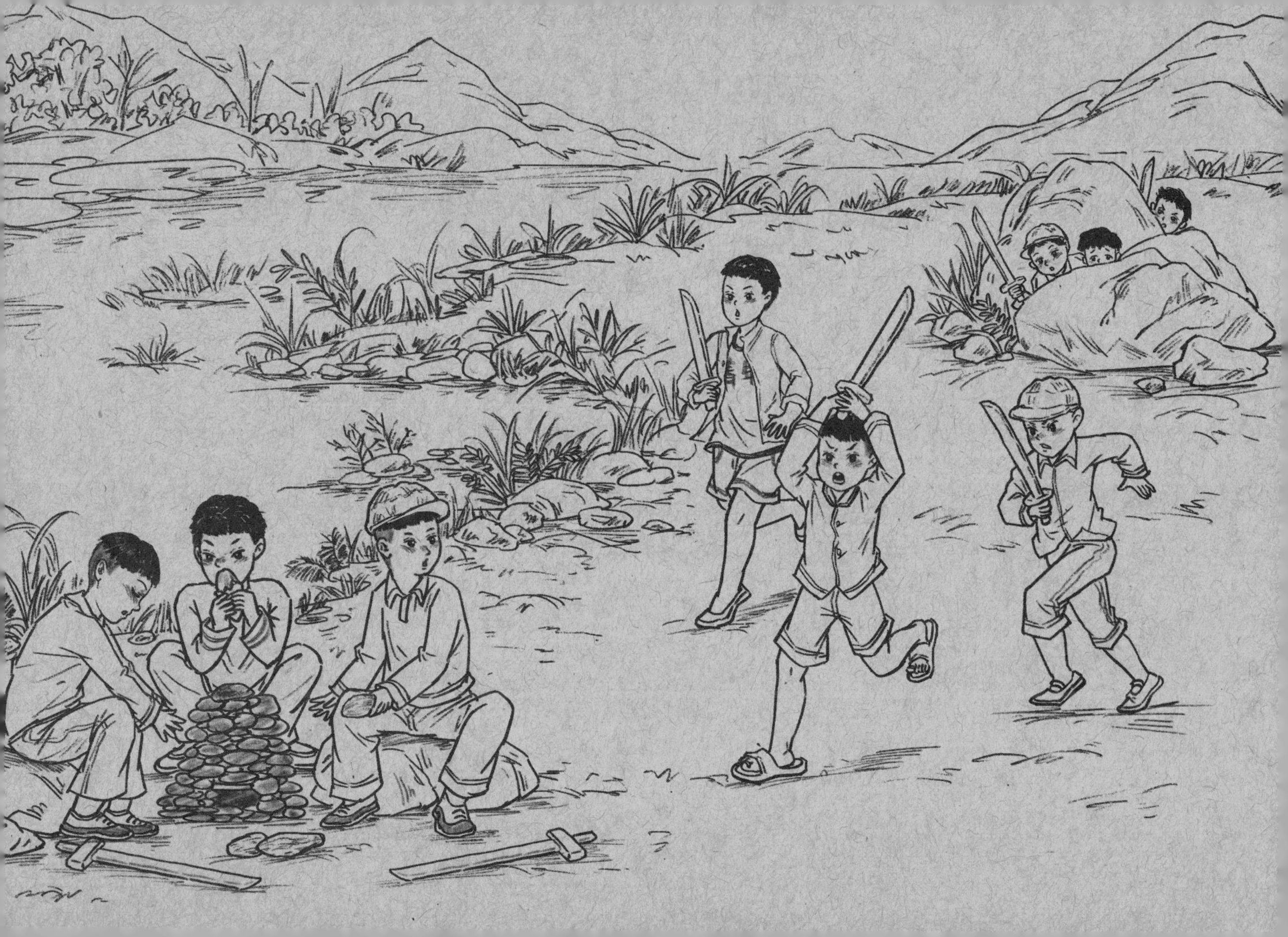

踪，最后线报发现，那帮"龟孙子"居然躲在距离寨子一里外的河边烤红薯！我们于是"全体都有"跑去包围，本想把对方打个措手不及，结果中了计，被他们另外一拨人马从后面反包围偷袭，导致全军覆没。

我们有些不服气质问对方队长侯祖雄："你们寨头人是什么意思？"

他们说："这就叫以逸待劳，外加空城计。明白了吗？"

我们没法子，只能认输，并在心里暗暗发誓，下次一定不会让他们得逞。夕阳西下，红色的晚霞照耀林溪河。我们以战败者的名义，跑去河里洗澡放松自己，在水中抽刀断水，上岸以后，用刀剑挥砍河边长势旺盛的野生植物。什么美人蕉啊，芋头叶啊，葛藤花啊，蒲公英啊，水蕨菜啊，都很不幸地被我们当作发泄的对象。

我们的快乐童年，在不断的"下次"中慢慢消逝。我们童年时代沾满植物汁液的宝刀宝剑，在溅落的野花野草中，流露出一丝丝惆怅。

# 3

中国自古有侠义传统，生于八十年代的我们在偏僻的小山村，用实际行动做着远古的武侠梦。我不知道我们的父辈是否曾有过这样天真烂漫的梦，玩过这样亦真亦假的游戏，也不知道这是不是武侠小说、武侠影视剧在农村地区产生广泛影响的涟漪。

但就我们年少时身处的环境而言，确实存在文化传承的蛛丝马迹。

我们文墩寨有个胡须花白的老太公，经常拄着拐杖走到寨门的凉亭里坐下，笑眯眯地给孩子们讲古。

老太公讲古的条件，是让我们这群小屁孩帮他捶背。四五个、六七个小孩，轮流给他捶背。只要我们没有厌倦，他就一直把故事讲下去。故事的内容，无非是薛仁贵征东征西、花木兰代父从军、穆桂英挂帅等，这些故事我爷爷也曾讲过，只是他们的说法略微有出入。

祖辈人讲古，多讲人情世故，渲染历史人物的忠信，如岳飞如何精忠报国，杨家将怎样保家卫国。但父辈跟我们讲古，都喜欢讲英雄人物的义勇。如小时候我听父亲说最多的，是瓦岗寨的程咬金和秦琼，他们使用的武器有多重；是武松和李逵，他们的刀斧怎样厉害；是关羽张飞赵子龙，他们怎样以一敌十；等等。

那时我已学会看些小人书，从祖父的书架里拿到《岳家小将岳云》和《大铁椎传》等来读，十分羡慕身怀绝技的盖世英雄。我父亲的抽屉，则藏有一本《古本水浒传》与《太极拳术》，家里还买不起黑白电视，我只能终日与书为伴，一面看插图，一面看文字，囫囵吞枣地读。

父亲是六十年代生人，八九十年代正值青壮年，刚好被全国掀起的习武热潮吸引。有一次，他听说县城街上的电影院有李连杰主演的《精武英雄》，便连夜骑自行车带我去看。看完电影，我们父子俩意犹未尽，接着花钱看行走江湖的"少林武僧"气功表演。也许受父亲影响，年幼的我在心中也常以侠客自期，遗憾的是，此生没有机会拜师学艺。

  那时我还有一个比我小两岁的妹妹正在读书，为了养家糊口，父亲不得不常年外出走南闯北打零工，一来二去，在外结交了不少兄弟。记得八九岁那年夏天，我正在屋外的空地上看星星，忽然看见有个黑影溜进我们家大门。我以为是小偷，跑回去对着父亲大喊大叫，后来一开电灯，才知道是熟人来借宿。父亲跟我说，那是他在外面的拜把子兄弟，一个侗族武师，约他此番前来是想请他摸一摸我的骨头是否适合习武当兵。结果一摸，说不行，我也就去睡觉了。次日我醒来，听说武师伯伯已离开，此后再未谋面。

  父亲另有一个侗族武师拜把子兄弟，姓林，住在一个很偏远的村寨。我读初二那年，武师伯伯的儿子林哥刚上初一，有地痞流氓进学校打劫饭票，打到林哥那里，我上厕所时刚好路过，认识那群流氓中的一位，便过去解围。流氓不服要打架，我就发狠将他们踢走。起初我不知道林哥是谁，纯属路见不平出手帮忙，事后经过各种信息综合，终于相认是世交。后来在周末受邀去到他们家，我才知道林哥也会武术，只是在学校没有展露。

  那天，林哥和他父亲关起门来教了我几招防身擒拿术，授以常用的跌打损伤酒，不过这是后话了。沉重的生活让我们的父辈奔波劳碌，梦想被他们潜藏起来，只能在世间做一介农夫。

  如今我和林哥已有二十多年不见。文墩寨的伙伴们倒是年年相聚，相聚时已是各种红白喜事里的伙夫主厨，大家切肉砍菜，拿着锅勺在油滋滋的大铁锅里翻江倒海。

# 1

# 弹弓

　　大概在八九岁时,我们寨尾和寨头的孩子发生了一场兄弟之间的"战争"——大家起先用苦楝树籽,随后改用油茶籽作为子弹互相射击,最后小石子登场,结果有一个伙伴的鼻梁被打出血,痛得哭爹喊娘,引得大人出门来介入,寨中的长老把带头的孩子拉去痛骂一顿,才终止了"战事"。

　　那时我们所使用的玩具就是弹弓。

　　弹弓天然具有武器的性质,是一款十分吸引男孩子的玩具。凡是小时候接触过弹弓,后来移居城市的成年男人,对弹弓一定存有抹不去的记忆。

　　关于弹弓的发明,《吴越春秋》里有比较官方的说法。该书提到,从楚国投靠越国的射击能手陈音对越王说,弹弓由古代的孝子发明。他说:"古者人民质朴,饥食鸟兽,渴饮雾露,死则裹以白茅,投于中野。孝子不忍父母为禽兽所食,故作弹以守之,绝鸟兽之害。"

　　然而,我们童年时代制作和使用弹弓的目的,已经没有了"孝"的意思,甚至还因为终日沉湎于游戏,而被父母亲追着打屁股,但有一条与陈音所言相同,那就是打鸟。

在山里人眼里，特别是饥饿的年代，小鸟小兽就是老天爷赏赐的一块块肉，等待有本事的人去捕获。为了捕到猎物，人们发明了许多工具，弹弓是其中一种射程较远的小型器械。但由于射击的精度不足，弹弓逐渐被排出武器的行列，沦为游手好闲者和孩子们的玩具。

现在农村如果哪个成年人还用弹弓来打猎，会被取笑为不务正业。然而我们在玩具缺乏的童年时代，却对弹弓的威力表现出无比的热情，因为它可以抵达我们双手达不到的地方。

文堠寨的孩子人人都会制作弹弓。寨子里如今三十岁以上的成年男子，没有谁从来没玩过这款玩具。

制作一把弹弓，首先需要准备一个"Y"形弓架。制作弓架的材料不难找，但要十全十美却有些难。我们遍寻油茶地，也很难找到合适的枝杈，不是杈口不对称，就是手柄太弯。有一种叫杜荆的常见灌木，它的树枝挺适合做弓架，孩子用小刀即可砍下制作，不过杜荆枝条质地松软，强度不足，用久容易折断。

铁线的出现在一定程度上解决了我们的难题。

有了弓架，还得准备两根橡皮筋做弹射带。我们当时没有橡皮筋，只能找来拖拉机或自行车的内胎，切割出一条条橡胶带，绑在皮质弹囊和弓架上。后来我们发现自行车气门上的橡胶管具有非常好的弹性，于是几个伙伴相约步行去县城，到街上四处寻觅，买来橡胶管制作弹射带。

弹囊一般有两种来源，要么是从烂皮鞋上剪裁下来的鞋面，要么是自行车坐垫上的人造皮。实在没有材料还可以用解放鞋鞋面的布料代替。

子弹方面，选用指头大小的小石子就可以了。

现在市面上的弹弓玩具的材质已经十分完善，骨架是高强度的钢质材料，有专用的橡皮筋和牛皮弹囊，子弹为钢珠。

# Z

因为木架弹弓的杀伤力比竹制弓箭要强，童年时，我们经常使用它射击麻雀，到山里打野鸡，甚至到河边去射击跃出水面的鱼仔，路上遇见四脚蛇也用它来对付。最有乐趣的是去放牛时，射击站在牛背上的鸟雀，如果遇上挂在高处的目标，如柚子、柿子等水果，或者大树上的马蜂窝，我们也会下意识地拿出弹弓来。

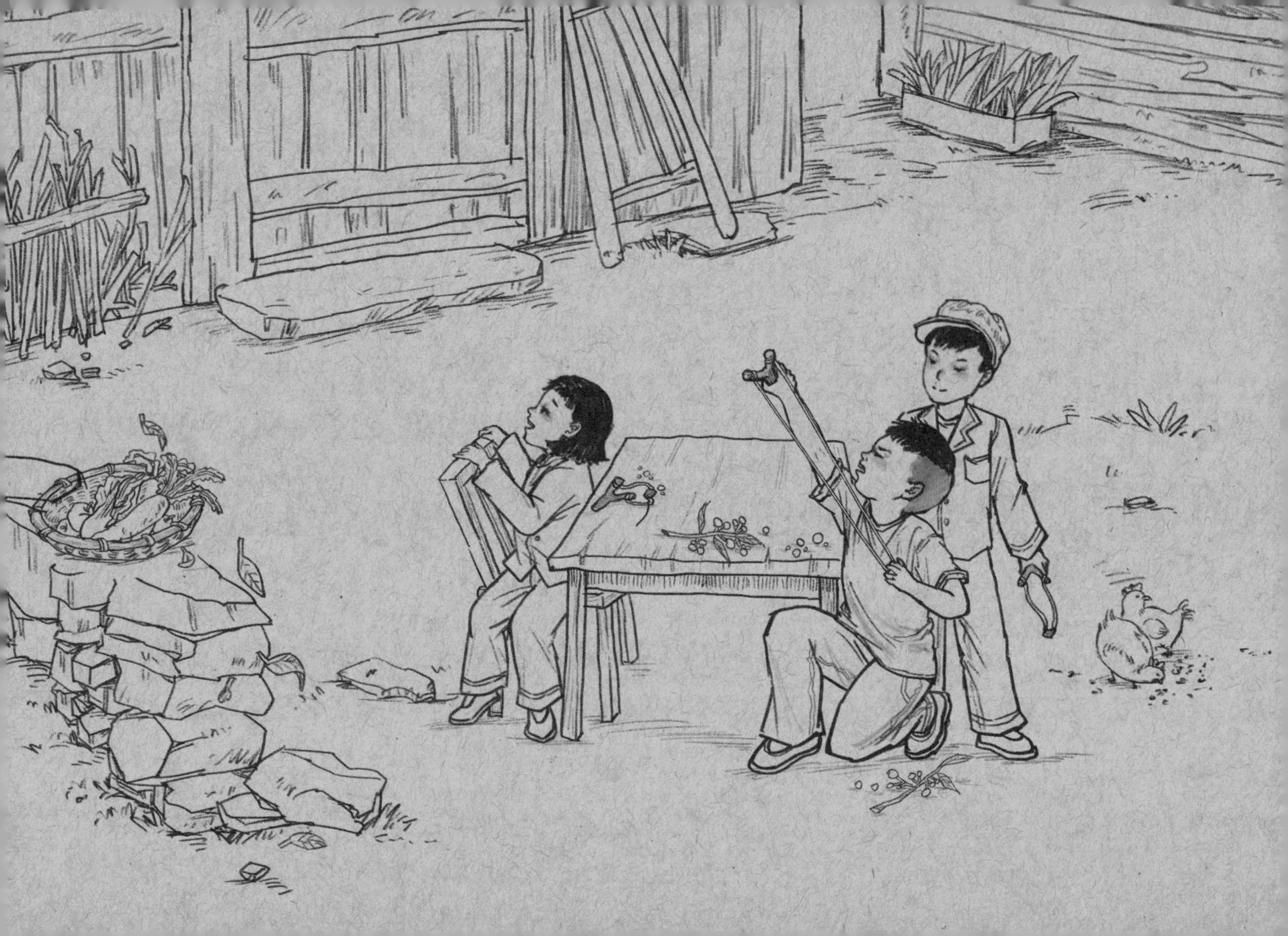

有一年我们学会了骑自行车，一群小伙伴沿着林溪河往寨尾侗族的方向骑行，快接近侗族的村寨时——也就是现在程阳八寨景区附近的林地，突然遭到从山上飞来小石子的攻击。

经过"侦查"我们发现，原来是一群看护果园的侗家孩子在对我们发出警告。

二十世纪八十年代末九十年代初，林溪河流域上下游之间的汉族、侗族村寨除了凤毛麟角的通婚个例，很少有民间往来，普通民众彼此不太了解，特别对于林地边界问题很敏感，大家颇有戒心。在这种情况下，我们的闯入被视为冒犯。

"来而不往非礼也"，我们受到"攻击"后，直接跳下车，躲进山脚马路边的排水沟，捡起路基碎石，纷纷掏出弹弓予以"还击"，与隐藏在远处的侗家小伙伴对打。一时间，场面就像战场上的枪林弹雨，年幼的我们以为大难临头，有的伙伴甚至惊慌得哇哇大哭起来，有一个伙伴不小心额头被打出了一个包。后来，不知从哪里响了一声鸟枪声，大家才以"好汉不吃眼前亏"的心态屁滚尿流地离开了"战场"。

几年后，我去县城读高中，认识了许多从林溪河上游来读书的侗族同学。后来我们回想起儿时的往事，大家都不胜唏嘘，觉得过去一些民间的误会，皆由经济文化发展滞后造成的隔阂而来，而我们小孩子的

"战争"纯属过家家，可作为地方民族同胞交往、交流、交融进步过程的一个历史注脚。

经过数十年的发展，如今蜿蜒的林溪河以及河边公路，已经成为我们汉族、侗族之间的经济文化纽带，大家歌酒相聚、亲密无间，在文化上取长补短、团结协作、互通有无，不再有地域之分。

# 火柴枪

## 1

火柴枪的发明离不开火柴。火柴是点亮我们童年世界的一盏灯。现在，这盏灯差不多已经熄灭了。

二十世纪八九十年代，我们还称火柴为洋火。凡冠以"洋"字开头的日用品，其称谓基本上是鸦片战争以后发明的词汇，如香皂叫洋碱、水泥叫洋灰、蜡烛叫洋蜡等。那苍蝇一样大小的火柴头，对普通老百姓而言弥足珍贵。它让人们告别了传统的火石、火镰等取火方式，也能让人在寒冷黑暗的野外走得更远：手上有了火种，就有了远行的自信。

千百年来，桂北山民已经养成夜不闭户、户不灭火的习俗。人们日复一日地劳作，晚上烧柴做饭，上床休息之前，都会把尚未熄灭的炭火颗粒埋进火塘的灰烬里，保留火种，以待次日循环使用。

第二天清晨，早起的家人会用火钳扒开灰烬，将一些易燃的干细树枝或是干燥草叶盖在通红的火种上，用嘴巴或吹火筒轻轻一吹，就能得到燃烧的火苗。屋内暖和的火塘和屋顶上的袅袅炊烟，很好地诠释了薪火相传这个词语的本初意义。

正由于火塘难以随身带走，人们无论外出多远，总想着回家，因为家里有火，有温暖。人们互相串门，打招呼，不问天气，不问身体，而是说"去你家烤火咯"。而一家人有几个兄弟成家了,需要分开居住,老家话称为"分灶",因为重新开设一个火塘和灶炉,是件很大的事情,寓意人丁兴旺,香火不绝。

自从有了火柴,以及后面的煤油打火机、天然气打火机,人们就可大胆地"离家出走"了。传统的那一塘火种不再是家庭权力和权威的象征,小小的火柴让人拥有了用火的自由与民主。我们读小学时,花一两毛钱就可以在供销社买到梧州产的舞龙牌火柴。我们拿着这小小一盒火柴到山里烤红薯、烤鱼、熏老鼠洞,全然忘记还有个家在等着我们回去。

在封闭落后的小山寨,不知是谁用火柴做弹药开了第一枪。

---

Z

"啪——"

清脆响亮,十分挠耳朵,把我们的好奇心给撩拨起来了。电影电视里的手枪也是这种声音啊,怎样造出一模一样的东西来呢?电影《平原游击队》里面李向阳两手拿驳壳枪进击敌人的英勇画面,《小兵张嘎》中张嘎掏出手枪俘获日本鬼子和汉奸的帅气动作,令人好生羡慕。

比我们年纪大五六岁的阿德哥、阿八哥、阿金哥拥有火柴枪,却不给我们看,说小屁孩看了危险。他们仨是形影不离的好伙伴,经常一起去打鱼捉虾,找蜂抓蛇,换钱买录音机学唱歌,是我们仰慕的对象。阿忠是阿德哥的亲弟弟,阿安是阿金哥的亲弟弟,他们俩知道火柴枪藏在哪里。等哥哥们不在家了,我们就叫阿忠阿安去把火柴枪偷出来,大家跑到河边竹丛中悄悄观察学习研究。

经过研究,我们发现火柴枪的部件非常简单,主要由枪架、枪管、橡皮筋、击针和扳机构成。其中枪架、击针和扳机,纯属铁线制作,橡皮筋来自轮胎的内胎,这几样材料容易弄到手,难搞的是枪管,不过也不是没有办法。

我们几个伙伴很快进行分工,阿安去找橡皮筋,阿忠去找铁线,阿江负责找门板的合页,我负责找自行车轮辐的连接垫帽。

传统木门的门板合页和自行车轮辐连接垫帽,是制作枪管的关键。因为我爷爷有一辆年纪比我父亲还大的二八大杠自行车,所以在他的专用工具箱里，可以轻易找到垫帽，但是想要门板合页就有点难了。传统木屋，一扇木门往往在上下两处各安装一个蝴蝶翅膀似的铁质合页，一用就是十几年，很少有哪家备有多余的，除非把家里的木门给拆掉。

阿江还算聪明，没有去拆他们家木门，而是把破坏降到最低——跑去他们家菜园，把园门上的一个合页给卸了。

材料齐全，剩下来就是加工制作了，我们找来锤子、铁钳开始生产这令人激动的武器。这是我们几个孩子从"冷兵器"迈向"热兵器"的第一次尝试，每个人裤兜里头都藏着一盒火柴，等待着未来的枪响。

阿忠从他们家猪栏的木栅栏上剪出一根大约两米长的铁线，用铁钳将其折成手枪的形状，在手柄上方留出一公分卡头备用；阿江把合页拆开成两片，用其中两端有管中间隔缺的一片给阿忠绑在枪管处，阿忠再把我提供的垫帽敲进合页末端的管壁内侧，作为填装"弹药"的子弹头；阿安已经按尺寸加工好扳机弯钩和有圆扣的击针，阿忠把它们组装上枪，最后把橡皮筋对折，一端绑在枪管下方，"U"形一端勾住击针凸起部，一起拉至手柄上方的扳机卡头，完成上膛。

"咔！"

阿忠放了一枪空枪。

我们每个人都试了一下，难以抑制内心的激动。

大家好像很害怕太阳马上下山似的，急不可耐地用指甲或者小刀，将火柴头上的那一丁点黑色易燃物刮下来，我们叫它"药头"。

"别刮成碎粉哦！刮成两半就得了！"阿忠提醒我们，"不然打不响！"

我们如法照办，很快准备了充足的药头。阿忠认真地将药头填进细细的枪管，压了又压，把它压实，然后再取出一根完整的火柴，把火柴头从枪眼的位置反向塞进来，顶住前面填装的药头。

试枪是激动人心的历史时刻，我们四个人用石头剪子布的方式来选择开第一枪的权利。结果阿江胜出。他拿起火柴枪，学着小兵张嘎的样子，双手直直地伸向胸前，眯住一边眼睛，朝着菜园篱笆上一个大南瓜开了一枪。"啪"的一声，新枪不仅打响了，枪口还冒出一团火，随之是一缕漂亮的白色烟雾。阿江嘬起嘴唇，装模作样地吹了吹枪口。

我们拥上去看南瓜，只见南瓜皮上稳稳地插着一根火柴梗。

实验成功了。那种兴奋真是无以言表，是弹弓和木刀竹剑无法给予的。我

们觉得火药燃烧的味道太香了。

　　第一把枪制作成功,接着就做第二第三第四把,在一个星期里,我们四个伙伴很快人手一把火柴枪。

# 3

　　《游击队歌》唱道:"没有枪,没有炮,敌人给我们造。"我们灵活运用到现实中。我们拿着枪在比我们小的孩子们面前招摇炫耀,哪个想要玩一把、打一两枪,得用半盒火柴交换。有的小弟弟小侄仔手痒难耐,从家里搞来火柴跟我们交换。他们想要我们帮忙制作火柴枪,我们自以为掌握了先进技术,也学得哥哥们的做法——危险玩具,严格保密,没有满足他们的愿望。

　　后来终于有大人发现我们在偷偷制作玩耍火柴枪,意识到万一打到人后果不堪设想,就把我们的宝贝通通收缴了。不仅如此,我们几个都挨了惩罚。阿江家菜园的木门已经没有了活页,牛闯进去糟蹋了青菜,他父亲直接把他绑在家里的木柱子上打了一顿,又饿了一顿饭;阿忠家的母猪发情翘栏,轻易就冲出了栅栏到处乱窜,他当然少不了吃鞭子;阿安被罚跪搓衣板;我最轻,罚挑一个星期水。

即便这样，也断不了我们开发"武器"的热情。反正合页是不能再用了，我们又从阿八哥那里看到了新式的枪管，居然采用自行车链条制作。

于是我们去寨子前的垃圾堆里找了一根废弃的链条，拿锤子和石头把链轴、滚圈、链板分别拆下，用十颗链板叠加连接成枪管，固定好，再塞进一颗自行车辐轴垫帽。这种厚重的枪管比合页枪管更加沉，拿起来手感很带劲。

只是我们不能再随便去人多的地方放枪，因为寨子里东游西荡的人不少，到处都是父母的"耳目"。

到野外去，却总也找不到合适的目标。刚开始以青蛙和蜻蜓为射击对象，还有点意思，但是那太费劲，怎么也打不中。

后来去河滩野地打放养的猪牛和鸡鸭，却如隔靴搔痒，火柴梗子弹的威力根本不够用，落在这些牲畜身上立马被弹回来，那动静只会吓跑它们。

打人是禁忌，万万不可。好不容易等到了冬天，山上的草木枯萎，飞禽走兽四处找窝，是打猎的好季节，这时，我们的风向标——阿德哥他们，又升级了火柴枪——玩具砂枪。

有一次在偏僻的地方，他们试枪时暴露了行踪。我们于是故技重施，去找来他们的枪研究仿制，去哪里购买引信我们也已打探清楚，听说就在县城国营电影院旁边的楼梯底下有一家杂货摊有售，包括火药和铁砂，但是去哪里找子弹壳，大家犯了难。

后来我突然想起，前两年去外婆家时，在舅舅的房间抽屉里看见过有一两颗子弹壳，于是跟大家相约说，过大年，正月初二去外婆家走亲戚时，再带子弹壳回来。大家于是就准备好其他的材料，等着过年，等着我的好消息。

然而这一等，时代变了，国家下政策，公安局的宣传车在公路上来回大广播，全面收缴藏在农村里的枪支，私藏鸟枪猎枪、制作砂枪都成了违法行为。街上，售卖火药和鸟枪引信的生意也没人做了。

当我从舅舅家拿到子弹壳，伙伴们已经放弃做砂枪的幻想。还有一个学期就小学毕业，大家有了新的打算。

# 1

## 挖地雷

　　这项游戏的名称挺生猛，实际上与火药和爆炸无关。它与拇指陀螺一样，微不足道，却意义非凡。一处小沙堆，一撮碎泥，一根细细的线索，就可以让小孩子玩上半天。

　　所谓"地雷"，可以是一颗小石子，一颗果核，一枚硬币或者小瓶盖，甚至是一颗小纽扣。凡是能够被人事先埋进沙地的东西，就叫作地雷。

　　我们把地雷绑在线索的一头，另一头可以无限延长，但是通常一两尺就够了。细细的线索有点像时间，像思念，像爱和仇恨的记忆，可长可短，只要没有断裂，一旦被人拉扯，就会"引爆"地雷。

　　游戏开始前，两个，或三五个孩子凑到一起，由一个人扮演八路军，其余的人扮演日本鬼子。八路军和日本鬼子，我们用石头剪子布选出。选出以后，几个日本鬼子转身背对八路军，眯着眼睛等待他埋地雷。

　　八路军会找来一根树枝，如果没有树枝就用手指头，在沙堆上先挖出一个小坑，将准备好的地雷埋进去，然后以地雷为中心，向任意一个方向划一条弯弯曲曲的沟槽，把连接地雷的线索小心放进槽沟里去，只在另外一个地方露出线头。

　　布设地雷的工作告一段落，接下来就是伪装。

伪装工作最为关键，事关胜负结局，所以每个孩子都很重视，尽己所能、千方百计地把地雷和线索隐藏起来，希望做到天衣无缝。

伪装的第一道工序是把地雷掩埋好。地雷所在位置，可以是平坦的，凹陷的，也可以是鼓起来的，一切以迷惑人为旨归；然后抓一把细沙，像做沙漏一样，让沙子从拳头底部的掌纹缝隙落下，逐步覆盖沟槽里的线索。这个过程，也像冬天的落雪盖住乡间小路。

这样一来，无论是地雷还是线索，均已被隐藏到地面以下了，除了那一截不足寸长的线头。

但这样显然还不够，八路军的工作还露出明显的痕迹，需要用更细小的树枝，在痕迹凸出的细沙表面刮来拨去，务必让地雷所在的坑和线索走过的槽在表面上看起来没有人为开挖过的痕迹。

接下来进行伪装的第二道工序。

地表本来有些脏乱，为了让现场看起来更加自然，八路军需要找来一些枯枝败叶，一些无关的小石子和碎屑，甚至死去的蚂蚁和昆虫，以及误导人的小线头，撒在地雷和线索的上面和周边，如果有必要还可以吐一口唾液，踩上一脚。

一切看起来都非常自然了，我们估计连世界上最好的警犬，也搞不清地雷和线索的实际位置，而这，只有八路军心知肚明。

已经等待许久的日本鬼子有些不耐烦,问八路军,得了吗?

八路军说,还没得,再等一下。

原本蹲在沙地上认真工作的八路军,这时站起来,左看看,右看看,总觉得不够满意,似乎还有一些蛛丝马迹。于是他做了最后的努力,用瓦片从身边触手可及的一堆死灰里,舀出一些草灰,放在地雷上空,轻轻一吹。

随着尘埃落定,一切准备就绪。

## Z

该轮到日本鬼子出场了。

一个,或两三个日本鬼子,转过身来,面对一片看起来并无任何异常的空地,头都大了。他或者他们,必须在有限的时间里找到地雷的位置并把它挖出来,否则他们将被八路军炸得"粉身碎骨"。

八路军有点得意地站在一旁,开始数数,数到六十,有时双方也约定数到一百,时间一到,只要日本鬼子还没发现目标,八路军就可以抓住线头,拉动线索引爆地雷,将对方炸得"人仰马翻"。

但日本鬼子也不是吃素的。他们十分狡猾,从那一节线头的位置开始，用小手轻轻推动他们的小战车或者小坦克——我们在游戏中规定，日本鬼子以"机械化"方式行进，使用的战车和坦克，由一个方形小木块或者一块小瓦片代替，大小相当于一块臭豆腐——它们走走停停，有时像一只迷路的屎壳郎，远离八路军的埋伏圈，有时又像一只训练有素的猎狗直奔目标，看得八路军的心蹦蹦跳。

　　倒计时还在继续，但时间不多了。

　　可别小看从地雷到线头之间这段短短的距离，这段距离是那么隐秘而漫长。线头就像一棵小草的嫩芽，可是小草的根须在哪里，走向怎样，地雷会在嫩芽的哪个方向，一切都是未知数，一切都因为八路军高超的伪装术而显得扑朔迷离。

　　"二十，二十一，二十二……"

　　六神无主的日本鬼子明显有些焦躁，额头开始冒汗，不断调整他们蹲在地上的姿势，挪动他们的小脚丫，甚至把脸贴近地面，仔细观察和辨别每一颗沙子和灰尘。

八路军同样感到忐忑不安，因为日本鬼子的鼻子，刚才似乎已经接近了埋设地雷位置。一旦他们发现了目标，可不是闹着玩。

不得不说，虽然我们小时候玩的这种挖地雷游戏名不见经传，在成年人看来可能索然无味，但是对于初涉人间的小孩而言，却有不少益智作用。至少有三点吸引人的地方。首先，毫无疑问，为了达到身份转换的目的，这项游戏可以循环玩下去。其次，无论是伪装的一方还是侦查的一方，游戏结局的悬念能够让他们高度集中注意力。再次，紧张的游戏，能够促进幼童的心理和智力发育。

## 3

游戏中，日本鬼的坦克在前进，必然存在两种结局。要么及时发现地雷解除危机，赢得转换身份的机会，要么时间一到，任务没完成，八路军就可以拉动线索引爆地雷，然后重复新一轮游戏。

表面上看，挖地雷游戏好像是《地雷战》一类影视作品直接影响下的产物，事实也是如此。

我们都知道，二十世纪五六十年代，农村地区的文盲很多，精神消费品极其缺乏，而桂北山区尤甚。露天电影的出现及时填补了需求，任何一部电影，都可能迅速在十里八乡炸开锅，俘获人心，引领风尚。

此后八九十年代，电视机陆续在农村出现，而我国的文化产品依然不多，于是那些著名的老电影，包括新出的电视剧，播了又播，放了又放，从黑白到彩色，轮番轰炸。完全处于知识劣势、信息末端的山区农民，面对现代光学影像传送的文化内容，像吸收养分一样全盘接受。以致人们在梦中都能想起每一帧电影画面，醒来可以将每一句台词倒背如流。而我们这些农村孩子，在个性心理、行为习惯上必然深受浸染，并转化成一个又一个日常游戏。

但幼童并非木偶，他们天生神"肾"，可以过滤掉文化产品中的一些时效性内容，提纯出专属于童年社会的快乐因子。成人社会的故事和价值逻辑，通过游戏方式的演绎、转译，慢慢在儿童手上完成历史性解构。

可不是吗？无论是十三世纪的震天雷，还是十六世纪的火雷，或者是二十世纪的地雷，这些威力无敌的战争武器，在我们这，都变成了藏宝和寻宝探险的游戏，只不过叙事语言的外壳还没有完全脱落。

# 竹节人

## 1

正月里的一天，小舅挑一担糍粑来到我家走亲戚。他的大姐，也就是我母亲，杀了一只老母鸡接待她亲弟。四方形火塘边上，父亲下厨炒菜、温酒，另一边，小舅静静看着我玩耍。

风很大很冷，撞击着关闭的木门，从门缝里钻进来。父亲被木柴的烟火熏呛，叫我去把门打开，透透气。我准备起身，这时母亲刚好提一篮湿漉漉的青菜回来，就顺手把门推开，用一根扁担顶住。岁末年关，大人之间说什么话，我不记得了，只记得那时我家很穷，既没有黑白电视机，也没有什么新鲜的玩具。我拿一块木炭在木地板上写写画画，最后不知道画什么好，就叫小舅教我画一个人，然而他说不会。

"那你会做什么呢？"

"等下吃完饭，我给你做一个'人'吧。"

"怎么做'人'呢？"

"等下吃完饭你就懂了。"小舅虽然看起来很木讷，说出来的话却很神秘。大人们又说了一些话，我现在还是记不得。只记得当时的我们已经饿得不行，等着饭菜上桌。

那年月，我们一年到头只能吃上三五餐肉。

吃完了饭，小舅问我刀在哪里。我问他要刀做什么，他说你拿一张旧板凳过来就知道了。我越发觉得小舅是个奇怪的人，肯定会做出奇怪的事，而我是一个喜欢怪事的人，于是就走去堂屋找旧板凳。

　　那时我家木屋很小，却住着不少人。父亲三兄弟，祖父只给他们留下一栋木屋，兄弟三人分家，一家住一面，剩下一面做公共的堂屋和对外的窗户，窗户旁边有楼梯下楼。楼梯旁有扫把、木撮斗和旧板凳。旧板凳也是祖父年轻时候做的，因为只有五个，不好三家均分，就放在楼梯那里公用。

　　我出去拿板凳时，父母亲和小舅在嘀嘀咕咕说话，他们已经很久没见面了。

　　风仍然很大，居然把扁担吹翻，把木门合上了。

　　我拿到板凳以后，并不急着回厨房打断他们谈话，而是把板凳放到堂屋的香火台下面垫脚，伸手去取插在墙上的一根野鸡毛。

　　那根野鸡毛，是小舅在去年腊月送给我的，我想告诉他我没扔掉。

---

# 2

　　母亲有两个弟弟，一个妹妹。她的妹妹排行老四，也就是我的姨母，在母亲出嫁的第二年也嫁出去了。

我的大舅人长得高帅，年轻时与我父亲去县城附近的河里淘金，后来遇见城郊一个菜农的女儿，他接过她的担子，或者她把担子交给他，两人一起卖青菜，挣下人生第一桶金后，改行卖鸡鸭，在县城结婚定居下来，完成了城乡移民。

　　小舅排行老三，个子矮，不善言谈，但是身体壮实，留在家务农，照顾外公外婆。平日里，他除了种田耕地，业余时间都放山里面了。那些草丛中的野鸡、斑鸠、黄鼠狼等，钻进小舅设置的竹夹和套绳，来到家里做了腊肉，跟外婆种的辣椒一起被炒熟，成为我外公的下酒菜。

　　外公喝下许多米酒，让自己的脸一年四季保持通红。有一年他不知出于什么缘故，居然吃下一包老鼠药，把自己交给了老天。小舅在村里学校的后厨找到他时，还以为他喝高睡着了。

　　那时我还在读小学一年级，尚未放寒假，不知道世界上发生什么大事，只知道母亲哭得很厉害。她辛辛苦苦养的一头大母猪，连夜被宰，天亮以后抬去娘家奔丧。因外公离世的方式不平常，父亲也没有带我去参加葬礼。春节过后不久，也就是我年满八岁时，我们文墩寨重新划分田地，父亲分得了几块。我家连续八年青黄不接，现在终于有了"接"的机会，父母更忙了，无暇顾及舅家的事。直到年尾，我才有机会去一次外婆家。

年尾，母亲带我步行两个小时去外婆家。外婆家在县城另一边的一个山坡上，山坡下是一片稻田，稻田前面是一条弯弯的小溪，公路沿着小溪通往柳州。

我很期待看见小舅，因为我很小的时候去外婆家总是他陪我玩。现在已有两三年不见他，十分想念，可是我找遍了屋子，小舅却连个影都没有。准备做晚饭了，外婆叫母亲去挑水，泉水在小溪边，我也闹着跟去。来到小溪边，发现有一个人全身泡在水潭边的竹枝下，两只脚掌"啪啪啪啪"踢出水面，吓得我哇哇大叫拔腿就跑。

母亲把我喊住，说没事，我回过头去，远远地只见那人从水里站起来，裤腰带里挂着一串明晃晃的鱼，手上还抓着一条挣扎的大鲶鱼。当他摘掉潜水镜，把脸上的长发往后一甩，我才认出是小舅。原来他一直在拿自制的鱼枪潜水打鱼。

晚餐的鱼很香，用茶油煎的鱼特别香。

第二天，小舅带我一起去山上，查看他在油茶地里布设的索套、竹夹。竹夹用来装走兽，索套用来吊飞禽。小舅是把弄绳子和竹子的高手，那天，我们把好几只斑鸠和一只长毛野鸡收入囊中。

又住了一宿，第三天返程时，舅舅送了一根野鸡毛给我做礼物。

# 3

　　小舅看到我拿来野鸡毛，只微微一笑。

　　柴刀已经在他手上。

　　小舅挪了挪位置，把旧板凳翻过来放到火塘边缘的青石上，伸手从墙角柴堆里拉出一根带泥土痕迹的干黄色青竹。家乡多竹，尤其是青竹，这一根是育秧用的青竹架子，已经不能用了。柴堆旁木板墙上有一条抹布，小舅扯下抹布，把竹子抹干净，然后放到旧板凳上，开始动刀。

　　像所有用刀娴熟的农民一样，小舅三下五除二，就把一根长约两米，手指头粗细的竹子截成四节。这回，他把板凳翻过来摆正，拿起一节架到凳子坐面上，双手捏住柴刀背，用刀刃横压竹子，像擀面条一样，滚来滚去。不一会儿工夫，滚出了十几节长短不一的小竹管，拿起竹管在刀刃上"哗啦"几下削平。

　　接着，他又把其中一根竹管分成挖耳勺那么小的竹片，用随身携带的小刀，将两片竹片修理成关公青龙偃月刀的模样。

　　配件已经齐全，小舅用抹布把小板凳上的竹屑抹干净，将十几根竹节摆上来，摆成一个人形，看上去像一个腰杆很长的"大"字。

我开始有些兴奋了，问他："阿舅，那关公大刀怎么办？"

他说："有办法，我有绳子。"

小舅侧身把一条腿伸直，伸手进裤子口袋里，掏了一阵子，掏出一根绳子，然后把腿收起来。这种绳子我认得，是他在山上装索套捕猎斑鸠用的绳子，又细又韧，很难扯断。一根绳子有两头，一头一把，刚好绑住两把"青龙偃月刀"，他左手平齐捏住两把刀，伸出右手食指，穿过绳套一拉，得出两根一样长的绳子，然后用小刀将其割断。接下来，他把那些竹管一节一节地串到绳子上，最后抓住两根绳头打结系紧，往上一提，就像提起一只牛蛙。

一个软绵绵的竹节人做成了。

我问小舅："这个人能站起来吗？"

他说能。他移步饭桌，将竹节人摆到桌沿。那时农家饭桌均为木板拼接，年久开裂，有条条缝隙。小舅把绳子塞进缝隙里，两手伸进桌底，用力一拉，那竹节竟神奇般站立起来。

"可以吧？"

257

"哈！真好玩！"我乐得连连鼓掌，想伸手去试，小舅却对我说不急，还要加工加工。

　　他先将竹节人头部竹管削扁，削成一顶帽子模样，在帽子下再横竖刻上几道线，分别刻成斜的眉毛、直的鼻子和长的胡须，又在胡须上方雕出嘴，在眉毛下方切出一对眼睛，然后从我拿来的野鸡毛上捻出两撮插上竹节人的后肩。

　　放手掌上乍看，简直一活脱脱的关公！

## 4

　　竹节人，可谓我童年时少有的桌面玩具。

　　作为玩偶，受木桌条件所限，它只能在缝隙中走。但只需用手在桌底拉扯绳索，它就不会倒下，拉得越紧，站得越稳，手稍一放松，便成颤巍巍的不倒翁，或者醉关公拖刀。两根绳子一紧一松，交叉移动，竹节人的上身便可做出各种格斗动作，同时转身前进。

　　我把小舅做的竹节人当宝贝，放进书包里带去学校。学校书桌的裂缝更大，我把它拿出来展示，同学们都十分好奇、羡慕。后来几乎一夜之间，同伴们似乎患上"传染病"似的，人人手里都有一个竹节人了。

课间十分钟，男生的桌面瞬间站满了竹节人，大家一起把手伸进桌底，让竹节人在桌面厮杀决斗，我们给自己的竹节人取上名字，像配音演员一样配上各种战斗声响以及对话。什么"放马过来"，什么"大战三百回合"，什么"爷我不客气了"，什么"你往哪里走，且看刀"……我们觉得小人书上那些故事全部活了起来，生动了起来。

　　书桌木板的裂缝并没有因此变得更大，也没有变得更小。寂静的乡村夜晚，流水潺潺，流向山外的世界。山外的世界正在悄然发生变化，二十里外的县城，见多识广的老板已经在装修他未来的电子游戏厅，万里之外的上海北京，人们已经用上电子计算机。

　　我的母亲还梳着电影《刘三姐》在六十年代的发型。

　　她老念叨小舅该找一个媳妇。

小舅比我大十四五岁，在当时的乡下已经算大龄青年。外婆日趋年迈，如若他还找不到合适的对象，恐将是外婆终生的遗憾。

　　后来我去上了中学，又上了大学，很多年没有见到小舅。听说他去广东那边打工，失踪了，连续七八年联系不上。外婆孤苦伶仃，被大舅接去县城住，因为思念小舅，时常以泪洗面，又因年岁日增，外婆视力日渐模糊。小舅真那么铁石心肠吗？当村里人都以为他要么上门做别人的女婿得了荣华富贵，要么横死街头人间蒸发时，他居然打探到我的工作单位，忽有一天给我打电话说他人在广东，准备来看我。

　　我立即将这一消息告诉父母亲，他们都很意外，流泪。

　　我去火车站接小舅，相隔整整十年了，他的身材还是那样矮小健硕，但是头发已经稀疏，穿一件宽大的西装，套着披风，步履沉稳，很像日本黑帮电影里的北野武。

　　我问他在外面的经历，他闭口不答，只是叫我要好好工作，孝顺父母。他说是因为担心无法再见到外婆才决定回来的。那天晚上我们睡在一张床上，我跟他讲我工作的情况，但他不说他的故事。

　　再后来，我每年春节返乡，都去看小舅，他在县城帮助大舅杀鸡杀鸭洗鸭毛，每天早中晚喝二两米酒，过上了平平凡凡的生活，遗憾的是，他一直没有找到合适的结婚对象。

又过了五六年，外婆去世，我换城市工作，接着父亲去世，我把母亲接到身边照顾孩子，因为忙，难有时间回去看望小舅。直到有一天，记得是腊月，姨母忽然来电通知我说，你小舅不在了，大舅他们在河里找到的尸体，死因不详……我担心母亲听到噩耗难过，瞒了两天才告诉她。她听说后，不断哀叹、流泪，然后哭着对我说，随他去吧，他这辈子太命苦了。

我于是想起那年正月，小舅一人挑着两篮沉甸甸的糍粑来我家，又挑着沉甸甸的篮子离去。

篮子上，是我母亲送给他的布鞋和一些垫篮的糖果，以及留作育种的鸡蛋、鸭蛋。

他走过小木桥，走上河边的公路，头也不回向前走去。我和母亲远远望着他的身影，消失在路的尽头。

小舅横着扁担走路的样子，很像他给我做的那个竹节人。

# 鸡毛毽

## 1

母亲来城里和我们居住，转眼间已近十年，我的两个女儿一个十岁、一个六岁，都有赖于她帮忙带大。

但母亲既不识字，又不会讲普通话，而且耳朵听力不好，我们都担心她跟孩子交流不畅，不适应城里的生活。谁知在这十年间，孩子们居然跟她学会了一口老家方言。祖孙三人在一起均以方言沟通，有客人来时，孩子还能充当翻译。

这不能不令我倍感欣慰。

更令我意外的是，有一次出差刚回到家，小女儿兴冲冲地双手捧着一个东西给我看，神秘兮兮地问："爸爸，你看这是什么东西？猜猜！"大女儿也一脸兴奋地凑过来看我的反应和表情。

我乍一看，是团毛茸茸的东西，却与以往我们买给她的玩具完全不同，接过来再看，原来是我儿时常见的塑料膜毽子。

"这是毽子，爸爸小时候的玩具，你们怎会有呢？"我既已认出那是什么东西，也马上断定是母亲给她们做的，却明知故问。

孩子们果然异口同声地说猜对了，是奶奶今天给她们做的，还教她们怎么玩，并迫不及待地要向我展示游戏。

踢毽子是一项历史悠久的民间游戏。毽子在古代称为抛足戏具，据说起源于汉代，盛行于魏晋和隋唐，流传颇广，做法更多。在桂北地区，我们小时候的山寨，男女老幼都喜欢参与这项游戏，人人都会制作这种玩具。但是最近二十年，我每次回乡却难见其踪影，自己也几乎遗忘了那段玩耍的经历。原以为它已失传，现在却突然在眼前复活，怎能不感意外和惊喜？

　　我因此放下其他事情，跟孩子们一起玩耍起来。由于接触的时间不久，她们很难做出一些高难度动作，如前踢、后踢、正踢、侧踢，脚背传递等。

　　等她们玩累了，去休息之后，我偷偷打开家里的监控录像，想翻看母亲和孩子们踢毽子的情形，然而母亲在视频里并没有踢毽子。

　　她让孩子们找来废弃的塑料垃圾袋，反复折叠整齐之后，用剪刀剪出细细的塑料丝，余下未剪破的地方包上几颗硬币，紧扎起来，形成一团蓬蓬松松的头重脚轻的毽子。她先是用手掌跟孩子们拍来拍去，继而换用乒乓球拍、羽毛球拍，拉开距离，拍打起来。

　　这其实是另外一种类型的毽子的玩法了。

　　那种毽子叫鸡毛毽，可以足踢，主要用手拍，这种玩法在桂北山区流传的历史更长。

# Z

制作鸡毛毽首先要准备好一扎鸡毛。并非随便什么鸡毛都能用，而是要选用雄鸡的项羽和肩胛背羽。雄鸡爱美，体格健壮，身上的羽毛光滑亮丽，色彩斑斓，但是尾羽太长、羽轴粗硬，胸毛太短，足毛太细，翅羽太直，只有位于脖子中部和肩胛背部的羽毛，不长不短、羽轴轻细，且略有弯曲，是制作毽子的上好材料。

普通母鸡的羽毛短而不艳，乏善可陈；鸭毛鹅毛宝贵，以前农村人不舍得浪费。

年少时，寨子里家家户户养鸡养鸭，逢年过节祭祀祖宗、供奉天地诸神灵，均要鸡鸭做贡品。按农村习惯，杀猪宰牛是男人的事，处理鸡鸭等家禽一般是女人的事，因为五大三粗的男人觉得给鸡鸭拔毛非常烦琐。杀猪宰牛的场面过于残忍，胆子小的孩子不太敢靠近，只有鸡鸭被抹脖子的时候有羽毛掩盖，我们才有胆量观摩。当鸡鸭被放入热水盆浸泡准备拔毛时，我们就凑上去协助母亲。

鸡毛拔完了，母亲为奖赏孩子，特意从一盆即将扔掉的鸡毛里，挑选出一扎合适的羽毛给我们，并交代说，拿去太阳底下晒一晒，做个新的毽子玩。

羽毛已经准备好，还需要一根竹管。

竹管的大小长短略如成年人的拇指。我们把鸡毛的羽轴插进竹管，小心地不让它们脱落。羽毛的背面朝内，内面朝外，形成一个向上逐渐张开的圆圈。如果你见过未曾收割的菠萝叶，或者三岁小女孩勉强扎在头顶上的那一撮喷泉式头发，你就知道竹管鸡毛毽做成后的样子了。

竹管鸡毛毽是传统毽子的变体，不能用来踢，只能用来拍打或者抛接。几十年前的乡下农村没有什么体育用品，乒乓球在供销社和小卖铺里一球难寻，况且人们生活穷困，所有娱乐玩具几乎自制。我们孩子就发挥艰苦朴素的精神，直接用砖头，或锯断一块木板来做拍子，开展拍毽子比赛。那木拍实在粗笨简陋，如果不拍毽子，可以充当大锅饭的饭勺。

至于抛接毽子游戏，动作与壮族地区的抛绣球相似，玩家手拿毽子奋力向空中抛去，竹管的重量加上羽毛的性能，毽子可在空中划出漂亮的弧线。站在对面的人举起双手接住毽子以后，再抛过来，如此反复。

人们为了提高游戏趣味，画地为界，多人参与，以毽子落地为一局。如毽子不落地的话，大家可以从天亮玩到天黑。

# 3

制作踢打专用的鸡毛毽，不需要竹管，只需一些垫片和绳子。

垫片可以用小葫芦干壳或干楠竹笋壳制作，质地耐用有弹性。先将其剪成硬币大小，再用刀尖钻出小孔，叠起来成为一个轻重适当的圆形部件。

取三四尾上好的鸡毛扎成一束，再将四五束交叉绑紧，合成一朵花状，固定在垫片上面。

垫片加鸡毛花，拍打起来像一只凌空翻滚的飞鸟，小巧可爱。

但是这种传统的鸡毛毽，组装过程较为烦琐，年龄较小的孩子做不出来。随着材料的进步，农村出现了许多的塑料袋和塑料膜，人们就直接用塑料薄膜加工成塑料花来代替鸡毛了，具体做法就像我母亲给孩子们所展示的那样。

鸡毛毽也好，塑料花毽子也好，都可以用手拍、用脚踢，干净轻便，运动姿态优美。在我的童年时代，每天傍晚，人们收工以后、太阳落山以前这段时间，当大人们在家炒菜做饭，孩子们做完力所能及的

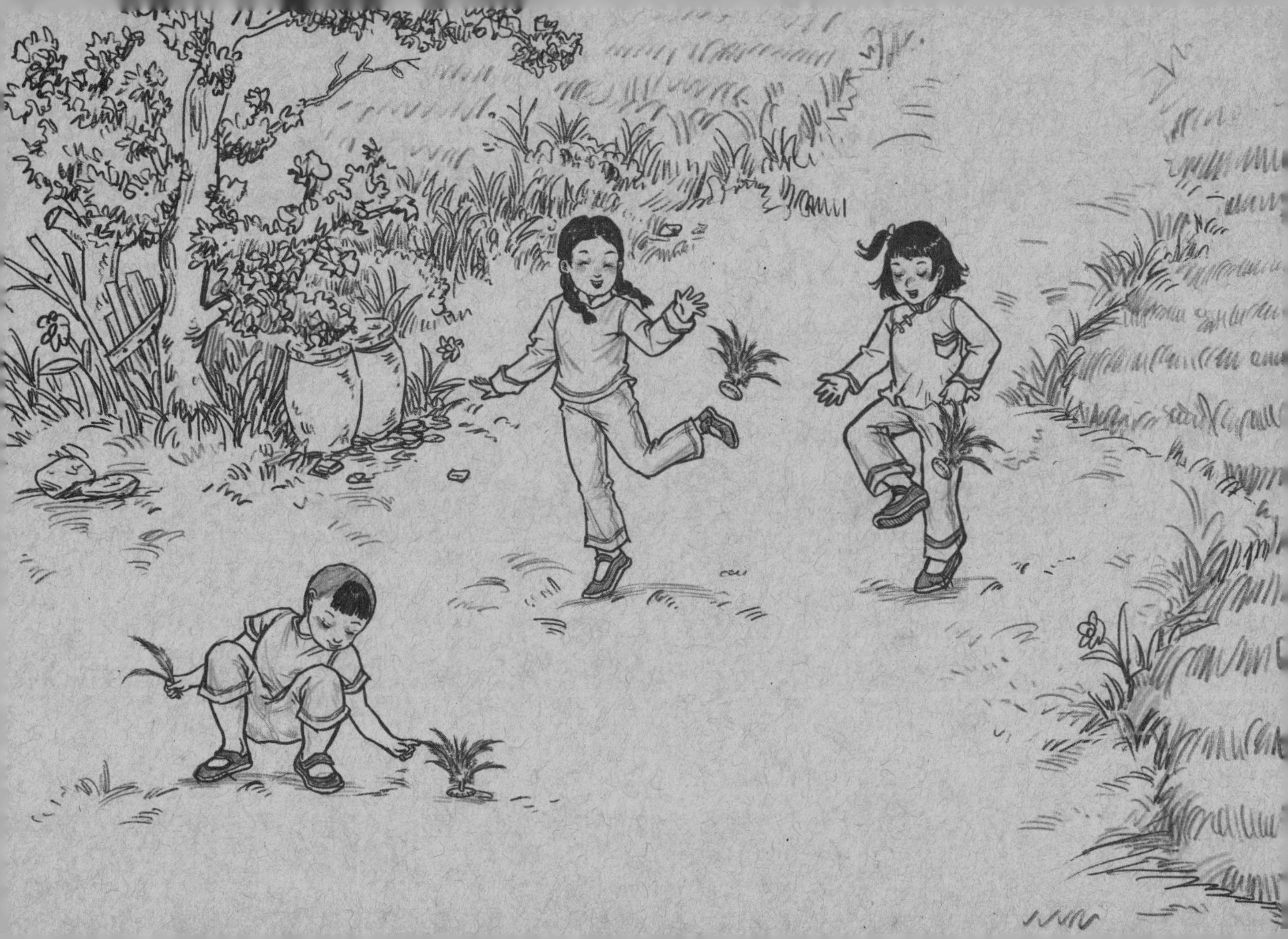

家务活后，就纷纷跑到晒谷坪和人多的空地上，进行踢毽子、抛毽子游戏，或单人练习，或多人比赛。

多人比赛时，以毽子为中心，或轮流比连续踢的次数，或像击鼓传花一样传递，谁接不住，谁就出局等待下一轮。双人游戏则你来我往互相传递，传出毽子前可以搞点花样展示技艺。

因做毽子很讲究手工，踢毽子的动作又太花哨，因此男孩子参与得比较少。那时最热衷踢毽子的是女孩子，因为这项游戏易于掌控节奏，体力消耗不大，身体对抗性不强，还可以展示心灵手巧的魅力。

我们的邻居阿花姐、阿兰姐、阿燕姐她们几个女孩子，经常聚集在一起踢毽子。空中飞花，手脚并用，肩、背、头、胸、手背、脚心，各个部位都可踢打，花样繁多，精彩程度与地球另一边的巴西小孩玩花式足球相比，恐怕有过之而无不及。

小小的毽子能给人带来许多快乐。据说在旧社会，踢毽子是一项极其热门的社交方式。男女青年聚会游玩，以鸡毛毽子为媒介增进友谊，了解对方实力。但是那盛况我们这代人已经很少看见了。

至于母亲年轻时是否十分擅长毽子交际，我不得而知。但从她在耳顺之年还能和小孙女一起玩耍的情况来看，我有理由认为她曾经是人群中的高手。

# 1 跳跩跩

阿凤姐和阿兰姐长得高瘦，也许是跳跩跩跳多了的缘故。在我的童年记忆里，只要有人在玩跳跩跩游戏，就少不了她们姐妹俩的身影。她们扎着马尾辫，斜着身，微曲双手，提起一只脚，单脚在地上跳来跳去，时停时动来来回回，总能赢得其他人的喝彩。

她们家东、西、北三面各有一块菜园，寨尾晒谷坪夹在西北两块菜园之间，与她们家房子角角相对，距离仅三四米。她们从家里大门出来，绕过北面的菜园，就能来到晒谷坪。不知是因为就近，还是跳跩跩太吸引人了，反正无论春夏秋冬严寒酷暑，还是中午傍晚人少人多，她们一有空，百分之百会出现在坪上。她们的父母也好，寨里其他人也好，在别处有事想找她们的，一问阿江你姐在哪里，阿江必答：去晒谷坪找。

阿江是她们的亲弟弟，她们分别是阿江的三姐四姐。阿江的大姐阿妹姐，在我们刚懂事时已经出嫁，二姐阿花姐，在阿江刚上小学时已外出打工。阿江比我小一个年级，我比阿兰姐又小一个年级，阿凤姐比阿兰姐高两个年级。所以当我读二年级时，经常跟他们仨手牵着手一起走路去学校。但是放学以后，我和阿江丢下书包就可以四处玩耍，做无忧无虑的孩子王，她们却得帮大人干家务，喂鸡喂鸭捡猪菜，洗衣洗菜扫地做饭，没有一样不在行。

待干完家务，天色已晚，她们再也没有多余时间去别的地方玩，只能到晒谷坪上跟尚未散场的孩子们跳几下跄跄，直到月牙挂在天边，父母从山中回来唤她们回家一起吃饭。然而她们舍不得走，还想再玩一局。大爷或大娘，也就是他们父母中的一位，就会把头伸出窗外，骂她们：

"怎那么迷，跳那个跄，跳得全寨第一名，能够得吃吗？"

然后她们就有些委屈地把自己从踉踉跄跄的单脚跳跃状态，恢复为双脚直立正常行走，并恋恋不舍地收拾脚下的石块，离开了晒谷坪。

## 2

在一些地方，跳跄跄又叫跳房子。

所谓"房子"，并非垂直建筑于地表的居所，而是画在地面上的一格格小方块，因此我们又把这项游戏称为跳格子。

文墩寨的寨头寨尾两片晒谷坪，在夏秋两季收获时节，一大早就被铺满金灿灿的稻谷，傍晚太阳将要落山时，人们将谷子收完，腾出地方来，孩子们就一拥而上占领场地。有的玩跳绳，有的滚铁环，有的骑木轮车,有的拿滑石片在地上画格子,玩起了跳跄跄的游戏。立冬以后到来年小暑这大半年时间,除了偶尔晒些木薯、花生、黄豆、芝麻之类,没有稻谷可晒,晒谷坪上更加热闹。男女老幼都喜欢聚集到这里,闲聊的闲聊,游戏的游戏,围观的围观。孩子们划定地盘,成群结队,各得其乐。

跳跄跄需要的场地不算大,横竖三五米,合起来十多平方米足矣。所画的格子一般有几种类型,主要是田字格,呈"品"或"噩"字形,以及由田字格衍生出来的米字格。大格子叫大房子,小格子叫房间。

玩法上,又分实跳和空跳两种类型。实跳脚下有石头片子,空跳无需石块,直接跳。

每个人都有自己专用的石块。我们选用的石料没有多大讲究,山上的片石或水里的鹅卵石均可,不管表面是否光滑圆润,质地是否坚固耐

用，也不管是大如南瓜，还是小如板栗，只要你有本事凭借单只脚踢它向前，并且灵活控制它的走向，都可以使用。

实跳的程序分预备赛和正式赛。

一群孩子相约比赛，把房子和房间画好之后，正式开赛前，每个人需要取得游戏资格。

大家站在房子的起始端排好队，逐一将手上的石块扔进房间中，以扔得最远而又不压线或出界者为第一名选手，往下类推确定先后顺序。如果在预备赛期间没能把石块扔进房子，或者压线，或者出格，算是违规，失去接下来的这一局游戏的资格，得等到所有人参加完比赛，另行组织一局。

等待是难熬的，看着别人玩自己却只能干等，换作哪个都不乐意，所以小伙伴们在预备赛期间个个异常认真小心，瞄准了目标，轻轻抛出石块，务求稳中取胜。有的伙伴怕丢掉游戏机会，采取十分保守的策略，直接把石块扔到距离自己最近的一间房子内，但也有艺高人胆大的，为争夺头筹尽力往远处扔。

# 3

正式比赛的时间到了。

刚才抛石块夺得头筹的人率先出场开局。

起步前,他伸出手轻轻把石块放到起始格内,然后单脚起跳,从界外跳到石块旁,略作调整,用脚尖轻轻一踢,石块便前进一格或者两三格;随后再跳到石块停顿的位置,用脚尖或脚板其他部位调整方向,继续一踢,石块进入下一个房间内。如此反复,直至将石块推到顶格,也就是房顶。

在此跳跃推进过程中,其他选手包括围观者,均不能涉足界线以内,只能站在大房子外围观察。如果出现石块压线、出格或者脚板踩线的情况,大家会立即指出来,并判定该选手淘汰出局。

顺利来到了房顶后,选手可以跳出界外,略作休息,可以有一次换脚的机会,再度跳进房间,将石块踢回至起点房间,算是完成一局。

还有一种起步的方式,不必用手放石块到起始格,而是直接用脚尖将石块从界外底线边缘,向房子内任意房间踢去,石块停在哪里,就直接单脚跳到那里,再开始常规的行进动作。

跳跳跳游戏十分考验参与者的眼力、脚力和身体的平衡能力,以及在特殊情况下运送"物资"的能力。

房子里面的房间，纵横交错的边界线，限定了人的活动范围，需要我们进行精细的操作。单脚跳跃推动石块行进过程中，既要抬头看前方目标，又要留意脚下危险，一不留神就会出错，因此大家都不敢掉以轻心。

# 4

置身格子里，有的伙伴还发明各种"脚法"推进石头。有用脚尖的，有用脚跟的，有用脚板外侧的，也有用内侧的，可以正面前进，也可侧面前进，一些高手为展示技艺，还倒着前进。

动作娴熟的人，灵活运用各种脚法和身体姿势，在各个房间自由转换，发挥自如。但有的伙伴动作笨些，不是用力过猛，就是力道不足，往往因犯规而"中道崩殂"，只能退出一旁观战。

由于这项游戏不限定石头的规格，所以每个人都有选用石头的自由。

女孩一般比较专一，只要选定一块合用的石头，就不会随便丢弃，游戏结束了，收起来带回家，留下次再用。

男孩则喜新厌旧，喜欢标新立异博取眼球。换一种说法，叫作不拘小节、勇于创新、大胆体验新事物——否则游戏对他们没有足够吸引力。

我曾见过最夸张的做法，是阿江竟然搬来一个大石头，足足有一个足球那么大，放进格子里面起步。他居然用大半个脚板撬动石头，然后用脚踝将其推走，闹得所有人都几乎笑抽了筋。

然而当其他人想去尝试阿江的玩法时，却因不得要领，把自己的脚都给踢伤了。

阿江还用过最小规模的石头，反有一颗瓜子那么大。用阿兰姐的话说，他这种做法纯属捣乱，必须驱逐出场。

男孩子恶搞的事件多了，女孩们再也不想让我们参与。如想参与，条件十分苛刻，需要我们去找三十颗柿子核来。

我们只好自己组局跳跶跶。

男生版的跳跶跶，可谓八仙过海各显神通。有的人找来砖头，有的人找来磨刀石，还有的人找来乒乓球、饭碗、酒瓶子、小板凳……简直五花八门，甚至有人拿来篮球放进格子里踢，如果没有那些格子限制，说不定大家会干脆来一场踢球比赛。

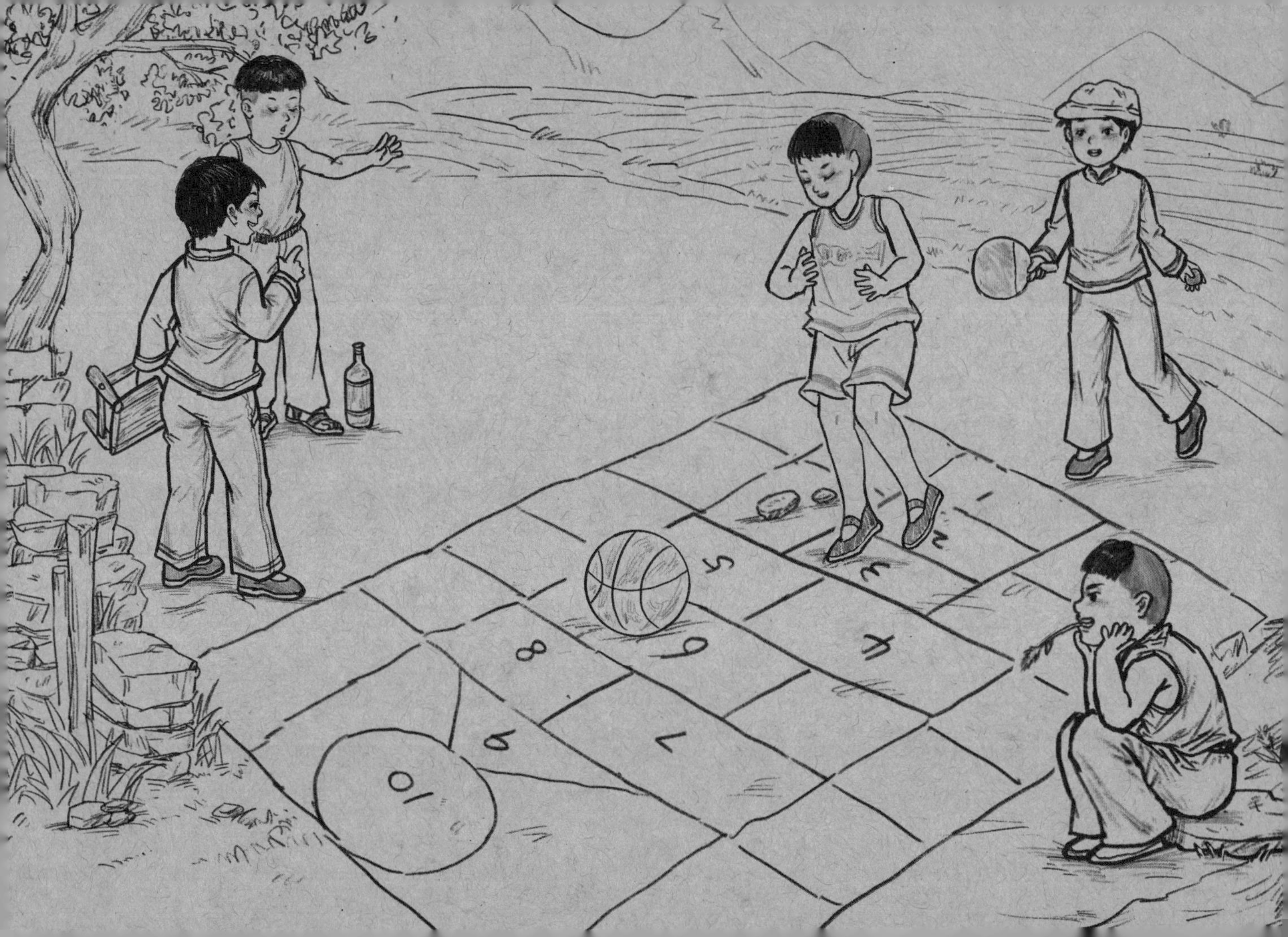

跳跶跶游戏是一种腿脚并用的运动。一蹦一跳前进，加上还要踢石块，脚掌势必与地面产生非常频繁的摩擦，所以在客观上，不仅加重了脚掌关节和肌肉的负担，而且非常磨损鞋尖，考验鞋底。

有些家境好的孩子，穿上解放鞋或者网球鞋，运动起来就比较舒服，但有些孩子穿不起解放鞋或网球鞋，只能穿母亲自制的布鞋或父亲买的廉价凉鞋去跳跶跶。

结果可想而知，布鞋和凉鞋在运动中很容易损坏。所以有的家长反对孩子穿新的布鞋和凉鞋去玩游戏，因为这些鞋子要留着走亲戚的时候穿。

那怎么办呢？爱玩是孩子的天性。为了满足天性，一些穷人家的孩子比如我们，干脆光着脚丫跳跶跶。而且在践行过程中，我们还发明了一种较为机智又不至于犯规的玩法，就是用脚趾头夹住石块向前跳。

以至于后来在夏天时，即使晒谷坪被太阳晒烤得很热，大家玩跳跶跶的时候，也都习惯不穿鞋子了。

不但不穿鞋子，大家甚至连石块也不要了，因为光着脚丫踢石块，一旦用力过猛，无异于鸡蛋碰石头，疼死人。

不穿鞋子又不要石头的跳法，叫作空跳。

但是在空跳的时候总得干些什么吧？那就念一些童谣。

记得我小时候在晒谷坪里，经常听到一些有节奏的童谣。小姐姐们一边跳一边唱，具体有哪些内容不记得了，隐约只记得几个字，叫什么"太平天国""分田分地"之类。可是当时我们山寨小孩并不知道太平天国是什么意思，只是脚下在跳，嘴上念念，觉得好玩罢了。

后来我们跳着跳着，就跳上了小学高年级，而阿凤姐和阿兰姐跳出了小学。她们小学毕业以后，为了省出一些学费给阿江读书，也为了减轻家里的负担，甘愿辍学。回家务农没几年，她们就去广东打工了。

# 1

## 抛石子

大四下学期刚开学不久，有一日我正在午休，宿舍电话突然铃声大作，连忙起来接听，是父亲的声音。

他告诉我，隔壁家的阿燕姐准备出嫁了，嫁去隔壁的湖南通道县。我问在男方家还是女方家办酒。他说女方家不办，在男方那边大办，房族里的兄弟们都去相送。言下之意，希望我争取回去吃喜酒。

但听说不在本家办酒，我就打了退堂鼓。按我们传统，房族有事，子弟虽远必回，然而去外家而且到湖南办酒，我确实不方便为此请假大老远赶火车回去，只能留下遗憾。

待到暑假回家，我跟母亲打听了阿燕姐在湖南那边的情况。母亲说你阿燕姐命好啊，嫁了个老实人，能种地。公婆对她也好，知道她个子小力气弱，没让干重活，已经有孕在身，吃得白白胖胖。

又过半年，我放寒假回家过春节，特意去祖芳家串门，想见见回娘家的阿燕姐。阿燕姐是祖芳的堂姐，因儿时父亲病逝，母亲改嫁，与弟弟阿荣合归他们的叔父，也就是祖芳的父亲一并抚养。

可是阿荣告诉我，他姐前一天已经和姐夫回去了，带个满月的儿子回来，就只住三天。

又一次擦肩而过，让我多少有些失落。毕竟在小时候，我们都是一起玩泥巴长大的好伙伴。他们家房子在我家斜对面，中间隔半个菜园和一条小巷，早晨起来推开窗子倒洗脸水，都能互相打招呼。

平日里一声招呼，我们一群年纪相仿的孩子就一起到巷子里玩。小巷边缘排水沟上盖有一溜青石板，我们在青石板上玩过家家，斗蟋蟀、蚂蚁等昆虫，令人印象最深刻的游戏是抛石子。

阿燕姐最喜欢抛石子。抛石子也是她在小伙伴们中最感到自信的游戏，是一项能够给她带来快乐和尊严的活动。因为那时候，她的父亲病重，家里穷，加上她自己长得又瘦又小，就有些自卑，甚至被其他小伙伴嫌弃，有许多唱唱跳跳的游戏她都排不上号，即使排上了号，也很快被淘汰出局，唯独抛石子一项她无人能敌。

## Z

虽然抛石子是专属于女孩的游戏，但是我们年纪尚小时，也许是五六岁光景吧，大人不放心，总交代几个年纪稍大的姐姐帮忙照看。

阿凤姐、阿兰姐、阿燕姐和我妹妹经常凑在一起玩抛石子，我和阿江、阿荣几个则在旁边围观，有时是学习，有时是捣乱。

经过观察，我们知道了第一个基本规矩——每人每局至少要拿出十颗石子出来参赛。她们中哪个若是赢了石子，就会分几颗给我们，我们手上的石子够数了，就转过身来自己玩；若是玩输了，手上没货，便去寻找，去尝试动手制作。

在那时，一颗颗圆润、晶亮的小石子，是我们最宝贵的财产。

每颗石子的大小如同玻璃珠，必须选用白色的石头制作，没有经过打磨加工的石子不算数。

为搞到可用的石子，我们几个男孩像嗅觉灵敏的小狗子，或者说考古队员一样，遍寻宅前屋后各处角落。我们文塅寨与别的村寨有许多不同，其中一个具体的不同之处，就是我们寨的地面上镶嵌有许多白色的碎石。泥墙地基上，菜园篱笆根下，村巷道路表面，空地草丛之中，每隔三五米，总能看到几颗白色碎石的踪迹。我们用竹签或者树枝，小心翼翼将它们挑出来，磨掉又扁又薄又细的部分，制成合适的颗粒，拿到晒谷坪旁边的清水沟或者河边的水埠头去清洗。

几年以后，直至三江县建立起第一家硅厂，我们才知道这些白色的

石头叫硅石，是一种非常有价值的矿物。

三十年以后，我才有机会从民国版三江县县志中记载的《光辉十景》中看到这段文字："白流石星，在文塅寨背约二里，白石晶莹，远望如流星然。"这段信息为我解开了困惑多年的谜团，为何我们生长的土地上有那么多的白色碎石。原来是先祖们开山拓荒、奠定基业时留下的劳动碎片。

然而，我们在五六岁时并不知道这些信息，只顾埋头寻找。到后来，寨子里有越来越多孩子加入抛石子的游戏，地面上的白色碎石显然不够用。于是大家就跑到河滩上、油茶地里寻找原料，有的像柚子大，有的像橘子小，抱回寨子里，用锤子砸碎，得到一颗颗冰糖一样大小的"初级胚胎"，再进行零敲碎打，敲掉碎石尖锐突出的棱角，然后在青石板上仔细将它们磨成一颗颗不算十分规整光滑的球形丸子。

## 3

由于游戏过程有抛同时也有抓的动作，所以抛石子游戏又叫抓石子。

比赛至少两个人参加，多多益善。玩法有三式，每局分三轮进行，每一轮难度逐渐升级。三轮下来全部完成任务才算赢得一局。输的人就要把自己手上的十颗石子拱手送人。具体玩法是——

第一轮、第一式：秋风扫地。我们手上拿有十颗石子，先将它们像掷骰子一样轻轻撒在地面，任意捡出其中一颗作为种子放在手心。然后手心朝上向上抛出种子，高度尺余，趁种子坠地之前，迅速转手去扫抓地上其余九颗石子，必须一次性将它们全部扫抓到手里，再翻手接住掉落下来的那颗种子。

此玩法相对简单快速，但是不能漏子，如无法一次性扫完地上的九颗石子，则不能进入下一轮。考验的是基本功。

第二轮、第二式：小鸡啄米。我们手上拿有十颗石子，以拇指和食指捻住其中一颗作为种子，另外九颗握在掌心，然后向上抛出种子，与此同时，把九颗石子撒到地上，再反手接住降落的种子。接住种子以后，开始进行小鸡啄米，一共分九次捡完地上的石子，具体要求是：每次向上抛出一次种子，只能从地上抓走一颗石子；抓上的石子不能放下，要存放在手心里；然后继续抛出种子，继续抓地上的石子，以此类推，直至地面十颗石子全部抓在手上。

从这一轮开始，游戏有容错机制，只要保证种子没有到落地面，小鸡一次啄不上米，可以第二次第三次抛种，不断尝试啄米，直到完成任务。重复抛石子抓石子，考验的是眼力手力，如完不成任务则被淘汰。

第三轮、第三式：鸡犬升天。我们手上拿有十颗石子，同时全部抛往空中，当石子即将像雨点一样落下来时，迅速翻手，以手背去接住石子，能接多少就算多少，接得越多越好；把手背接住的石子再抛一次，反过手来接住它们。这时，我们的手中和地上，分别有若干颗石子。接下来，将手上所有的石子同时往上抛出，然后迅速去捡地上的石子，能捡多少是多少，务必在上抛的石子落地前将它们全部接住。如此几次大规模的抛和接，直到把地上的石子全部捡完，方算完成一局。

如果捡到了地上的石子，却无法接完抛到空中的石子，出现了落子的现象，那么就算失败，前功尽弃。

从上述三轮三式的比赛过程，我们可以发现，手掌在游戏中发挥极其重要的作用。以手掌为中界线，十颗石子的整体运动轨迹是自下而上的，也就是说原本落在地上的石子，在手的作用下，起起落落。

如果以一个家庭或家族或社会的命运来审视，抛石子游戏是不是一种巨大的隐喻呢？谁是幸运之子，手掌又是什么？

这么想着，我又想到了抛石子的高手阿燕姐。她在偏僻的湖南山村里一定会有幸福安康的日子，因为她有一双灵巧的手。

而当年我们所有那些经过打磨、抛过无数遍的石子，皆已落入尘土之中，和我们滚过的石片一样，不知去向了。

# 1 骑木马

桂北山区的冬天有干冷和湿冷两种气候。

天气干冷时，只刮风不下雨，冷风分别从衣领和裤脚灌进身体，直叫人四肢发抖，牙齿咯咯响，脸似乎被刀割。湿冷天气则阴雨绵绵，伴以北风，有时夹雪，半夜还来冰雹，漏风的木屋在寒潮中摇晃。

寒冬腊月，大人们最讨厌冬天下雨，道路泥泞，出门被淋湿，衣服鞋子脏了洗晒难干，所以大多数人喜欢蜗居在屋里围着火塘打油茶，"搞平伙"（ＡＡ制聚餐），或抱着炭盆烤火，直到外面的道路干了才愿意出门。

只有干枯的树叶在走动。此时什么野果、野花都难见了，野生动物也藏起来了，天地一片萧条。但孩子们不会冬眠，还想玩，可是可玩的东西又实在太少了。怎么办呢？这时，有一样东西多了出来，那就是早前积攒满房的木柴。

家乡盛产木材，其中以杉木为最，松树次之。松杉以外，是许多不知名的杂木，大小有别，长短有序，各有所用。早在秋末"铲畲"时，人们除了往家里背回一些修剪下的油茶树枝，顺路还会砍下不少杂木，如米椎树、榛子树、野栗树、野梨树、杉木尾等，做过冬柴禾。

285

半月之后，这些木柴就自然晾干了。

无事可干的孩子或自己动手，或在大人帮忙下，使用柴刀和铁凿加工制作木马：一种可以让人离开地面自由行走的步行辅助工具。但由于它不能解放人们的双手，在山区劳动生活中用处不大，逐渐被大人废弃，成为孩子们热爱的玩具。

我们热爱它，不仅因为它构造简单，而且能够带我们到处行走，人多时还可以玩一些对抗游戏，其中乐趣不是用脚板直接在平地行走时所能体会的。

# Z

传统十八般兵器里，有一款武器叫作拐，或拐子。

拐子是一种独特的近身搏斗器械，由长短两根圆棍拼接而成，形如"上"字去掉底部那一横，露出两短一长三个手柄。手拿短柄，长柄既可做护臂，又可进击；手拿长柄，则用法相当于钩，可勾住敌人的武器和脖子，还可以钩扫敌人下肢。拐虽无利刃，却能抵挡利刃，与刀剑并用或双拐同用时，可做盾牌助攻；单拐使用，以捶打、点击等方式制敌，可谓攻防兼备。

据说拐源于老人的拐杖，是一款非常平民的、低调的武器，有木制铁制两种，八仙过海传说中的"铁拐李"最为出名。此外，金庸武侠小说《倚天屠龙记》里的武当七侠之一、因遭人暗算瘫痪致残的俞岱岩，也善于使用双拐。

我们的步行玩具木马，形制类似于冷兵器中的拐，也是双拐并用。只不过，我们不仅要用双手拿，还要用双脚去踩——只有踩在短棍上，身体才能离地一尺，手拿长棍上部收于胸前，这样我们的四肢就仿佛获得了一套贴身的机械臂。

北方有人骑高跷，在庙会游行中高人两筹，杂耍人员有时也会用。我是上大学以后去北部湾海边游玩，才第一次看到沿海渔民使用高跷行走沙滩。如今，高跷捕鱼、高跷推虾皮，是一门正在面临失传的古法赶海劳动技艺。从浪比人高到人比浪高，脚下的两根木棍起到非常重要的作用，而且在长时间的劳作中，高跷还能保护人的腿脚避免海水侵蚀。

但无论是用于杂耍，还是赶海劳作，踩高跷均需把脚板绑住，相当于把普通鞋子的鞋跟增高数十倍甚至上百倍，上跷和解跷比较麻烦。而我们的木马无此束缚，像平时登上楼梯一样，只需两个动作就可以开始满地走了。

# 3

制作木马需要准备两根笔直的木棍作为竖脚，还要两根短棍作为脚踏。脚踏长约五六寸，竖脚略比人高。在竖脚离地约一尺多高的位置，凿出榫眼，插上脚踏榫头即可。

材料普遍选用未成材的小杉木或大杉木的尾部，大小似手臂，轻便自如，但杉木的质地略软，竖脚与地面摩擦后容易损坏，用久了榫眼撑开容易导致脚踏松动脱落，且作为连接点的榫头难以长时间承受体重。一些要求高的人，会选择坚硬耐用的椎木或栗木做木马，前提是木材必须足够笔直，否则木马使用起来歪歪扭扭，费劲不说，还容易摔倒。

骑好木马需要一个简单的学习过程，这主要考验个人的胆量和身体协调平衡能力。骑木马的要点是，先把两只竖脚置于身前，双手拿稳上部，底部的脚踏正面朝内略往外斜，形成一个"八"字，然后抬腿，把一只脚蹬上去，将身体重心上移，同时另一只悬空的脚，立即踩上另一个脚踏，就完成了上马的动作。

双脚离地登上木马之后，整个人的重力压在两个马脚上，与地面接触的面积突然变窄了，这时就需要我们的四肢密切配合不断调整马脚的相对位置，以防止失衡倾倒。其诀窍就是，双手负责抓提竖脚，两脚负

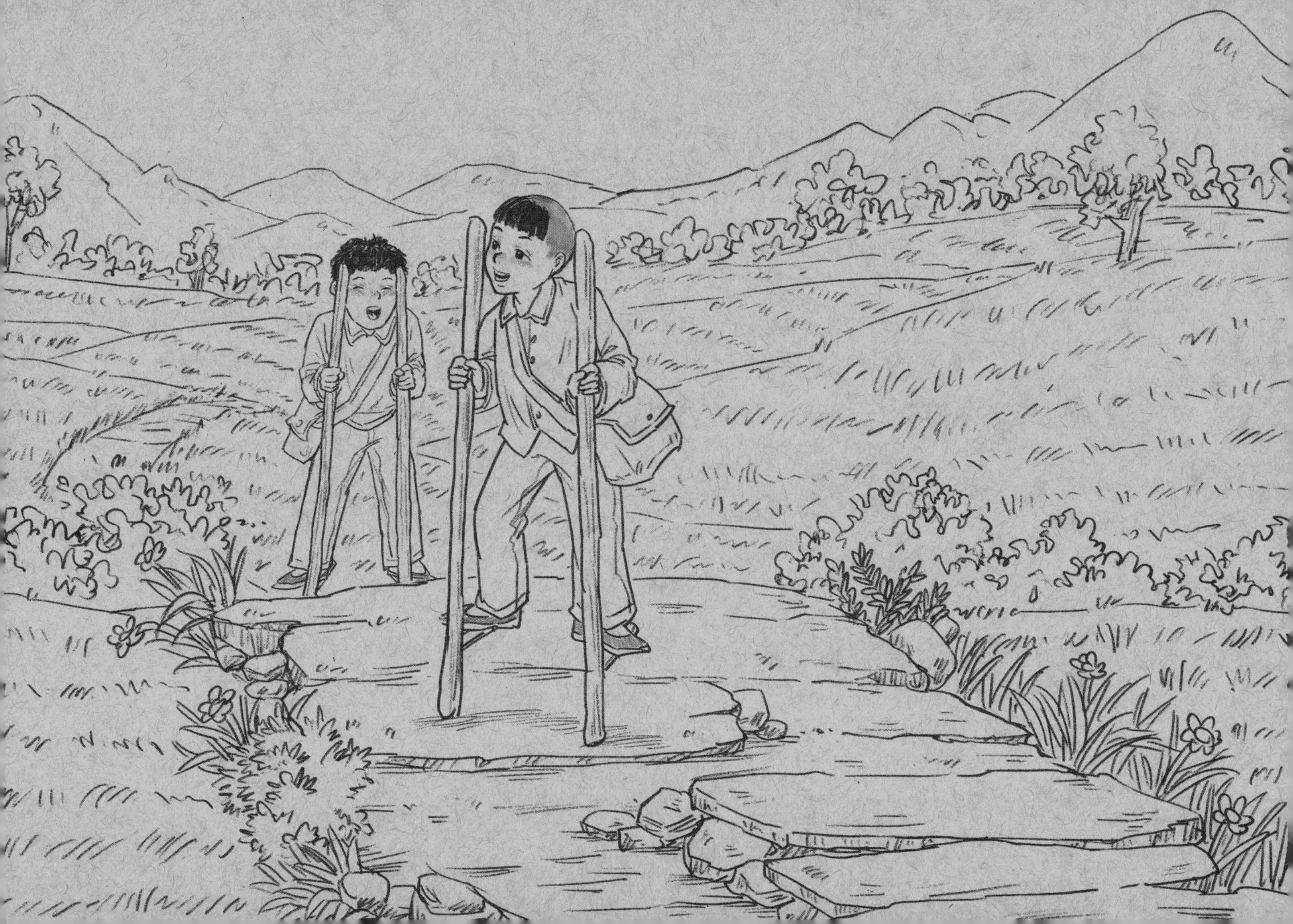

责接连跟进，一上一下有节奏地移动。

　　有了木马的辅助，我们可以站得更高，获得某些情况下行走的便利。

　　我们可以踏足泥泞的道路、湿水的草坪、积水的田野、冰雪覆盖的空地，甚至是河边的浅滩或小溪，省去脱鞋的麻烦。

　　年少时冬天上学，遇上雨后的天气，道路还是潮湿的，我们就会骑着木马去学校。不仅整个来回路程脚不沾泥，行走的速度还比常人快了不少，这是因为我们的腿延长了，所迈出的步伐的距离是平时两倍。

　　如果仅仅利用木马走路出行，那未免过于单调无趣。我们小孩子制作木马，更重要的动机在于尝试一些有难度的挑战，开展一些有趣味的游戏。

## 4

　　寨子里，孩子们人手一对木马。吃罢早饭，大家骑着木马走出家门，走过村巷的石板路，叮叮当当像马儿走路一样，聚集到晒谷坪上互相展示木马技艺。

　　有两个调皮的孩子骑木马靠近，互相冲撞，引发一阵骚乱，有人注意力不集中，失去平衡，不得不跳下马来重新上马。于是大家提出建议分小组进行对抗比赛。

小组分完，各站一边列队，一声"开始！"，每个人都会在胸前做出交叉木棍敲击两下的动作，既表示已准备好，也是一种宣誓。

然后我们开始踢踢踏踏冲向对方，挤作一团，互相用肩膀去冲撞对方选手，落下马就算出局。一轮接近尾声，只剩一两个高手在场上角逐，他们往后退，转身加速，继续冲向对方。这里有一个规矩，冲撞时不能正面撞击，否则双手会受伤，只能用肩膀侧面去撞和推，旨在让对方失去重心和平衡。

高手往往能够迅速调整马脚，灵活应对来犯之敌。对方要么扑空，要么无法撼动稳定的对手。

有时大人看着好玩，也想尝试过把瘾，但是大人由于长期的重体力劳作，身体显得僵硬，突然要他们使用"机械臂"，就有点笨手笨脚不够灵活，光是上下马就鼓捣了好一阵子，上了马之后走路歪歪扭扭，又因担心摔跤而弃马，引发孩子们的嘲笑。

孩子们不同，身心像张白纸，接受东西比较快，遇上新鲜的玩具容易激发热情，并能将它玩到极致。除了在晒谷坪互相碰撞嬉闹，我们还充分挖掘木马的代步功能，凡是有使用的机会都带上它。比如和母亲去菜园或地里摘菜，我们骑木马，跟父亲去积水结冰的稻田赶鸭子，我们也要骑木马，或靠在篱笆上，或靠在树枝上、田边泥墙上，不是迫不得已就不愿意下马，走路时专挑崎岖凹凸的地方，总之不会正儿八经按着规矩来。

哪怕平时我们去伙伴家串门，也是木马不离身。进了一楼的大门要上二楼，楼层之间的阶梯本来是用脚走的，我们非要骑上木马走上去。这是一个比较危险的动作，有时还引来大人的训斥，说我们"脱裤子放屁"，万一摔下来就只能背一个月床板了。

家乡人说卧病在床，喜欢用"背床板"这个说法，幽默中带着无奈。为了让自己不至于背床板，我们必须提高技艺。单独玩耍的时候，反复练习各种动作，例如双脚跳跃，快速转身，倒着走，等等。九岁那年冬天，我骑着祖父为我做的一对木马在家里一楼地面练习，尝试在胸前做交叉木棍敲击的动作，结果一个趔趄重摔一跤，啃了一嘴泥不说，左手小臂还被自己的身体加木棍直接压到骨折。

我是寨上小伙伴中唯一因为木马受过重伤的孩子。

在桂北山区，农家普遍不养马和毛驴，而耕牛又不便给人骑，木马玩具不仅能满足我们驾驭较大型物件的愿望，还培养了我们农村娃克服困难勇攀高峰的意志。

# 1 拍卡片

上小学后，我们终于有了自己的课本和作业簿。以前我们只能玩花草树木、石头泥巴之类，现在开始可以玩纸张。纸上密密麻麻的文字像蚂蚁，叫人头疼，但游戏令人开心。我们的游戏方式就是把一张张纸折叠成三角板，放到地上拍打。

作业簿的纸张被我们沿着装订线撕下来，左右斜角对叠两次，形成一个长方形和一个三角形，再把长方形底座往上翻叠，露出的两个直角塞进折出的三角形里面，一个富于弹性、不会散开的三角板就做好了。

没有人教我们怎么玩，似乎我们天生就会用这些三角板在教室、操场或寨子里的青石板、晒谷坪、空地上进行拍打。拍打的主要目的是赢得更多的三角板，所以这项游戏就像"一个巴掌拍不响"，需要两个人以上才能玩。

玩之前，先通过石头剪子布选出第一个开拍者，其余人乖乖地把三角板放到地上，接受别人的拍打。

现在，地上有一张或多张三角板，拍打者用拇指把代表自己实力的三角板压在其余四根手指合拢的掌心上，举手、运气、瞄准其中一张，狠狠地拍下去。三角板在落地瞬间掀起了一阵飓风，把目标彻底掀翻，之后，按照规矩可以大大方方将其收入囊中，然后拍打者把自己的三角板捡起来，再用同样的方法拍打下一张，再将其收入囊中，直到把它们全部收入囊中——这当然是最理想的结果。

不理想的结果有两种。第一种是拍出的风不够大，目标纹丝不动，那么拍打者的三角板板就暂时不能捡起来，得原封不动留在地上接受下一个人的拍打。第二种结果是，不仅目标纹丝不动，自己的三角板还不幸压在人家的三角板身上，那就相当于自投罗网，对手不用拍打，只需原地轻轻拿住他的三角板一角掀翻你的纸板，然后收入囊中。你失去了一块"本钱"，只能从兜里再拿出一张三角板放地上继续参加比赛。

没有人愿意认输，所以大家都在游戏技术和本钱上下功夫。

有的伙伴善于研发拍打技术，轮到他出手时，小心谨慎，仔细观察，转了一圈，寻找目标的角度，看你的三角板哪个位置翘起来，入风口比较大，他就瞄准那位置拍下去，事半功倍；有的伙伴力气比较大，不看什么入风口，直接选好出手角度，花上九牛二虎之力猛拍，也能掀起一阵飓风，把地上的几张三角板全部掀开，总有一两张倒霉蛋翻边。这似乎涉及空气动力学的原理，但当时我们根本不知道空气还有一门学问。

另外有些伙伴把心思花在材料上。因为他知道问题所在，越软和越薄的纸张做成的三角板就越轻越容易翘角，而越重越硬越宽的三角板就越不容易被打翻。于是他发明了增加三角板硬度、宽度和重量的办法，使用废旧的纸壳，甚至课本的封皮。

那时纸壳难找，普通人家用不起。课本倒是挺多，已经毕业的哥哥姐姐们留有不少的历史、地理、语文、数学课本，丢在房间里没人看。课本的封皮纸张比较厚重，且有一层塑料套膜，甩起来哗哗响，非常受欢迎。用封皮做的三角板，不仅耐磨，还能预防潮湿变软。因此有一段时间，我们玩拍打三角板游戏的地面摆满了东方红卫星和地动仪的照片，那是地理和历史课本的封面。

也有的伙伴尝试使用废旧报纸来折叠成三角板，个头宽大宛如多宝鱼趴在地上，然而报纸很容易受潮变得软塌塌，最后被我们淘汰。

三角板玩腻了，大家开始玩四角板。四角板的折叠方法，好像略微复杂一些，我现在已经忘记怎么做了，但游戏的方法与三角板一致。

---

那时的我们，为何如此热衷于拍打纸板，以至茶饭不思呢？现在想来，好像与厕所有关。

旧时农村，专用的厕纸紧缺。祖辈人上茅坑大解时，多数以木棍或木片了事——反正最后都要拿去垃圾堆烧掉。父辈那代人开始用毛纸代替，显得更加文明和干净了，不过毛纸珍贵，使用量一大就要经常花钱了。

　　偏远乡村地区的纸张来源不多，除了逢年过节写对联去供销社买一两张红纸，以及偶尔流传到手上的武侠小说或废旧报纸，更多的是孩子们从学校带回来的各种课本和作业簿，每个学期都会积累不少，人们用这些纸张如厕可谓"物美价廉"。然而，课本毕竟是课本啊，虽然普通农夫连箩筐大的字都不认识，但是散发着墨香味的纸张谁都不舍得撕下来用。

　　因此孩子们玩游戏时，就有了充足的理由，努力赢得更多三角板，充实家用。虽然三角板、四角板在地面上经历尘土飞扬的拍打，沾有许多灰尘，可是拆开以后，里面是干净的，可以反过来使用。

　　记得当时我和阿忠、阿江、阿安他们都非常卖命地拍纸板，情况有输有赢，有时赢得好厚一沓，立即带回家保存，等茅厕纸张告罄，及时捐出。奇怪的是，我在其他伙伴家茅房如厕时——那时没公厕，各家又均有茅厕，寨里只要有人告急均可以随便出入——也看到许多三角板和四角板拆开的废纸，既然我们每个人都赢了，那么这些纸又从哪里来呢？这真是一个谜团。

显而易见的是，我们每个学期一放假，作业簿都变薄了。也许那些纸板是在学校赢回的。

后来不知何时，寨子里有小卖部开张，小卖部的货架上除了油盐酱醋等日用品和糖果，还出售花花绿绿的卡通纸卡。这些粗纸印制的纸卡，大小约16开，几毛钱一张，分成许多小方格，每个格子都印有精美的图案。起初是些国产动画片人物形象，比如葫芦娃、海尔兄弟，以及《西游记》《宝莲灯》《封神榜》《水浒传》等的角色，后来内容扩展到日美动漫形象，包括阿童木、奥特曼、变形金刚等。

我们用压岁钱去购买卡通纸，把版面上的人物漫画裁剪开来，每版25张或32张不等，按照内容分门别类叠好，再用胶箍捆绑。我们兜里装着一捆捆漫画卡片，俨然大款富豪，带去学校跟同学们分享，一张一张看，就像散页的小人书。然而没过多久大家便看腻了，腻了舍不得扔，毕竟是用钱买的，但拿它来做什么呢？

于是乎，一项承前启后的新游戏方式——"拍卡片"，在校园里悄然流行。

# 3

卡片的拍法与纸板迥异。

纸板相对宽厚，拍打起来比较费劲；卡片轻薄，直接手拍即可。

玩的时候，大家选一块更为干净平整的地方，如寨门下的青石板或木楼里的地板，将卡片相对集中地铺放在地，让有图案的正面朝上。第一个开拍的人伸出手掌，运气蓄力，往地上一扇，卡片像树叶一样迎风翻滚，如被掀翻，正面贴地，背面翻出，则算"得吃"，也就是赢了。

以上算开局，接下来是个人单拍。

输家得再拿出一卡片放地上，才有机会继续排队等待出手。

开局玩家赢卡，可以接着拍，直至颗粒无收，轮换到下一个玩家出手。这时，原先集中摆放的卡片，格局已被打乱，新的玩家不能大开大合扇风了，只能各个击破，而且只有一次机会。

卡片虽然又轻又薄，但是想要将其拍翻也挺难。用力不足，它纹丝不动，用力过猛，它就会像青蛙一样蹦一下，并翻不过来，简直急死人。玩家必须钻研技术，将拇指放在食指的第二指关节上，对着卡片与地面的空隙处轻轻一拍，让手掌心的气流钻进卡片底部，促使它飞起来，翻滚落地。

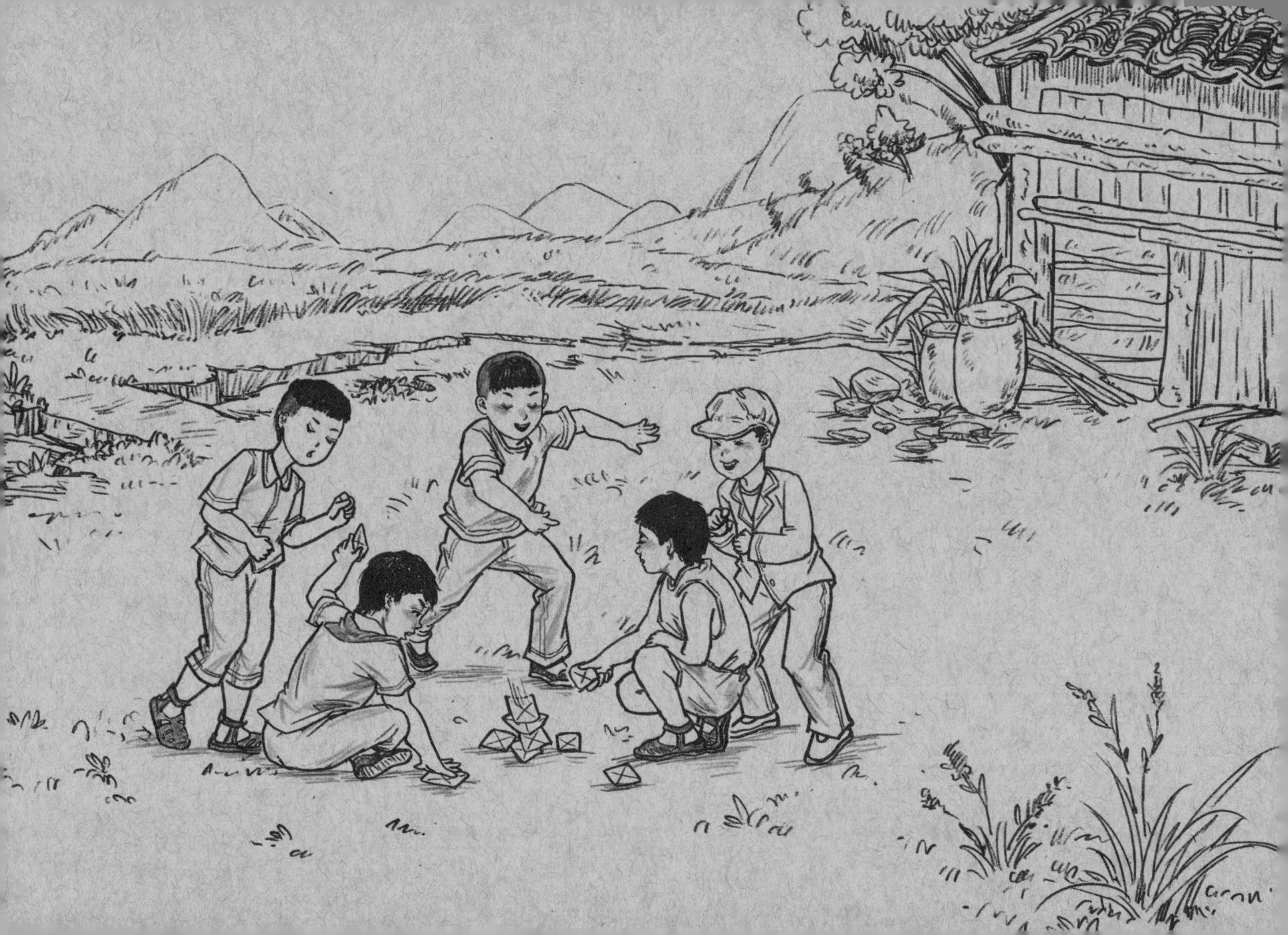

然而当所有人都掌握这门绝技之后，有的小伙伴就学聪明了，设法加大摆卡的难度，把卡片卷成弧形，四边贴地，无懈可击。对方无论从任何角度观察，都难以找到破绽入手。

俗话说，"道高一尺，魔高一丈"，面对貌似紧贴地面的卡片，有的玩家想出了新的解决招数：把手掌收成窝状，从卡片上方下手，垂直打击，瞬间收手，让手心瞬抬产生的吸力将卡片吸离地面，随风翻滚，落个"四脚朝天"。

一个善于综合使用扇拍、侧拍和垂直拍法的玩家，才能在"战场"上取胜。

后来为了提升翻卡的难度，大家又发明了新的摆卡方式，即一次性将十几二十几张卡片叠在一起，成沓压在地上。这一摆法直接宣告几种常规的拍法无效。为破解新局，大家不得不回到最原始的方法，把手高高举起，手掌打开，就像愤怒的将军扬起武器给敌人致命一击一样，或者像包青天拍打惊堂木一样，使出吃奶的力气，在距离卡片一毫米的地方，重重地一拍，让一堆卡片受到震动自然散开。

破局之后，各个玩家再八仙过海各显神通。

我记得有一年冬天，我们一群小伙伴整天都在阿江家的客厅地板上拍卡片，一直拍到本已被寒风吹裂的手背渗出米粒大的血滴来。

# 4

　　一张张图画精美的卡片是我们童年的财产，有的伙伴把财产输光了，曾经尝试自己在白纸上画图案，拿到战场上参赛，但并没有受到大家的认可。

　　卡片赢得多的人，就像发财的富翁一沓一沓数钱一样数卡片，令人羡慕嫉妒恨。

　　大家并不知道，所有这些卡片其实都是电视动画片的衍生文创产品，它在悄无声息中替代了我们传统的手工折叠三角板和四角板玩具。

　　记得小时候有一阵子，我的运气非常好，赢了几百张卡片，一捆捆绑起来放到抽屉里收藏。

　　纸印卡片在孩子们中间还具有流通功能，没有卡片的孩子花钱来买，卡片多的孩子可以拿它去售卖，出价方面有一毛钱十张的，有一分钱两张的。有的小伙伴在一个寒假赢了上千张，他就可以卖得十块钱，然后拿这钱去街上买一双凉鞋。

　　有时我们运气不好，卡片输光了，只能眼睁睁看着别的小伙伴们在玩，自己心里奇痒难耐，只能乖乖地跑去帮大人干家务，通过干家务活换得几毛钱劳务奖赏，再去小卖部购买新的卡片，或者跟别的小朋友交换更多的旧卡。

多年以后，社会上的印刷和制卡工艺越发先进，孩子们玩电子游戏所拿到的塑料硬卡，便于收藏和交换，精致程度已经不是几十年前的纸卡所能媲美，但是它们却不能拿来拍打了。

# 1 棋道小大

　　祖父讨厌下棋，他认为那是懒汉消磨时光的玩意。他自己在忙完活计之后，喜欢深居简出，研究民歌和佛经自娱自乐，他并不知道，那也是一种消磨时光的方式，只不过表面上显得更为阳春白雪一些。

　　父亲是下里巴人，平时很爱下象棋，我年少时，经常看见他和寨里的叔伯们对弈。无论农忙农闲，只要有时间，特别是雨雪天气不方便出门的时候，他们就会坐在火塘边摆开阵势，下到天昏地暗。

　　当所有的运动类游戏玩腻之后，我们孩子也会安静下来，玩一玩简单的棋类游戏。儿时我们下得最多的是六棋和三棋。

　　所谓六棋，即六子棋的简称，侗族地区又称之为马门棋。对弈者每人只有六颗棋子，一张棋盘上共有十二颗棋子走动。

　　六棋的玩法非常简单，人们在茶余饭后，田间地头都可以玩上一两局。棋子的材料顺手拈来，可以是小石子，也可以是小草、截断的树枝、撕开的纸片纸团、野果子之类。随便找块地方，画个方形，里面横竖再划个井字，就成为棋盘。

　　下棋时，石头剪子布决出胜者先行，每人走一步，棋子置于每条线的交接点，在空间有限的棋局里，能够率先把对方棋子堵死为胜。

303

我以为，六子棋即微缩版的围棋，是存在于穷乡僻壤的远古大棋的子孙。

对弈者必有输赢，若论输赢，必有赌注。我们年少时的赌注就是手指弹。如哪个人下棋输了，就主动伸出额头或鼻子，给对方用食指或中指来弹。弹多少次事先约定，有时是二十下，有时是五十下，不够聪明的孩子，经常被弹得额头发红。

而三棋游戏，则是一个文字构成的迷宫。

三棋也叫回字棋，简称回棋，因其棋盘酷似回字而得名。下回棋之前，先选块平地，如地板或石板，以树枝或瓦砾、岩石、粉笔之类，画下一个箩筐大的回字，在回字里面再加一个口字，三口相套之后，画四条线段分别连接四组顶角，再在四组边线的中点画四条连接三边的线，最小的口字空心，从而形成众多的三点一线。

正式对弈时，可以双方各执十二颗棋子，也可无限制，双方轮流任意选择位置下子，棋子落定后不能再动。最终目标是赶在对方之前完成围堵，围堵的前提是让自己的棋子全部构成三点一线。因此在博弈的过程中，既要建立自己的优势，又要破坏对方的线路，既要包围对方，又要设法突围。智力对抗的过程与围棋很相似。

还有一种比较简易的玩法，就是双方轮流任意下子，棋盘摆满之后，双方以占据三点一线数量的多少论胜负。在侗族地区，他们发明了新的玩法，即每当一方的三子成三时，就可吃掉对方一子，将其取下，最终仅剩两子的一方为负。

下回棋比下六棋更考验玩家智力，我们小孩子往往浅尝辄止，最常见的玩家是年纪稍大的少年或者后生。他们结伴去地里放牛或烧炭，闲来无事，就画一张棋盘玩起来了。

我们玩三棋，在全神贯注实施包围和反包围的智力角力中，得到了统筹兼顾、料事在先、防微杜渐的思想训练。

农村人看天吃饭，一年四季要跟着二十四节气走，耕地播种、收获储藏、种瓜种豆、渔猎兼顾、生老病死、礼尚往来，万般操心。如未能从小培养眼观六路、耳听八方的敏锐，培养统筹兼顾、进退有方、运筹帷幄的本领，树立自强不息、百折不挠的精神，那么在饥荒之年，就只有束手无策、唉声叹气的份了。

# 2

　　不久前我回家乡过年,遇见父亲年轻时的伙伴宗仕叔。十多年前他去县城做工,帮人家装卸玻璃,不小心摔了一跤,被玻璃砸中腰部,治愈以后不能干重活,走路都需要弯腰。如今他已过了耳顺之年,儿孙长大,自己没什么事干,有空就到寨门口来摆象棋。

　　我家与寨门相距不过二十米,他见了我,邀请坐下来对弈,我表示自从离乡念中学以来,极少再摸棋子,年少时的童子功已经废掉,不敢在关公面前耍大刀。他还是要我坐下陪他说说话,于是坐下摆子,两局下来,我全盘皆输。要走,他却拉住我说:

　　"你还记得吗?你小时候我经常去你家跟你阿爷下棋,他可是一个高手咧,我们从白天杀到晚上,最后总被你妈来掀棋盘。那时他真的很辛苦,为了让你把书读好,到处去找钱,稍有空闲,只能下棋,下棋时就跟我夸奖你。你可是要多多争气啊!"

　　听到这里,我心里五味杂陈,因为父亲已经去世若干年了,我家还有一张老旧的饭桌在使用,饭桌的背面就是一张毛笔黑墨画出的棋盘。

　　我再次起身想走时,阿忠和阿江也来了,他们不是要跟我对弈,而是挑战宗仕叔的权威,据说这个权威到今天还没有输过,他们叫我好好看一看什么叫下棋。

　　宗仕叔是阿忠的堂叔，年少时他们同住一栋木屋。我父亲去宗仕叔家里下棋时，阿忠没少机会观战。后来父辈分家，子辈枝开叶散难得棋盘对坐。

　　此时阿忠和阿江与我一样均已身为人父，不事农业了，在外面有自己的活路。此次回家过年，除了跟老人团聚团聚，就是看看寨子里有什么具体的事务需要帮忙的，忙完之后无甚可玩，好在儿时我们玩泥巴的地块上有一棋盘。

　　这盘棋也许是这个古老的山寨最后一项传统游戏了。十多岁时玩过六棋和回棋的我们，受大人影响，学过一些象棋，那时我们胡乱厮杀过瘾，并不知道其中的奥义。多年以后的今天，大家有长进了吗？

　　于是我决定不走，就站在一旁观看。

　　中堂炮把马跳，下士飞象出車，有时有章法，有时又不按常理，双方你来我往，时快时慢，屏气凝神紧皱眉头，手上拿捏的棋子在摩擦着指纹。围观者则跟随棋局有时一阵唏嘘，有时又一阵起哄，唏嘘和起哄的声音吸引越来越多的人前来观战。大家的目光都聚焦在那小小的棋盘中，而在此前一段时间，寨子里刚有两桩白事，新一波疫情刚刚夺走两位熟人的生命，当时合力参与治办丧事的也是这群下棋看棋的人。我置身其中，忽然想起了阿城小说《棋王》以及茨威格小说《象棋的故事》里的情景，在前进的列车里，逼仄的空间内，复杂的境况中，仍然有人专注一事，有人崇尚高远的智慧。

# 1 过家家

家乡的方言里，"过家家"叫作"度搞佛斋"。无论发音或语义，"度"和英语的"do"完全相同。"搞佛"就是"叫花"，"斋"的古意为屋子、居所，合起来的意思是"乞丐的房子"。因此，"度搞佛斋"等于"去做乞丐的房子"，或"玩叫花子的房子"。

长辈批评年轻人做事不认真，把事搞砸了，就说他"办事不牢，像度搞佛斋一样"。比如，老头子派两个儿子去果园搭建一座草棚，没隔几天草棚就被风雨吹翻了，就骂儿子们"简直是度搞佛斋"，话里多少有点嫌弃的意味。从心理学角度分析，也反映出成年人对儿童游戏持有偏见，总觉得小儿科上不了台面。

然而事实上，"过家家"作为家庭生活的微缩戏仿，是成人社会向儿童群体开启的一扇必经之门，孩子们通过情景模拟，反复预演了未来尘世生活的情节。

三五年前，每当我看见两个女儿放学回来，除了吃饭和休息，心里装的全部是"过家家"的时候，也觉得难以理解。她们沉迷于那堆碎纸片、塑料壳制成的迷你厨具、微型厨房、小人儿小床、桌面花园等，津津有味、沉浸其中，把我的话当作耳边风。后来我束手无策，不得不蹲

309

下身来，瞪眼珠子伸长脖子"融入"她们的游戏语境，改变声调和她们对话。这时我才发现这番奇异的微观天地，竟充满童真的乐趣。眼前的小小物件，我们明知是假货，却不妨碍把它当真。

"爸爸，你是爷爷，姐姐是爸爸，我是妈妈，这个芭比娃娃是我的女儿，现在我给它洗头发……宝宝乖哦，不要哭。"上幼儿园中班的小女儿，像个导演似的，正儿八经地分配着角色。

通过摆布玩具，孩子们在游戏的世界里享受着至高无上的权力，达到真正的忘我之境。记得孩提时代，我们也因为沉迷于过家家游戏，天黑了也不知道回家，经常被家长下最后通牒，喊破嗓子叫回去吃晚饭，然而我们还不愿意走，家长没有办法，只能提棍子鞭子来赶人。

除了性格很孤僻的孩子，我很少看见一个人单独玩过家家。就像一个人下象棋没多大意思，过家家需要几个人一起玩，才有分工协作的乐趣。三五个年龄相当的孩子凑一堆，智识和情商发展水平接近，交流起来不容易起争执，而年龄参差不齐的玩伴，年纪最大的和最小的孩子比较容易出戏。这也就是为什么大多数七八岁的孩子，不太喜欢跟三四岁的孩子搭伙玩的原因。他们总嫌弃小屁孩不服从指挥，爱捣乱，所以一言不合就起身说"不跟你玩了"或者"不要你玩了"，却不知自己其实也是乳臭未干的小屁孩。

为了入局，年纪小的暂且只能在哥哥姐姐面前做个言听计从的跟屁虫，一旦拥有足够的动手能力或者具备全套玩具，跟屁虫们就会呼朋引伴自己组局玩耍了。

---

**2**

大概是天性使然，男孩子好动，坐不住，很少能够静心蹲下来玩过家家，除非玩腻了其他把戏，被女孩子们要求，不得不躬身参与。女孩子比男孩心细，责任心强，这一点从小就在过家家的游戏中体现出来。

比我们大几岁的阿梅姐、阿兰姐和阿燕姐，是他们家大人的好帮手，每天放学做完家务，还有监护弟弟的义务。尤其是周末不用上学，父母早早去山上干活，太阳下山了还没回来，漫长的一天，总要想点法子消磨时光，否则顽皮的弟弟万一跑去危险的地方有个三长两短，后果可不是吃一两顿鞭子那么简单。于是，玩过家家就成了一举两得的游戏。他们几个人凑一块，有时也允许我和我的妹妹加入。地点很随意，要么是屋檐下的空地，要么是楼梯脚的大石板上，哪怕是晒谷坪的一个角落，被人畜踩得光溜溜的一截田埂小路，只要容得了我们蹲下来围成一圈，就可以成为过家家的"片场"。

阿凤姐给大家分配角色，先保证有父亲母亲，再有爷爷奶奶、外公外婆，然后有姑姑叔叔和兄弟姐妹。这是玩伴众多时，家庭成员可以一应俱全的理想情况。可是有时我们这些半大男孩不屑于参与，我去玩别的游戏了，姐姐们只能逮住一个穿开裆裤的堂弟来做"爷爷"。

　　搭建好"家庭"，接下来就各司其职，男家庭成员搬石头、修围墙、做房砌灶，女家庭成员拔草叶、折树枝、捏小泥丸，找来碎瓷断瓦充当锅碗瓢盆，洗菜切肉，煮饭做菜。吃喝拉撒、喂鸡养鸭、耕田种地、捞鱼捞虾……轮番上演大人一天所经历的事情。其间免不了遇到生老病死，然后有急救，有喂汤喂药，有办喜事吃喜酒，晚上睡觉了，要关灯，关灯前要放好枕头盖好被子避免着凉。所谓被子，不外乎大树叶、小布片或糖果的包装纸。

　　人口众多房子不够住了，怎么办？只能挤一挤。按照现成的习惯经验，女儿跟母亲睡，儿子跟父亲睡，妈妈跟外婆睡，爷爷去地里给水田看水不睡了。这实在是被贫穷限制了想象力，大家明明已经知道怎么划分住所的功能区，哪里是卧室，哪里是厨房，哪里是厕所，哪里是门口，就是没有人想到要另起一栋房子。

　　起初我们玩过家家的道具物件，大部分是顺手拿来，任意摆布，后来随着动手能力增强，想要更加逼真一些，就开始从家里收集各类现成

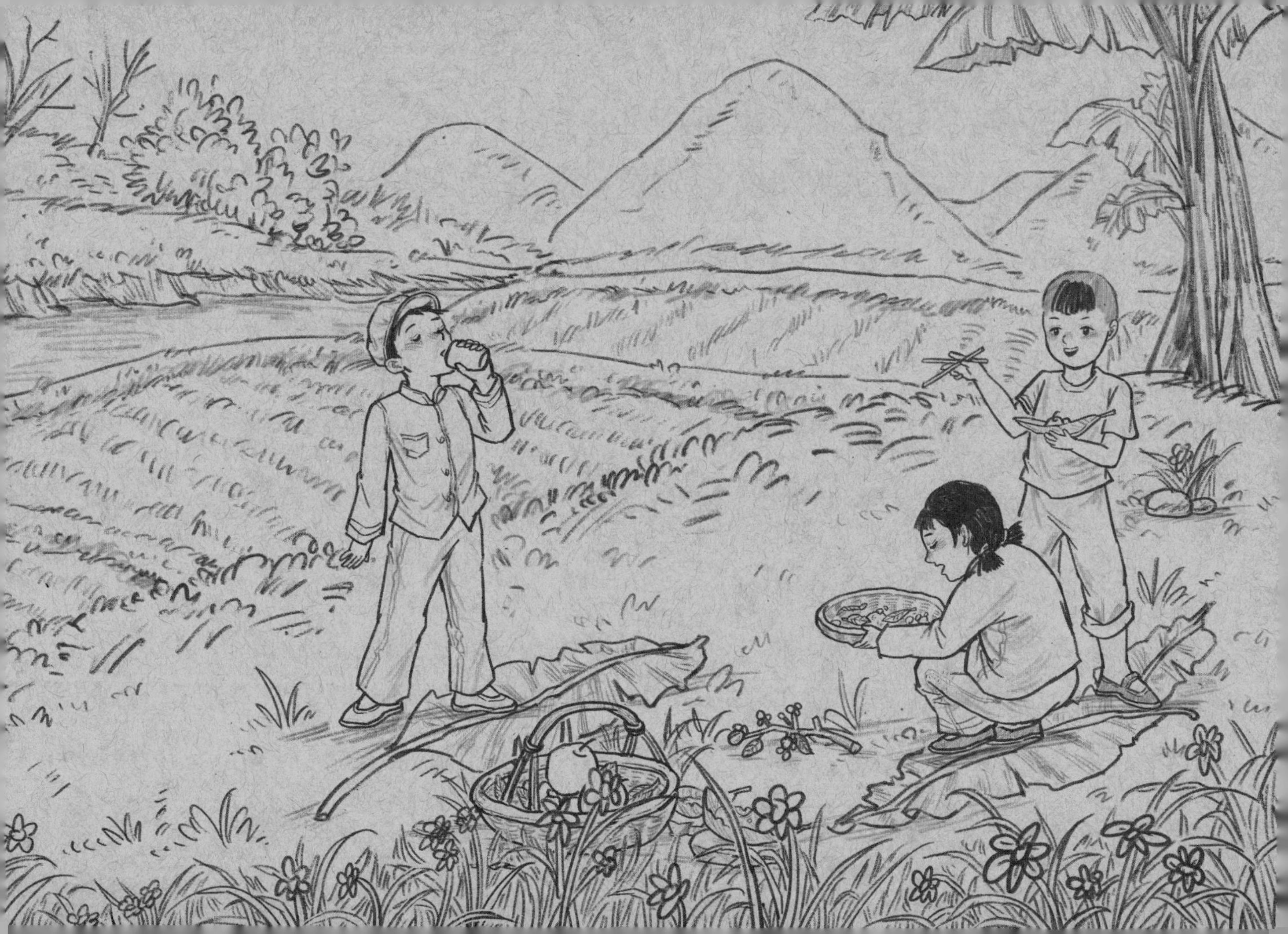

的小物品，如剪刀、针线、小酒杯、调羹、手帕、头巾、发夹、梳子、袜子、棉絮、衣扣、瓶盖、螺帽、钉子、废灯泡等，挖来一团团红黏土淋湿，捏出人和动物的泥偶。

　　后来当我们读小学一二年级时，阿兰姐她们已经准备小学毕业了。这几个房族姐姐不再带我们玩过家家，而是把游戏变成了现实，开始学习种菜。四五月间，她们背着锄头到河边，找一小块没人认领的荒地，像模像样地开垦起来，平整出巴掌大的地方，围起来，把泥土敲碎，淋上水，学着大人的样子播撒玉米种子、细细的菜籽之类，或者从自家菜园里剪一捆红薯藤，插到泥土里去。

　　二十世纪八九十年代，我们桂北乡下人家一般没有专门的洗澡间，冬天洗热水澡三五天一次，都用大盆子在自己的卧室擦洗；夏季漫长，可以天天去河边的几个水埠头直接洗身。天气闷热，每天放学后，姐姐们捧着洗脸盆和香皂毛巾，三五成群走过田埂，下到河里走进水中，把全身的衣服泡湿，同时洗衣洗身洗发，一举三得，末了端起一盆盆河水上到岸边，给自己的菜地浇水。我们男孩子则趁机打水仗，有时也帮她们的菜地浇水。最后我和阿江、阿忠、阿安几个兄弟居然也加入种菜的行列，依葫芦画瓢开垦出了自己的菜地。

我们这些住在水边的孩子，陆陆续续将临近河岸的零散荒坡开发出来，变成东一块西一块的微型菜圃。

经过一两个星期的护理，菜地长出了一两寸长的萝卜苗、小白菜苗。我们将这些细嫩的菜苗小心翼翼地连根拔起，放进洗脸盆码放整齐，用河水洗净带回家，当天晚上刚好煮一大碗菜汤。

红薯苗要经过一两个月的生长，才能采摘红薯叶做菜。为了让红薯长得好，我们学会了施肥，捏着鼻子从家里的牛栏取出牛粪，用竹簸箕运到菜地。红薯藤越爬越长，爬过了夏天，爬到了秋天，当我们快要遗忘这件事时，有人发现肿胀的地面拱出裂缝，于是收获的喜悦便在锄头下降临。

家长们的赞扬夸奖自然少不了。

玩过家家的一代人，终于长大，理解了春种秋收的意义。

后来我离家去县城住校读中学，阿梅姐阿兰姐她们陆续外出打工，原先那些巴掌大的菜地，重新隐没在河边的草丛中。再后来因洪水泛滥，人们修整河边台地，砌上坚固的砖石水泥防洪堤，河边再也没有当年菜圃的影子了。

当我自己成年成家，回到家乡与童年伙伴们相聚，阿兰姐她们也早已孩儿绕膝，成为家庭主妇。那些小外甥们左一个舅舅又一个舅舅地唤我，还拉上我的女儿去跟他们一起玩过家家，分享他们随车带到外婆家的包装精美的塑料玩具，包括芭比娃娃、迷你厨房等，这让我多少有些恍如隔世之感。

# 1 草房子

秋天深了，山间刮来一阵北风，然后是东南风，把寨子附近的稻田吹干，接着挂几天太阳，让熟透的晚稻在风中焕发出金色的光彩。

寨上人们早已准备好锋利的镰刀，铆足劲头，不约而同地走向稻浪里。人们就像给野孩子剃头发一样，一鼓作气将稻浪一片片收拾干净。孕育了一年粮食的稻田，像刚刚坐完月子的母亲完成使命，终于可以身轻如燕走出房间，舒展自己的四肢了。

田野顿时变得疏疏朗朗。此前，我们帮助大人到田里看水，走在田埂上巡逻，防止乱窜的猪牛闯入田里糟踏庄稼，走路都害怕衣袖挂掉稻穗，现在稻谷归仓，轮到我们冲进田里撒欢了。

我们光着脚丫在一丛丛稻茬间寻觅泥鳅黄鳝的孔洞，在田地里追逐奔跑翻跟斗，用木剑刺翻一个个稻草人，累了困了，就找一个合适的地方搭稻草屋，也就是草房子。

草房子的造型一般分为方形平顶和三角形尖顶两种。

盖方形平顶草房子难度稍大，至少需要十根木棍，四根做立柱，四根当横梁，两根做房椽。第一步，先用坚韧的葛藤绑定木棍连接处，形成四四方方的框架，然后抱来稻草围住四个立面，留出一个小门，最后

317

将屋顶盖上。由于稻草长不过两尺，因此立柱不能做得太高，如果想做高一点，得在立柱中部围上一圈葛藤，以便搭上两层稻草。

尖顶草房子非常简单，搭框架只需五根棍子就够了。其中四根棍子两两斜插地上，然后将尾部交叉扎紧，形成一对并排站立的三角架，再用一根长棍子横架上方做屋脊，用稻草堆满屋脊和地面之间的方形斜面，封住一端三角架，留另一端做门，便大功告成。

伙伴中，阿江喜欢挑战极限，曾经尝试过将两种造型合并起来，试图模仿寨子里我们居住的双层木楼来搭建草房子，然而这样做的难度毕竟太大，不仅费时费料，而且遇到狂风一吹就东倒西歪，只好作罢。

有的孩子因地制宜，利用梯田落差的垂直泥墙或田埂边上的斜坡搭建草房。但新鲜的稻草未经风干，茎管里还有沉重的水分，盖草房子时容易将支架压垮。因此我们必须设法找到均匀笔直、坚硬受力的材料。

好在附近的菜园里，横七竖八插有许多干竹竿。那些竹竿拇指一般粗，直溜溜，高过人头，原先是人们上山砍来搭豆棚瓜架的，现在已经瓜去藤空，不免被收去当柴烧，刚好被我们抢救利用。除此之外，有的伙伴也会到河边灌木丛寻找挺拔修长的杜荆枝条，连根砍下，去除枝杈绿叶，截成长棍做草房子的梁柱，坚固耐用，不比竹竿差。

小伙伴们经过一番努力，陆续搭起自己的草屋，排列在田野上，仿佛山野古村寨生出的一群小孩。

秋风袭来，到处冷飕飕，我们躲进草房里，用干稻草铺在泥地上做床，蜷身躺下，感觉十分温暖舒适，似乎完成了一桩人生大事。

大家在草屋里东看西摸，查缺补漏，为了抢占好的床位扭作一团，有时拨开墙壁偷窥别人家，见有来人便迅速合上稀疏的稻草。忽然有一头公牛或一头母猪闯进田里，大家屏住呼吸，默默哀求千万不要撞翻自家的屋子。待猪牛离去，不知是谁大叫一声"有人放屁熏死人了"，从草屋窜出，其他人闻讯，好奇地站起来看个究竟，结果发现屋顶被自己给撞飞了。

然后大笑，互相嘲笑，笑过之后，重新修缮家园。

月圆之夜，万籁俱寂，我们仰面躺在草屋里，眼睛盯着屋顶，透过稀疏的缝隙看那闪闪发亮的星空。有的伙伴从家里带来手电筒，带来红薯、芋头之类的零食，窝在草屋里玩过家家，叽叽喳喳分享食物。大孩子为了吓唬小孩子，就开始讲鬼怪故事，一开始引人入胜，讲到最后越发恐怖，竟然有人被吓哭，既不敢掀开房门独自回家，又不愿意再听，只能颤抖着把脸贴到泥地上，双手紧紧抓住被压倒的稻茬。忽然，又有人大叫一声："蛇！"

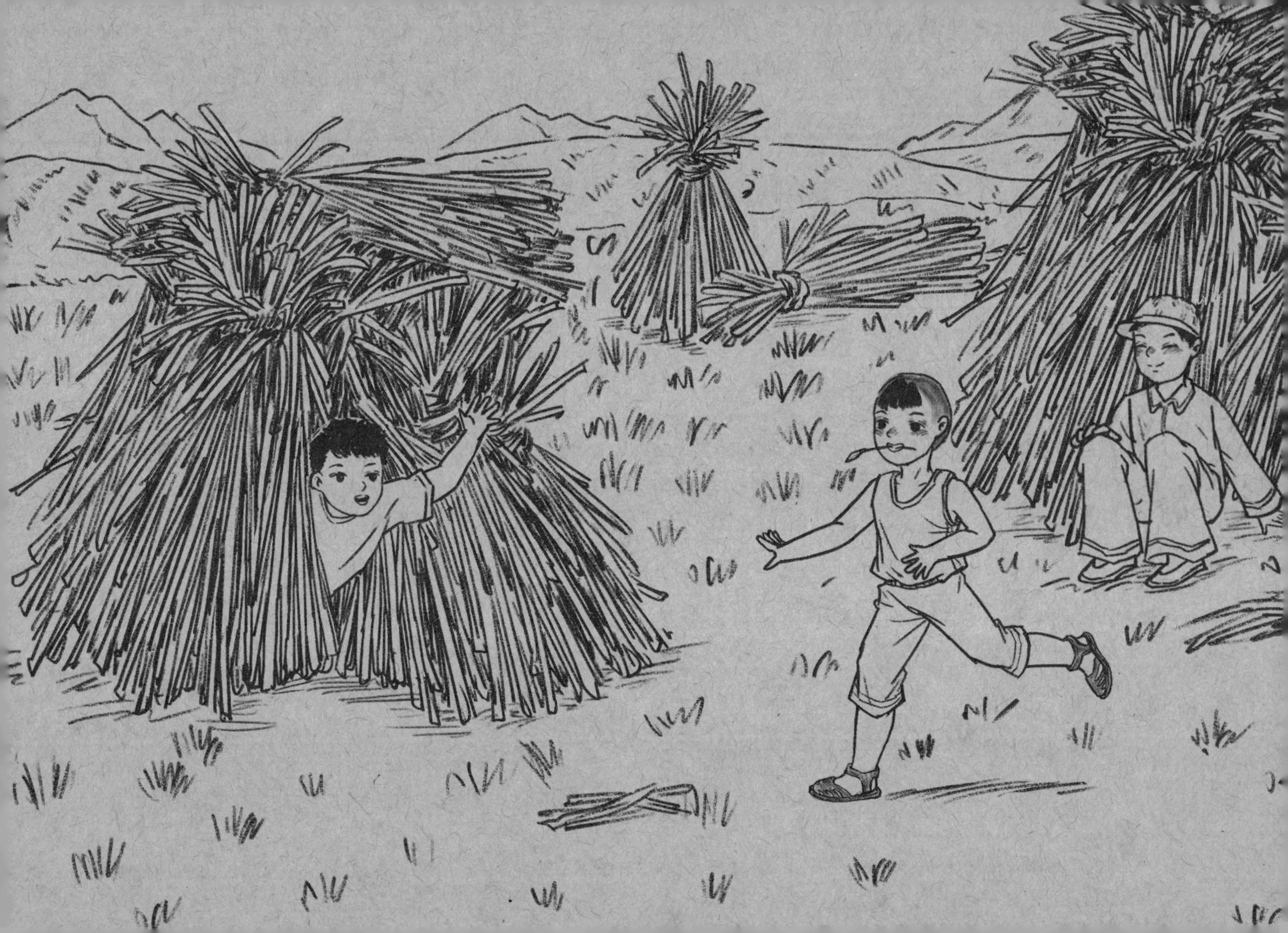

魂飞魄散的伙伴们顾不得白天的辛苦劳动，都夺命而出，连滚带爬冲破草屋，唯恐落后地奔回寨子里。

于是次日一早，放牛路过的大人就会看见到处一片狼藉，东一堆西一堆稻草瘫在田地上。几只早起的黄狗黑狗和鸡群在废墟中觅食。

---

# 2

拥有一所自己的房子，是每个人与生俱来的梦想。我们桂北山村野孩子自幼常见祖辈父辈做大的木屋、小的牛棚，对那技术流程心里有数，自然乐于模仿。

尤其在物质贫乏、居所紧张的七八十年代，我们山寨里贫穷家庭多，往往一家三代、十多口人挤住一栋小木屋，没办法做到人均分配一间卧室，往往一室两床。孩子尚小时，大一点的跟爷爷奶奶睡，小一点的跟父母睡，祖孙、父子、母女共床的现象十分普遍。我在六七岁时和堂弟一起，就分别跟祖父祖母共床过两三年，许多民间传说故事，便是那时听到的。

哪家老人有疾病，如咳嗽、肺痨、瘫痪等易于传染或行动不便的，不得不独居，只能搬到牛棚旁边去。伙伴中，阿江家的木屋虽然高大，但他父亲有肺病，须独占一室，且姊妹众多，卧室不够用，阿江只能跟他母亲挤一张床，所以他到四五岁才断奶，为此经常被邻里当作笑话。好在他上小学时，他大姐已经出嫁，房间腾出给后面的几个姐姐，他才能搬去最小那间卧室。

由此可见，我们在田地里做草屋，表面看来是儿童游戏，但实际上也是一种内心渴望的表现，渴望拥有一处可自由支配的隐私空间。

搭建草房子讲究合作，那些棍子的衔接、稻草的搬运，需要几个伙伴通力合作，才能搭得又快又稳。有时田里的稻草有限，大家为了抢材料，也不得不搭伙分工合作。

第一天做的房子被猪牛拱坏了，或被狂风吹翻了，第二天又继续到废墟上把支架竖起来，围盖好墙壁。我们最喜欢秋天的微风细雨，能够让草屋发挥遮风挡雨的作用。然而细雨终将会变成倾盆大雨，把天地淋湿，稻田涨水，草屋不堪重负，上漏下崩，直到不能待人，我们才狼狈地跑回家中。

有一年刚入冬，我不知出于何故跟父亲赌气，没有地方可去，只好跑到寨尾河畔的草屋里躲藏。晚上霜降，一个人蜷缩如丧家狗，听到母亲到寨子四处呼喊我的名字，愈发不敢吱声，极力将注意力转移到灌木丛中的虫鸣，河滩上的潺潺流水上。虽然知道百米开外就是恐怖的荒坟堆，不害怕是假的，但因心里有怨气，不愿认输回家，只能在草屋里迷迷糊糊地睡了一个晚上。

伙伴们三五成群，都有了自己的"产权房"，但光躲进里面窝着，活动空间狭小，总会腻闷，因此有人设法创新玩法，在房屋之间搭建拱洞，把独立的草屋连成一片，像一列火车的车厢，可以互相串门，模仿大人去走亲戚。

有的女孩子还在屋边开辟小菜园，种植野草野花，男孩子则搬来石头砌鱼塘，甚至在门楣屋顶插上纸糊的旗帜。

童年时代的稻草屋只是我们追寻居所的起步阶段，更实用的是在脱离幼稚期长成少年以后，跟大人去山里干活，为了看守果园茶园，动手参加大型茅棚的搭建。在野外做茅棚，需要割锯许多碗口一般粗壮的杉木、杂木做梁柱，砍来许多竹枝编墙壁，需要成捆成捆的杉树皮、茅草铺盖屋顶。

多年以后的现在，虽然我已拥有一套四居室的城市商品房，读小学的两个女儿各有一间卧室，然而她们却不满足于此，仍然喜欢占据大沙发的垂直角落，搬来枕头、被单、泡沫箱、废纸壳搭建小屋，与她们的表哥表妹们抱着猫狗宠物一起钻进去玩耍，把母亲辛苦收拾的客厅弄得乱七八糟，棉絮遍地。

素来看不惯脏乱差的母亲，不断跟我抱怨孩子们调皮捣蛋，我也只能象征性地对孩子们训斥一番，要求他们玩累了记得收拾场地。毕竟我自己的童年，也是这样玩闹过来的。

# 1 捉迷藏

捉迷藏应是人类最古老的游戏之一。

不妨设想一下,石器时代的祖先们肚子饿了想吃点新鲜肉,是不是得主动出击,到野外寻捕青蛙和野兔?聪明的动物定然不会坐以待毙,见人来了,便哧溜跑开躲藏起来。而当人类深入丛林遭遇虎豹袭击,也必然像兔子那样千方百计狂奔躲避。如此一来二去,本已具备捕捉技能的人类,又增持了躲藏的本领。

春秋末年,伍子胥为逃脱楚平王追杀,一路东躲西藏,最终在追兵的眼皮底下金蝉脱壳;生于乱世中,有的高人极力隐去行迹,藏住真相,甚至放烟雾弹、布下迷局,以达到自我保护的意图。无论个体或群体,斗争策略大抵如此。

躲藏有被动和主动之分。族群间对抗如若力量悬殊,处于下风的一方必须主动躲藏,避开锋芒保存实力。远的案例,如两千多年前秦军南征百越,岭南骆越民族在正面战场失利,于是集体遁入丛林,化整为零藏起来以待反攻。近的案例,如抗日战争中,我方扬长避短采取游击战和运动战策略与日寇周旋,又发明地道战和地雷战等,包括抗美援朝中的夜战野战,其战略战术思路,基本上都是化被动为主动的寓捉于藏、寓攻于守，术语称为积极防御，兵法中称作瞒天过海、声东击西。

　　用现代编剧理论来分析，捉迷藏实在是一个高度凝练浓缩的戏剧模型，在捉和藏中间，横亘着操作空间十分广阔的谜团。捉的一方站在明面，藏的一方站在暗面，形成正反二元冲突力量，可以变化衍生出许多影视片题材或桥段，如警匪片、悬疑片、寻宝片、谍战片等。当这种戏剧情节模型演变成捉迷藏游戏，为了兼顾玩家，显示平等，捉藏双方就需要建立一份契约，或说必须遵守的规则。

## Z

　　捉迷藏的规则，大抵包含时间和范围两个方面。

　　时间方面，捉方必须给予藏方一定的时间去隐藏自己。当游戏开始时，捉方背过身去，或者蒙住眼睛，大声念倒计时，数十下或者六十下，都是经过双方约定好的。在这个规定的时间段里，藏方要迅速完成隐蔽，一旦倒计时结束就不能动了，开始转换到捉方执行搜索捉捕的阶段。

　　藏方躲藏的范围也是双方约定好的，绝对不能超过某个大家指定的界限。比如说以寨前的河流为限，或者以寨中某条巷子为界，或者限定在一栋房子里，最大不能超过半边寨子，谁若出界，即视为犯规。

有些地方将捉迷藏游戏称作警察抓小偷。

小偷要合法合规躲过警察的视线，于是乎极尽隐身之能事，绞尽脑汁寻找别人意想不到的地方藏起来。柴堆的缝隙、牛栏的上方、猪圈的夹角、床架的底部、衣柜里、屋檐下、篱笆旁，臭水沟的石板洞内，稻草堆的中间，不一而足，而躲在大门背后是最笨的办法。

有的小伙伴运用到了"最危险的地方往往是最安全的地方"这些理论，钻进尿素袋伪装成一坨化肥，试图横陈在警察眼皮底下瞒天过海。有的伙伴不惜牺牲自

己,藏进茅厕,扯下遮挡布盖住身躯,捂鼻憋气忍了好一阵子臭味。这样做赢是赢了比赛,可是惹了一身臭。最高级的伪装,是能够利用环境空间及光线特点巧妙地隐身,例如跳进长满荷叶的池塘水底,只用一根竹管伸出水面维持呼吸,或者爬进烧酒用的大黑灶里用锅灰把脸涂黑蜷成一团,甚或躲在土地公香火庙内端坐以假乱真。不过这样做的代价实在太大了,玩过一回,众人皆知。

玩捉迷藏游戏无需玩具,只需一个环境相对错杂、可供众人隐蔽的地方即可。

在有限的范围内尽量延长游戏结束时间,是捉迷藏过程中小偷获得快感的重要原因之一,警察则相反,简直像猎狗一般,越快找出目标越兴奋。

游戏的难度有两档。第一档是警察只要找出一个小偷,便可进行身份转换,按约定加入小偷行列,被找出者则成为警察,去寻找隐蔽的目标,如此轮流下去。第二档难度加大,初扮警察的伙伴必须捉到所有小偷才算胜利完成一局,才能重新洗牌。

洗牌的办法要么是抽签,要么石头剪子布。

至今我还想不明白,为什么在捉迷藏游戏中,几乎所有的小伙伴们都争着当小偷,而将石头剪子布选出的,具有搜索权的警察视为倒霉蛋呢?

如果说小偷在选择藏身点和隐藏方式上，具有相当大的主动权，充分体现自己的隐蔽伪装的能力，躲得好，可以考验折磨糊弄警察，收获出奇制胜、金蝉脱壳、瞒天过海的快感，那么警察也不是吃素的，他必须嗅觉灵敏、眼光独到，熟悉环境和小偷的惯用伎俩，迅速判断出目标所在。

也许相对于小偷，当警察是一件累人的工作吧，又或者，警察的角色虽然手握执法权，但身在明处，而藏在暗处的小偷又似乎无处不在，所以警察身份会带来一种孤立无援的不安全感。

# 3

上大学时，我初识一女同学，她谈及童年时代的两件好笑事。

二十世纪八十年代桂西北农村，她父母连续生出俩丫头片子，还想再要一个"带柄的"。她母亲肚子里的弟弟尚未出生，计生工作队员就掌握了她家的情况，经常到访村里做思想工作。她父母索性玩起"超生游击队"的把戏，在屋后开一小门，连接一小路通往后山，前门一有风吹草动，随时撤去后山找地方躲藏。

一次工作队员又敲门家访了，我同学的妹妹胆子大，主动去开门迎接,她却被这番突然到访吓得直接跳进自家厨房的大米缸,盖上盖板,大气都不敢出一声。剩下她半身不遂的奶奶卧床哼唧。

工作队员进了家,询问老太太情况,老太太说土话吞吞吐吐不清不楚,讲到有歧义的地方引起哄堂大笑,我同学躲在米缸里也居然忍不住放声大笑,结果暴露了。

工作人员问她:"你爸妈去哪了?"

她却脱口而出说:"妈妈不让我跟你们讲她跑后山去了!"

后来,工作队员离开了村子,到了晚上,我同学免不了一顿"屁股开花"。好在有惊无险,她弟弟顺利出生,长大成人。

他们家另有一件叫人哭笑不得的事,直接与捉迷藏有关。

一天,她父母都去山上干活了,她和弟弟妹妹及几个邻居小伙伴在家里玩捉迷藏。找了半天,就是找不到她妹妹。

村子里也不见人影。

当天晚上,家人四处寻找、呼喊,几近绝望时,差点派人去叫道公巫婆来做法事显灵。最后家里挤满了闻讯赶来的亲戚,熙熙攘攘之间,才有人忽然听到一阵哭声从棺材盖下传了出来。

原来她妹妹为了游戏取胜,竟钻进棺材里面躲藏,久久不被发现,躺着睡着了。

她说这故事时，把我吓了一身冷汗，但熟悉桂西农村风俗的人却司空见惯。壮族地区的人们，喜欢在老人尚未过世之前量身定制一口棺材，称为寿木。端的是心理疗法，以寿木来时刻提醒老人死期不远，所以老人打心底里生出求生欲，尽量不要犯糊涂，该吃吃该喝喝，好让自己多活几年，帮晚辈看家护院。

由于棺材没上漆，长期存放屋檐下有遭受风雨损坏之虞，有的人家索性搬进屋内厅堂，横在墙角下，用蛇皮袋盖起来，平时堆放一些镰刀锄头、蓑衣斗笠、水鞋袖套之类器具在上面。随着时光流逝，那一庞然大物似乎也变成一种有用的家具，完全褪去了可怖的意味。逢年过节聚餐，人来人往，日久天长，寿木被当作垫屁股的家具，表面居然被磨得像沙发一样光滑。

我同学家的就是这样一口寿木。

同学说，她妹妹虽然读书少，初中毕业即外出打工补贴家用，但她的胆子贼大，居然跑到上海学手艺、学开车，工作婚嫁等事从来不用父母操心，这在山沟沟里委实少见。

# 4

世间的许多动物都身怀伪装术，何况乎人。

我们文垴寨虽说古风长远，民风彪悍，但除了我爷爷之外，近百年不出一个当兵的人才，做警察的人也没有。那时的年轻人大多不喜欢读书，往往初中没毕业就辍学打工，或学做泥水匠，搞点小生意，但大多在打猎宴饮、捕蛇捉虾等闲事上却颇有能耐。

我读中学时，寨上有一位年长我们几岁的族兄，父母老实，家里贫穷，供不了他读书，他于是不说话不交际，长年累月把自己关在房间里睡大觉，昼伏夜出像匹独狼。那时寨上久不久失窃一些鸡鸭猫狗，虽然流言蜚语隐约指控系他所为，但人人苦于没有证据。

后来有一天，大家发现他的身高几乎超过我文垴寨所有同龄人，而且皮肤白嫩，头发乌黑浓密，俨然富家子弟的样子。他背个包包从晒谷坪闲谈的人群中走过，过了寨口的大桥，招手坐上前往柳州的班车远去。

半年后，他又坐班车回来了。竟身穿一身警察制服，腋下夹一根警棍，给寨上的老头发烟。人们问他是不是遇上神仙贵人，当公安吃公家饭了。他倒很神秘，什么也不说。再过半年，寨上有人犯事被派出所拘留七日，出来后告诉大家，那位兄弟也在里面蹲着。原来，他一直假扮警察，到偏僻的乡镇装模作样拦路检查收费。结果被人识破，东躲西藏，最终难逃真警察的手掌心。

# 捉小鸡

年少时，我们对公鸡带仔或母鸡护食，为一点残羹剩饭与土狗缠斗的现象见怪不怪，也目睹过山谷飞来老鹰冲到地面捉鸡叼蛇，但我们在读小学前，确实没有玩过老鹰捉小鸡的游戏。

是小学体育老师教会我们这项游戏的玩法。

平时一下课，男生就冲到球场打球、奔跑、摔跤，女生则跳绳嬉戏。一年级上体育课时，老师把我们这帮灰头土脸的野孩子集中起来，按照班组分成几个小纵队，挑选个子高的同学站到前排，个子矮的同学依次排列在他身后。然后老师说：

"接下来我们要做老鹰捉小鸡的游戏，哪个愿意做老鹰的请举手。"

同学们于是纷纷举手。

老师又说："那我们轮流来，从最后一个同学开始，每个同学都有机会。站队伍前面的同学是母鸡，你要保护好小鸡，不给老鹰逮住他们。要是哪个小鸡被逮住了，就换到前面来做老鹰。"

没等老师说完游戏规则，大家就欢呼着玩开了，几支队伍像舞龙舞狮一样转来转去，操场似乎也顿时摆动了起来。

母鸡同学张开臂膀左突右防掩护鸡群，小鸡一只接着一只紧紧抓住前面同学的腰带和衣角。老鹰同学上蹿下跳，想要逮住掉队的小鸡。

放学回家的路上，回到寨上的晒谷坪，我们就三五成群组队玩此游戏。有时大人也加入我们的行列，充当我们的母鸡。逮不着小鸡的老鹰气哭了，捶胸顿足，放弃角逐，直接跑回家吃饭。

大人见力量悬殊有些扫孩子的兴，便提出他可以眯着眼做母鸡。后来，换上大人去做老鹰，干脆拿一条毛巾蒙住双眼。这样一来，游戏的趣味也增加了。即便大人不来参加，我们小孩子也喜欢蒙着眼睛，有时蒙老鹰，有时蒙母鸡，有时老鹰母鸡一起蒙上，鸡群则乱成一锅粥。直到有人因此摔了一跤，把门牙磕掉，大家才扯去布条，回归到正常状态。

老鹰捉小鸡的游戏，主要训练参与者的身体协调能力和敏捷能力，鸡群唯有时刻机警、团结互助、步调统一，才能抵挡老鹰的进攻。老鹰面对敌众我寡的形势，蛮攻难破，必须智取，充分使用各种阴谋诡计，做出各种虚晃动作迷惑对方，这有点像篮球运动中的假动作过人。左闪诱敌之后，迅速右切绕到敌后进行突击，眼看鸡群"尾大不掉"，方能有所捕获。

与这一游戏运动相似的成人运动，就是民间抢花炮活动。

每年三月三，家乡一些乡镇组织抢花炮节庆活动，在宽阔的河边田野，十几支来自各村寨的男丁壮汉队伍，赤膊光膀，角逐一只手镯大小

335

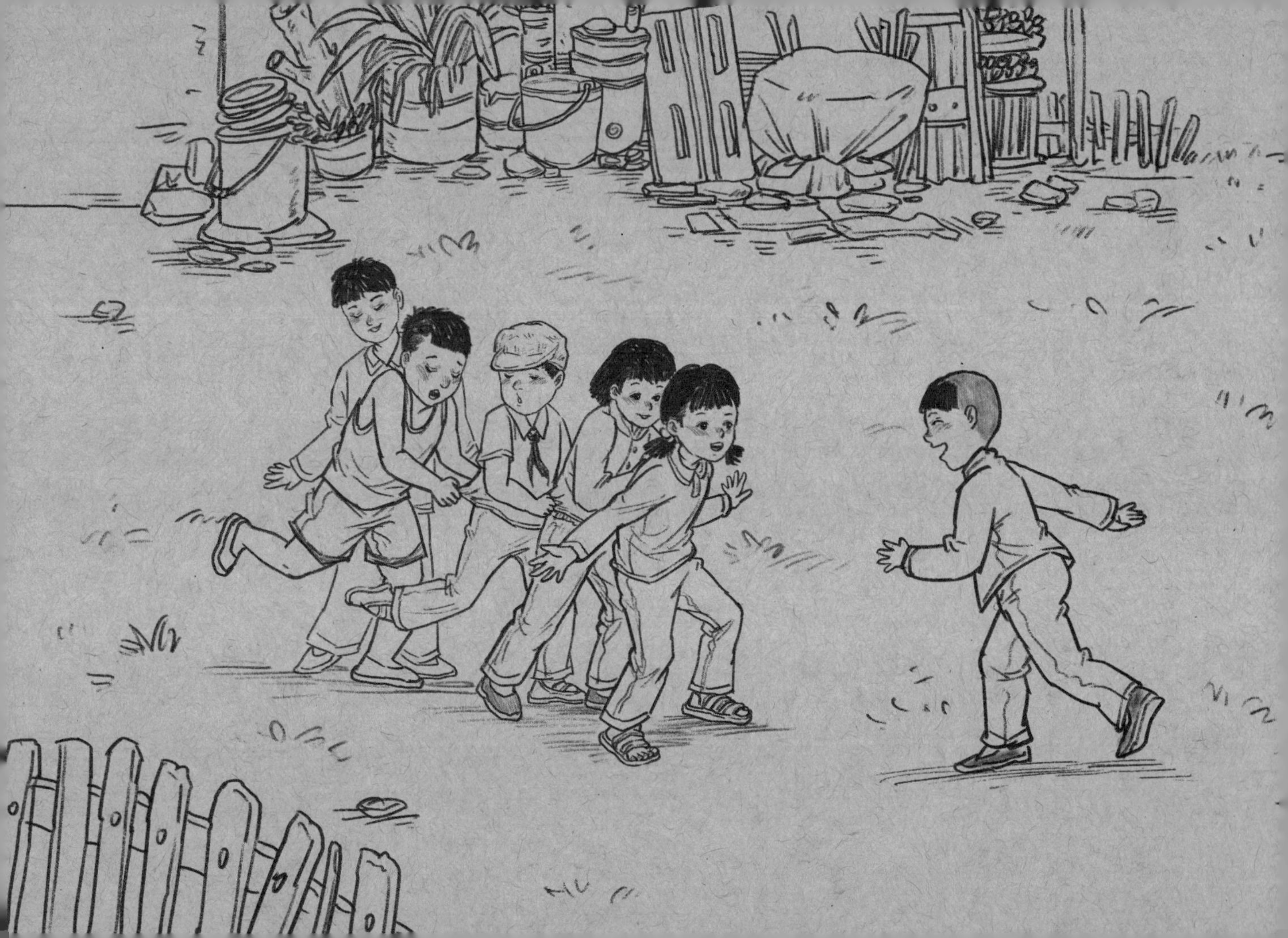

的铁环。铁环缠着红布，安装在铁炮管上，随着裁判"嘭"的一声点燃火炮，铁环飞向空中，坠落地面。抢炮队伍好比橄榄球赛运动员，拼尽全力抢夺目标。

本队成员一旦拿到铁环，队员们便迅速转攻为守，或排列人墙掩护队友前进，堵住对方来抢，或迷惑诱敌，隐藏目标，暗中转移。激烈的冲撞对抗、争夺呐喊，引发周围观众山呼海啸般的助威，人潮一浪高过一浪，有时却挤错了方向。

直至主席团上铁哨响起，裁判高举勇士手执铁环的拳头，亮出胜利的招牌，还在泥地里摸爬滚打、鼻青脸肿的各路豪杰才恍然大悟，自己竹篮子打水遭人戏弄，输掉了重要的一炮。

抢花炮一般分为三炮，头炮奖励大牛，二炮奖励大猪，三炮奖励大羊。比的是勇气与智慧，培养的是男子汉的血性，胜利的队伍受人尊敬，失败的队伍来年再战，各村寨之间讲究的是团结和睦。哪村哪寨哪次赢得了猪牛羊，在接下来亲朋好友的聚会上可以自豪一整年。

我们小时候一起玩老鹰捉小鸡游戏的伙伴，长大后不少人都加入过花炮勇士的队伍。

# 1

## 掏鸟蛋，养鸟儿

儿时我家木楼前厅天花板的横梁下，住有一窝黑羽白腹的小燕子。冬去春回，燕去燕归，祖父说有好些年头了。

每年春耕耙田时，从外地迁徙来的燕群便叽叽喳喳涌现，它们排在电线上搓羽、磨喙、东张西望，或飞进水田啄食，踮着脚尖跳"水上芭蕾"，在耕夫与黄牛头顶上盘旋。见山寨与往年无甚异常，便像下乡插队的知青，三三两两飞进各家各户，似乎早已分配好住宿。

落户定居后，燕子开始忙活，东查查西看看，在洞开的窗户框架间进进出出，跳上晒衣服的竹竿左右打量，然后飞到附近的水田，衔来一口又一口的湿泥、干草，堆叠修葺它们的老窝。

等田里的秧苗都插完了，它们就四处捉虫子、捕蚊子。我们也分不清哪只是公燕，哪只是母燕。忽有一天，发现地板上有一摊砸碎的蛋壳，散在一片青黄的浆液里。不知是燕子不小心，还是燕窝太窄，或者夜间有老鼠搞破坏，我们都觉得很可惜。

祖父担心它们再闹悲剧，就扛来木梯架到横梁上，命我登上去查看燕窝情况，因朝上的窝口距离天花板太近，只瞥见有几颗拇指大的鸟蛋。我只好塞进一团老棉絮，助它们保暖。

果然没过两个星期，泥窝边沿就有三五只嗷嗷待哺的幼鸟，伸长脖子，张开嫩黄色大嘴巴冒出头来。它们的父母你来我往忙个不停，叼来虫子挨个塞进它们的喉咙。

那时我们家就像有了喜事，村里家家户户都像有了喜事。

那时我们每个男孩手上都有一副专打鸟雀的弹弓。有时看见寨子各家屋檐下，直直的电线上成排成排站着燕子，不免手痒拉弓射去，却被大人们拦下呵斥。老辈人跟我们讲，燕子是神鸟，能到家里来做窝，是人修来的福分，燕子去田里捉虫，这一年的谷米肯定吃不完，所以谁也不能惊吓它们。从那以后，我们这群野孩子就心照不宣，严守这一规矩。

但是，河边老树上的野鸟儿就有点惨了。

## 2

确切地说，是住在枫杨树与荷木上的乌鸦和猫头鹰有点惨了。

这些老树的主干，从下到上爬满了藤蔓，拇指粗的老藤像一条条长蛇盘绕在斑驳皱褶的树皮上。每年四五月间长出茂盛的叶片，开出许多细碎的白花，六月间冒出一个个圆溜溜的果子。我们每天从树下经过，见那果子起初像鸽子蛋，后来像鸡蛋，再到后来长得像鹅蛋那般硕大，悬挂空中，仿佛百千盏灯泡，蓝里透白、白里透绿，十分诱人。那时我们并不知道它叫什么，老辈人说是凉粉子，年轻人说是牛蛋果。为了吃到这些果子，我们用弹弓射，拿石头掷，仍然不满足，干脆爬上树去设法摘下来，像饥饿的猴子遇到面包，流着口水撕开啃食，弄得满嘴果浆。

　　一直到多年以后，我有机会下乡驻村，在南宁隆安县乡下某处老墙头再次看到类似的藤蔓，结出相同的果子，用手机专门软件拍照识别后，方才知道它的学名叫作薜荔。

　　薜荔是桑科榕属多年生植物，喜欢寄生于古树、墙头。由于它在老树枝干上不断盘绕，形成一簇簇一窝窝的凹槽，日久天长，积留许多枯枝败叶，在雨水侵蚀下滋生许多青苔，秋冬季节变干燥，开春后被一些懒惰的鸟雀直接用作栖息的隐蔽巢穴。

　　我们爬树摘薜荔果的时候，发现了这些鸟巢，以及躺在里面的一窝窝鸟蛋，蓝的、绿的、白的、斑的。但我们并不敢吃这些鸟蛋，而是悉数取出带回家，想当然地放到母鸡窝里请它帮忙孵化。然而效果并不好，鸡仔都破壳了，鸟蛋还迟迟没有动静，最后竟然一个个地变成了坏蛋。

　　长了教训，我们就不再劳烦母鸡，而是耐心地观察，等待树上鸟巢长出小鸟。一天两天三天，一周两周三周，猫头鹰和乌鸦进进出出，它们的习性和行踪显然已经被我们掌握。一两个月后我们再爬到树上去，

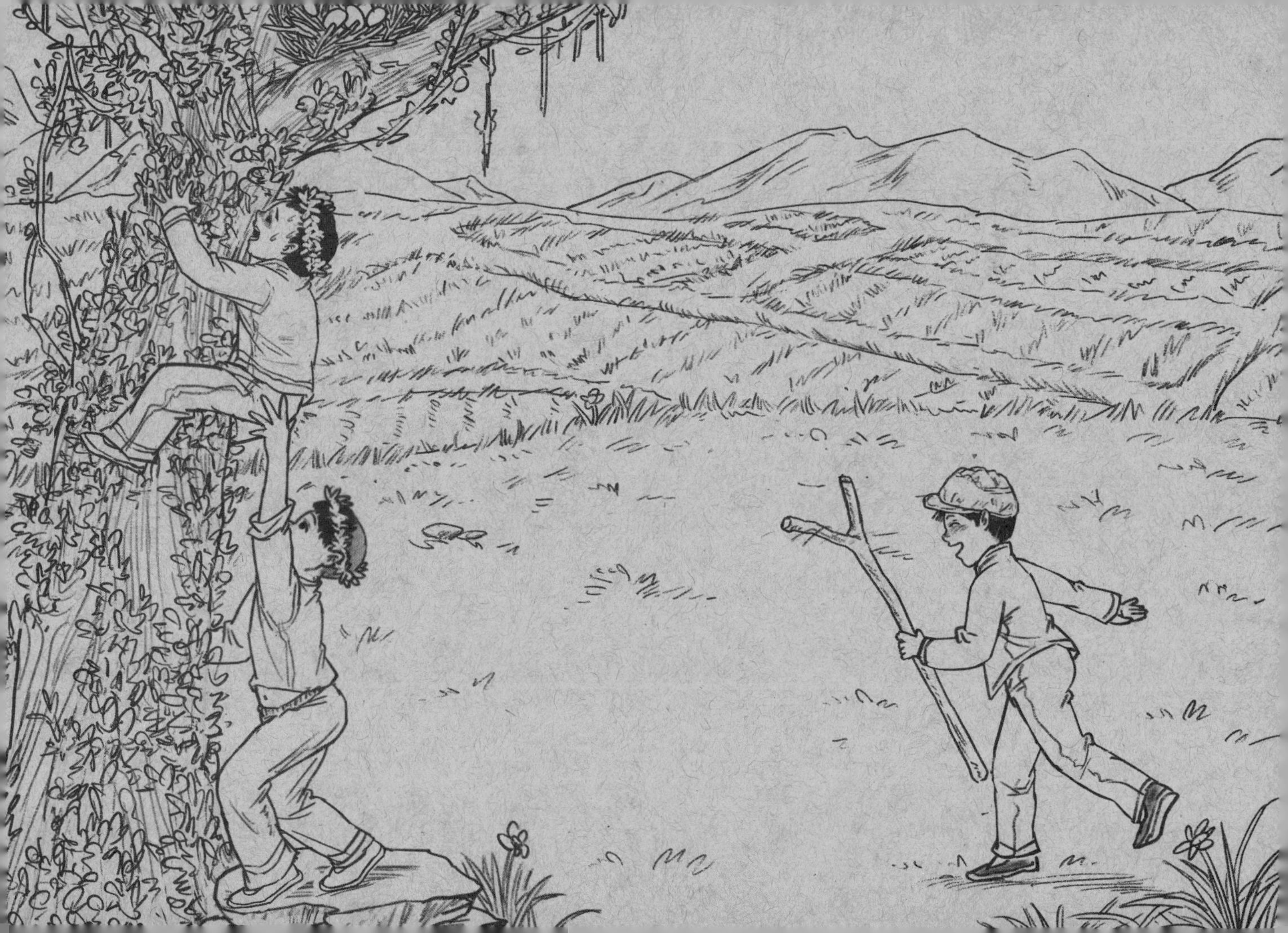

果然看见一窝毛茸茸的幼鸟，便小心翼翼取出来，捧回家里，放进纸壳和木箱做的鸟窝小心侍候。

小鸟娇嫩，生长发育期食量特大，必须不断给它们喂食菜虫，换毛之后改喂蚂蚱，并非每个男孩都能成功驯养一只鸟儿。

阿忠的哥哥阿德哥已经小学毕业，不再读书，有大把时间和心思，他成功养大了一只猫头鹰，令我们这些小弟羡慕不已。阿忠把它带去学校，来来回回路上我们就帮他抓虫喂鸟，为的是能够摸一摸、拿一拿，看一看它那玻璃珠一样的眼球。老师警告不能带鸟儿到学校，阿忠就把猫头鹰藏进书桌抽屉里，结果上课时鸟跑了出来，飞到窗台上，阿忠下意识吹口哨示意它返回，结果它听不懂，飞到了老师的肩膀，当时老师正在忘情地板书，这一幕引来全班同学哄堂大笑。

阿忠和他的鸟儿一起去门口罚站，自然是免不了的事。

阿江养活过一只乌鸦，因为乌鸦是杂食动物，会吃青菜和米饭。但乌鸦整天喜欢乱叫，尤其是阿江去上学时拿绳子把它绑在家里防止其飞走，它没了自由，更是"呱呱"不停。后来阿江的父亲用剪刀剪掉绳子，把它从窗口扔出去，它却又飞了回来，他老人家非常生气，直接扛起鸟枪放一声空炮将它吓走。

记得有一年，阿安看准河边一棵树上的鸟洞有乌鸦反复出没，判定那里"有货",即使没有幼鸟,他也要确认是否有鸟蛋,于是冒险爬上去。我们都在树下盯着阿安,他像猴子一样一步步接近离地十米多高的鸟洞,最后,当他伸手进洞里时,突然"啊!"的一声,飞离树干,翻身直摔到树根底下的草丛,哇哇大哭——把手臂给摔骨折了。

我们问他是什么情况,他说树洞黑乎乎的,什么也看不见,只摸到了一圈像猪血肠一样冷冰冰、滑溜溜的东西,他浑身像触了电那样不禁发抖,然后一抽手,就摔了下来。

## 3

各种野生鸟类还喜欢在河滩、岸崖、荒山野地的草丛灌木丛里建巢筑窝。冬天人们开荒的时候,经常遇到一些被烧熟的鸟蛋或者蛇蛋。

在尚未收割的稻田里,往往藏有许多水鸟,大人们允许我们吃水鸟蛋,所以我们十分乐意接受大人的安排去看水、巡逻,其实私心是寻找水鸟的老巢。

翠鸟没有住在树上或者草丛中的习惯,它们喜欢把家安在小溪边的石缝里,或利用水边泥洞做巢,因为那些地方人迹罕至,比较保险。有一年夏天,我去后山三四公里外的小溪边放牛,走着走着,忽然看见一道蓝色的闪电从溪谷间划过,我断定那是一只翠鸟,附近肯定有鸟巢。于是在傍晚将回家时,特意涉过小溪,走进清澈见底的水潭,爬上一块巨石,试图到巨石背后的灌木丛中寻找翠鸟的踪迹,终于在一处露有新鲜泥土的岩缝中发现一个光滑的小洞口。

　　我把手臂探进洞窝里,还真的摸到一团温热柔软的东西,捉出来一看,是几只还没长毛、眼睛半开的幼鸟。长长的嘴,粉红的肉,样貌奇丑无比,但可以感受到它们的心脏在跳动。我决定带其中两只回去喂养,其余几只放回洞内留给翠鸟妈妈。

　　我将它们捧在手掌心,沿着崎岖的山路带回家中,不幸的是,有一只在半路上无缘无故永远地睡着了。只剩下一只,十分叫人怜爱。我用棉花为它造窝,捕捉螳螂和蚂蚱喂它,和它说话,让它用长喙衔住我的小手指。一日复一日,不知不觉间,它柔软金黄的嘴角开始变硬变黑,稚嫩的身躯开始长出一根根白色的羽囊和羽柱,羽柱如蒲公英似的慢慢散开,直到绽放出浑身的翠蓝色羽绒——可以吃鱼了。

　　整个夏天,我几乎都蹲在河边钓鱼来喂养翠鸟。清澈的河水让它的双眼发亮,波光粼粼的水面激发它的本能。终于有一天,它从地上跳了起来,抓住我的衣领,张开翅膀,沿着我的肩膀和手臂像跳探戈似的一路歪歪扭扭半飞半走滑到我的手掌心。我轻轻将它抛起来,它却敏捷地降落到我的手背。我明显感觉到它的爪子有一小股下沉的力量。鸟类纤细的爪子，就这样站在童年天真无邪的我的指尖，跃跃欲试。

"噗通！"羽翼未丰的小翠鸟第一次被我扔到河里。它浮在水面上喳喳叫，挣扎了好一阵子，才沿着我伸出的树枝爬到岸边。

我又把它带到阳光猛烈的地方，放在石板上给它晒太阳。它得意地跳起了鸟类的舞蹈，拍打着翅膀，把头伸进腋窝，用嘴巴一遍又一遍梳理羽毛。十几天以后，它到了换毛的时间，食量突然增大，但我的暑假已经结束了，没有更多时间去钓鱼，也不敢带它去学校。家里的鸟笼，套在鸟足上的绳子，成为我在课堂上最担忧的事情。它是不是饿坏了，脖子是不是卡在鸟笼上？每天一放学，我就小跑回家，掏出口袋里的蚂蚱送给它，它狼吞虎咽起来，原本忧郁的眼神逐渐变得闪闪发亮。

鸟儿需要飞行，就像人需要走路，不知道这是谁告诉我的。于是我把细细的绳子解开，让翠鸟练习飞行。

第一天，它从我家的窗口飞出不远，站到一棵柿子树上来回翻越几次，很快就回到我手上。它喜欢我抚摸它的翅膀，当我从头到尾抚摸它背部的羽毛，它就非常享受地半闭着双眼，像一个无忧无虑的小神仙。

第二天，我继续放飞翠鸟。它飞到了村前河面的上空，盘旋数圈，骄傲地上下穿梭，却有些胆怯，不敢尝试扎入水中捕鱼。一次飞速上升之后，它来了个急转弯，又慢悠悠地飞回原地，站到我的头顶。我隐约听到了它的心跳和呼吸，但它叽里呱啦说着什么，我却听不懂。

到了第三天，我让它飞向田野，它真的飞去了好远好远，直到完全离开我的视线。正当我急得快要绝望哭泣之际，偶然一回头，居然看见它不知什么时候已经飞到我家的屋顶。它在瓦片上踱步玩耍，但无论我怎么吹口哨，它就是不肯下来。

这时，突然乌云密布、电闪雷鸣，村里人全部出动奔向晒谷场收拾稻谷，我也不得不前往帮忙。倾盆暴雨迅速将寨子里外洗刷了一遍，我那可怜的翠鸟也被淋得浑身湿透，翅膀打不开，一时半会无法从屋顶飞下来了。

第二天清晨，朝阳给村庄镀上一层金色的光辉。我站在屋前的空地上吹口哨，一遍遍叫唤仍然站在屋顶瓦片上的翠鸟。但是任凭我的口水吹干、喉咙喊破，它还是纹丝不动。

时间紧急，我必须迈步离开寨子去上学了。我三步一回头走过河面的小桥，期待中午放学回家，就可以捉回一堆蚂蚱引诱它从屋顶飞下来。

但此时，远远地，我看见它振翅起飞了。它张开羽翼，绕过柿树，飞越河面，掠过我头顶的上空，只清澈嘹亮地叫唤了几声，便顺着晨风，头也不回，闪电一般飞向远处的溪谷去了。

# 纸飞机

很显然，纸飞机是一种历史比较短的玩具。从材质来看，它至少要等纸张在民间普及，价格低廉到不值一提，才有可能轮得到孩子们拿来玩游戏；从形式上看，肯定要等到近现代飞机发明以后，"飞机"的造型才深入人心。

虽然我国春秋时期的工匠早已发明了木鹊，东汉时期的工匠做出了纸鸢，其原理与纸飞机一样，都是借助空气的阻力产生浮力滑行，然而木鹊和纸鸢毕竟是古典玩具，与工业时代的"飞机"概念内涵不同。

纸飞机看似很简单，随便找一张纸，就可以折出来，但实际上如果没有经过一定的教学训练，不懂内中技巧，即便心灵手巧，也很难做出可以远距离滑行的纸飞机。

我们首先要懂得纸张的特性，以及一定的结构原理，才能将纸张一次性折出对称、平直的结构痕迹。如果一张纸被反复折叠，纸面就会凹凸不平，折痕线条被打乱，做成的纸飞机就将丧失稳定的力学结构，从而影响飞行效果。其次，我们要略懂飞机构造，如机身和机翼之间的比例，机头机尾的轻重分配，等等。

小时候，当我们要做纸飞机时，作业本可就遭殃了。

新买的作业本散发着草木香味，纸张平整清脆，摇起来哗哗响。第一步，用削铅笔的小刀割下一张，摆到书桌上对折，可以横着对折，也可以竖着对折，第一次对折出的纸痕就是飞机的骨架。

第二步，从折叠端左右向内折出一个三角形，做出机头的框架。

第三步，左右半张纸对折两次把飞机的两翼折出来，底部留出一指宽机身，最后在两翼末端相对折出一个角，作为飞机的尾翼。

尾翼是控制飞机方向的重要部件，机头的厚度和斜角决定飞机的起飞速度和气流摩擦阻力，两翼主要承受空气浮力，每一个细节加起来，最终决定了纸飞机的滑行质量。

拇指和食指捏住纸飞机的机身前端，朝前方45°角使劲抛去。这一抛，给予了纸飞机以初始动力，接下来，它在空中的表现只能靠它自己啦。但别以为用力越大越好，假如用力过猛，飞机会瞬间震坏，用力太轻，它又不够听话，出现飞不动或者飞不远的情况。

经过许多次实验的失败，我们慢慢掌握了纸飞机的结构特征和性能，慢慢树立了成功的信心，于是在简单造型的基础上充分发挥想象力进行各式纸飞机的改造。

有的同学把机头做得重一些，提升起飞的速度。

有的同学加大机翼的面积，以减慢飞机降落的速度，让飞机在空中借助风力慢慢地飘浮旋转。

有的同学折出又尖又长的战斗机，可以直线穿梭，飞出很远的距离。

有的纸飞机呈三角形，有的像剪尾燕，有的几乎看不到机身，有的又短又胖仿佛糟老头，有的纯粹像一只蝴蝶，翅膀随风舞动。

纸飞机毕竟是一次性玩具，需要好的场地和天气，如去户外放飞，一旦下雨就没办法玩了。

有一段时间我和伙伴们在学校操场上、教室里或者寨上的晒谷坪比赛放飞机，觉得还不过瘾，就突发奇想跑去寨口的大桥上，朝着河面放飞。看着飞机飞越河面，像燕子一般冲刺旋转前进，远远地扎进水里。有时候它们遇到风，也会拐个弯飞回来，这时，我们快乐往往无以言表。

当我们能够精准控制纸飞机，它便成为我们传递信息的工具。有个同学不认真学习，期末考试时不会做题，便拿草稿纸做了一架"小型战斗机"，写上几个字，趁老师不注意放飞出去，落到我的试卷上。我就把自己的答案写上去，又趁老师不注意，请"战斗机"原路返回。当然也有作弊失手的时候，原因是有越来越多想不劳而获的同学在考场上明目张胆地放飞机，把这个秘密武器给暴露了。校长不仅没收了我们的"战斗机"，还提着我们的耳朵一个个去见家长。

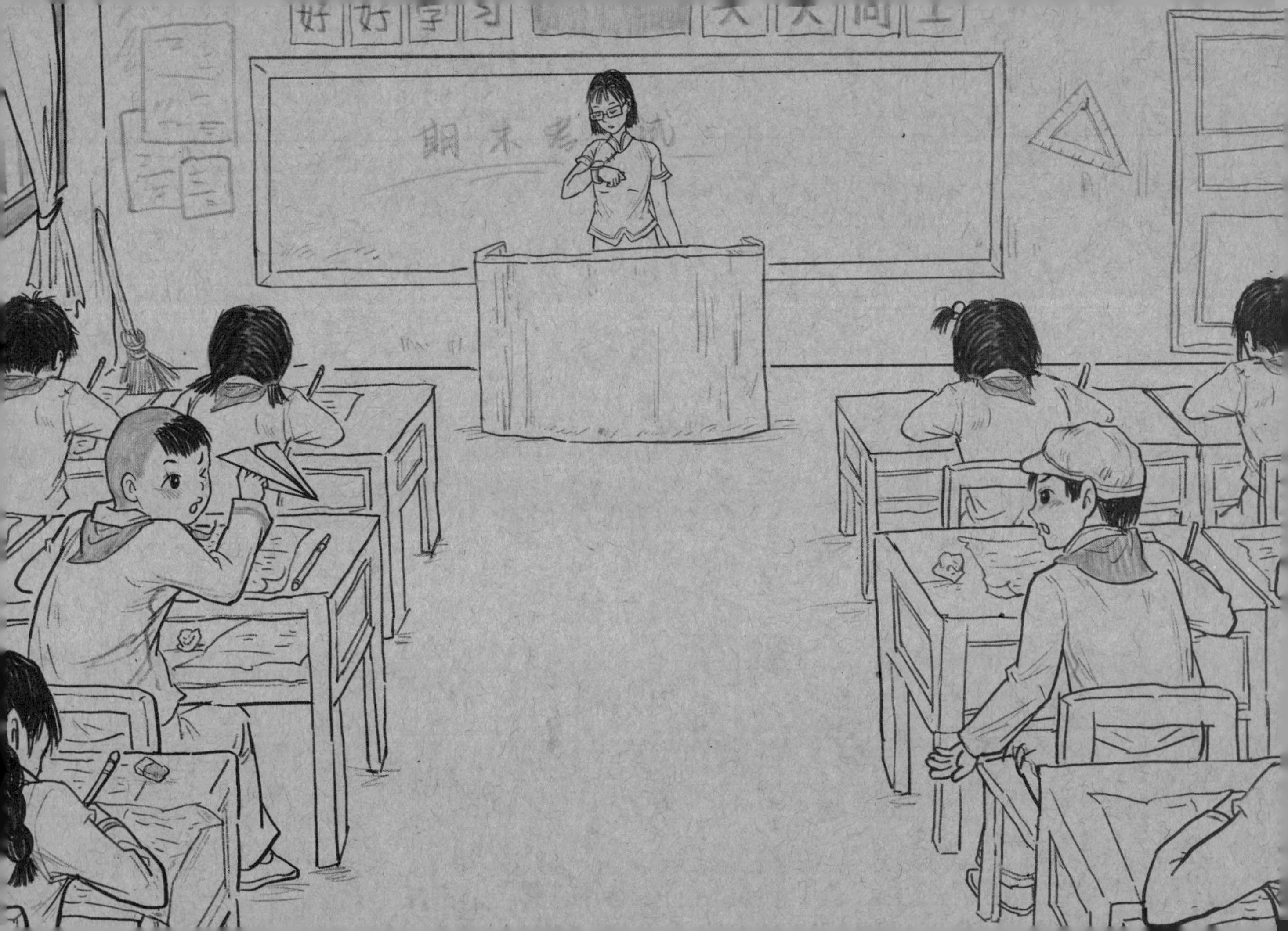

少年时代的纸飞机，搭载着我们许多浪漫天真的想法，它多么像一只只白色的鸽子在空中飞来飞去。

　　小学毕业来临那天，我们全班同学都跑到教学楼的六楼走廊上，向童年的操场放飞一只只造型各异的纸飞机。感性的女生居然唱起了歌曲《踏浪》：

小小的一片云呀

慢慢地走过来

请你们歇歇脚呀

暂时停下来

山上的山花儿开呀 我才到山上来

原来嘛你也是上山

看那山花开

小小的一阵风呀

慢慢地吹过来

请你们歇歇脚呀

暂时停下来

海上的浪花开呀 我才到海边来

原来嘛你也爱浪花

才到海边来

　　那是一首语文老师在音乐课上教我们唱的歌曲。我们这些只见过小溪小河的山乡少年，只知道山花，还不知道海浪的样子。但通过歌曲及手上的纸飞机，我们对未来的世界满怀憧憬。

# 萤火虫

乡下的夜晚，清澈神秘，简单深邃。仲夏之夜，奶奶喜欢到屋外纳凉，与寨里的其他老年人坐在一截木头上，摇蒲扇，拉家常。

这时月光皎洁，清风徐来，我拖着长满痱子的腰身趴在奶奶的膝盖上，缠着她讲故事，她一边用蒲扇给我拍赶蚊子，一边用长满粗茧的手帮我抓痒，同时慢悠悠地讲着我们听了无数遍仍然听不腻的故事。我在听故事的时候，眼睛却盯着周围闪烁飞舞的萤火虫。

故事讲完了，我从奶奶的怀里挣脱出来，跑去捉那萤火虫。萤火虫忽高忽低，明明灭灭，时而躲在草尖，时而飞上屋檐，很难捉到。

第二天上学，我跟老师要了一只空墨水瓶，带回家用肥皂水洗干净，并在塑料盖上打了一个小小的气孔；又用铁丝卷了一个圆圈，安装到一根竹竿上，做成羽毛球拍形状，套上一个扎有细孔的塑料袋。到了晚上，我就不听奶奶的故事了，跟其他的小伙伴一块儿，专门去捉萤火虫。

一个晚上东奔西跑，能捉到几十只萤火虫，放进墨水瓶里盖起来，做天然的"萤光灯"。我和伙伴们带着瓶子钻进被窝里，一起翻看小人书。看着看着，我们不知道自己究竟是在看书，还是在看虫了，因为萤火虫的光越来越细，亮度越来越弱，以至于"黯然失色"，我们的注意

353

力完全从书页转移到墨水瓶上了。

白天的萤火虫，与普通的虫子没什么两样，只是比蚊子大一点，比苍蝇长一点，比蟋蟀瘦一点，比蛐蛐扁一点。

我们根本不知道萤火虫的家在哪里，也没有向大人追问过它们从哪里长出来。

夏天一过，萤火虫便慢慢从空气中消失，我们谁也不知道它去往何方。

那时寨里只有寥寥几部黑白电视机，各家各户只安装几颗电灯泡，我们全家只有一个手电筒。村寨间走夜路的人大多摸黑，顶多点几根松枝照明。

有一年奶奶收到娘家人口信，要带我随她去远在林溪河上游六七公里的舅公家吃喜酒。我们祖孙俩早上步行出发，中午抵达，吃晚饭时，已经月上三竿。

由于山寨地势狭窄，几十户人家分在溪水两边山坡建房。我的一个舅公家在溪谷这边，另一个舅公家在溪谷那边，我和奶奶得涉过小溪回其中一个不办喜酒的舅公家过夜。

表叔将一把白花花的黄麻秆点燃，交给奶奶做火把走夜路。我跟在奶奶身边，走了一段田埂，再走一段小路，穿过山谷的田野，来到小溪边，这时，有一群萤火虫一路伴着我们。奶奶举着快烧完的火把，照亮

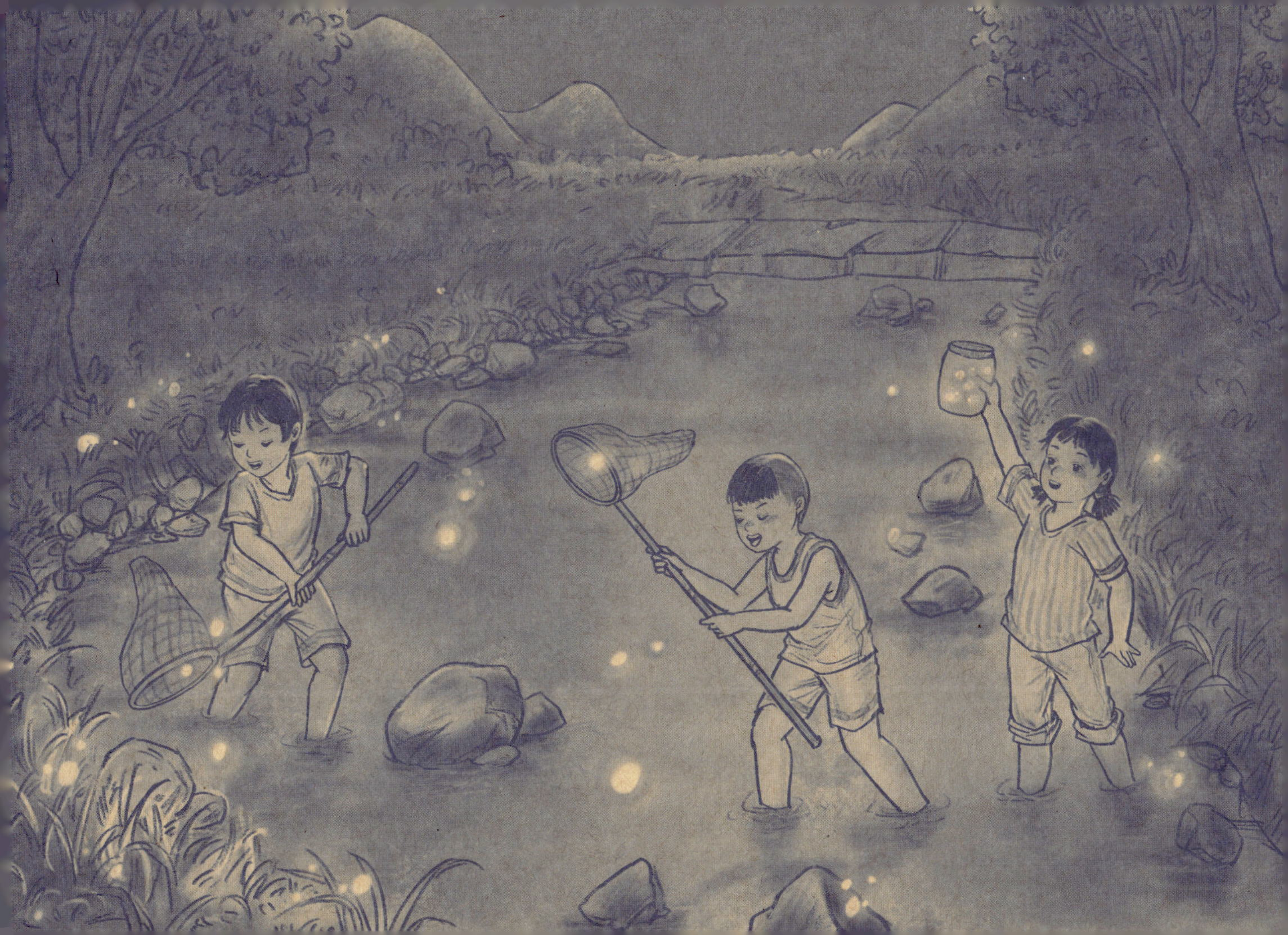

溪水上湿漉漉的小石墩，叫我先走过去。我跳到水中央的石头上立住，低头看到明晃晃的月亮在水里反光，抬头看见奶奶慈祥的笑容，然后转身大胆地往前跳跃，跃到了溪水对岸。再回过头，看见奶奶已经没有了火把，只有一群萤火虫照着她，一脚又一脚，走过小溪。

萤火虫不离不弃，继续带领我们祖孙俩登上曲折的石板路，拾级而上找到舅公家的门。路上，我顺手捉了几只萤火虫，装进一只小药瓶。那药瓶，是奶奶吃完咳嗽药，不要的玻璃瓶。

我们回到家三天以后，药瓶里的萤火虫就不发光了，死掉了。我觉得可惜，伤心，就去河边树下挖了一个小坑，连瓶带虫埋下。

又到夜晚听故事的时间，但奶奶咳得越来越厉害，我便不再缠着她讲故事，直接跟伙伴们去追萤火虫。

我们将萤火虫们装进墨水瓶里，带去河里游泳。那时候，寨上的男人，无论老幼，都习惯晚饭过后去河里泡水消暑。我们几个小屁孩也脱得精光，走向水埠头的青石板，跳进银光闪闪的河里。

河水凉爽，漫过膝盖，漫过肩膀，我们脚踩滑溜溜的河床，兴奋极了。我们喊"一二三"，深吸一口气，同时一跃潜入水里，像几条大鱼，把脸贴近河床底部，用闪闪发光的萤火虫，照亮白色的鹅卵石，照亮鹅卵石旁边墨绿色的水草，以及停在草叶上通体透明的小虾米。

图书在版编目（CIP）数据

儿戏 / 侯珏著. -- 南宁：广西人民出版社，2025.
4. --（中国乡存丛书）. -- ISBN 978-7-219-11814-6

I. I267

中国国家版本馆CIP数据核字第2024BS6551号

ERXI

儿戏

侯 珏 著

| 出版人 | 唐 勇 | 策 划 | 白竹林 吴小龙 | | |
|---|---|---|---|---|---|
| 执行策划 | 许晓琰 | 责任编辑 | 李雨阳 | | |
| 责任校对 | 梁小琪 | 内文插画 | 黄杰婷 | 书籍设计 | 周伟伟 张云浩 |

| 出版发行 | 广西人民出版社 |
|---|---|
| 社　　址 | 广西南宁市桂春路6号 |
| 邮　　编 | 530021 |
| 印　　刷 | 苏州市越洋印刷有限公司 |
| 开　　本 | 889mm×1194mm　1/32 |
| 印　　张 | 11.5 |
| 字　　数 | 220千字 |
| 版　　次 | 2025年4月　第1版 |
| 印　　次 | 2025年4月　第1次印刷 |
| 书　　号 | ISBN 978-7-219-11814-6 |
| 定　　价 | 68.00元 |

版权所有　翻印必究